로크미디어가
유혹하는
재미있는 세상

ROK
MEDIA
로크미디어

싱크

싱크 10

2016년 1월 5일 초판 1쇄 인쇄
2016년 1월 8일 초판 1쇄 발행

지은이 현민
발행인 이종주

기획 팀 이기헌 송윤성
책임 편집 이세종

발행처 (주)로크미디어
출판등록 2003년 3월 24일
주소 서울시 용산구 원효로97길 46 5층
Tel (02)3273-5135 Fax (02)3273-5134
홈페이지 rokmedia.com E-mail rokmedia@empas.com

ⓒ 현민, 2015

값 8,000원

ISBN 979-11-255-9932-6 (10권)
ISBN 979-11-255-8684-5 04810 (세트)

이 책의 모든 내용에 대한 편집권은 저자와의 계약에 의해
(주)로크미디어에 있으므로 무단 복제, 수정, 배포 행위를 금합니다.

작가와의 협의에 의해 인지는 생략합니다.
잘못된 책은 구입처에서 바꾸어 드립니다.

싱크

10

† 현민 게임 판타지 장편소설 †

ROK
MEDIA

로크미디어

CONTENTS

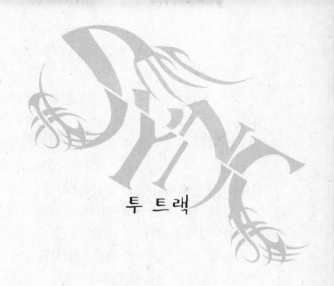

투 트랙

    스톤 마법사 루드라가 회색 돌로 굳어지더니, 서서히 부서지며 흩어졌다. 몇 시간이나 걸린 전투가 드디어 끝났다.

    바마퉁은 체리와 아로간타르, 그리고 트로만, 핀토, 테르툰을 바라보았다. 눈물이 흘러내릴 것만 같았다.

    항상 따라다니며 결정적인 순간에 도움을 주는 신비로운 동물 겐소는 발목에 몸을 비벼 대고 있었다.

    "해냈어요!"

    체리의 목소리엔 감격이 묻어났다. 노바디 없이 처음으로 그들만의 힘으로 캉트 던전 1층을 돌파한 것이다.

    "고……맙습……니다."

    억지로 눈물을 참으며, 바마퉁은 고개를 숙였다.

"누가 들으면 지하 4층까지 다 휩쓸었다고 착각하겠습니다."

아로간타르가 심술궂게 말했지만, 마음은 달랐다.

바마퉁은 묘한 분위기의 이방인이었다. 노바디가 압도적인 능력 때문에 따라가기도 벅차다면 바마퉁은 좀 허점이 많아도 함께 가고 싶은 사람이었다. 지금은 숲에 두고 온 사촌 동생을 떠올리게 했다.

금이 간 뼈를 치료하던 테르툰이 살짝 팔을 비틀자, 아로간타르의 입에서 신음이 흘러나왔다.

"앗, 실수."

배시시 웃는 테르툰.

파괴된 스톤 콜렘의 가슴팍에 엉덩이를 대고 앉아서 칼을 살피던 핀토는 피식 웃었다. 왠지 모르게 기분이 좋았다.

용병대에 몸을 담고 있을 때, 전투에 승리하면 격렬한 감정에 휘말린다. 목숨을 걸고 적을 죽이고 목표를 달성했기 때문이다. 그러나 곧 죽은 전우, 크게 다쳐 회복이 어려운 아군을 보면 환호는 우울한 한숨으로 바뀌고 만다.

'여긴 그렇지 않아서 좋아. 죽어도 살아나니까. 죽음 자체가 없으니까.'

핀토는 이방인들이 왜 그토록 경박하게 보였는지, 왜 그토록 즐거워 보였는지 알 것 같았다. 그들에겐 어떠한 위기도 즐거움의 순간이었다.

고개를 돌린 핀토의 눈에 부서진 스톤 골렘 주위를 부지런히 돌아다니는 트로만이 보였다. 전투가 끝나면 바빠지는 상인답게 눈에 불을 켜고 조그만 성질석도 놓치지 않으려는 저 열정…… 인정해 줘야 한다.

휴식 후에 지하 2층으로 내려가기로 결정한 바마퉁은 커다란 홀 벽 쪽으로 걸어가 기대고 앉았다. 겐소가 따라와 바마퉁 옆에 축 늘어졌다.

"힘들지?"

바마퉁이 겐소에게 속삭였다. 다른 사람들에겐 겐소가 말하는 개라는 사실을 숨기고 있었다.

"전혀."

약간 심드렁한 목소리.

빙긋 웃은 바마퉁은 인벤토리에서 구운 고기를 꺼내어 겐소 앞에 내려놓았다. 침을 흘린 겐소는 두말 않고 고기를 뜯기 시작했다.

'난 해냈어.'

흐뭇한 바마퉁. 만족감이 몸으로 퍼져 나가는 이 느낌, 평생 잊을 수 없을 것이다.

시행착오를 최대한 줄이기 위해 캉트 던전 공략법을 인터넷으로 찾아서 읽고 또 읽었다. 가끔은 힐러 역할로 다른 파티의 일원이 되어 캉트 던전으로 내려오기도 했다. 공략법이 제대로 통할지 알아보기 위해서였다.

수십 번의 도전 끝에 함정을 피하고, 스톤 골렘을 부수었으며, 1층의 보스 몬스터라 할 수 있는 스톤 마법사까지 잡았다. 혼자였다면 불가능한 일이었다. 저 사람들이, 그리고 겐소가 있기에 현실이 된 일이었다.

책임을 진다는 건, 상상을 초월할 만큼 부담스러웠다. 밤에 잠을 설치고, 달아나려는 마음과 싸우게 만들었다. 다행히 도망치지 않았다. 그런 생각이 들 때마다 공략법을 하나라도 더 보고 활용법을 궁리했다.

지하 1층은 바마퉁에겐 처음으로 '리더'가 되어 누군가를 이끌고 성취한 목표였다. 안도의 한숨이 흘러나왔다.

"휴우."

자신을 믿고 던전으로 내려가도록 허락해 준 노바디가 생각난 바마퉁은 메시지를 보냈다.

만약 던전에 파티를 이루지 않아도 내려올 수 있다면 노바디는 단신으로도 지하 1층은 물론 2층, 3층까지 거침없이 돌파하겠지만, 그러면 이런 기쁨을 이해해 줄 것 같았다.

곧 답장이 왔다.

—역시! 엄청나게 기분 좋지? 짜릿짜릿해서 그동안 고생한 게 기억나지 않을 거야. 아무튼, 축하해. 1층을 돌파하면 2층, 3층도 시간문제니까. 그리고 나 지금 진후 집으로 가는 중이야. 바쁘지 않으면 거기서 보자.

바마퉁은 무언가 일이 생겼다고 직감했다.

쉬고 있는 파티 멤버들에게 다가간 그는 이해를 구한 후

던전 플레이를 끝냈다. 던전 대기실로 이동한 후, 바마퉁은 손을 흔들어 아쉬움을 드러내며 접속을 끊었다.

❦

현기명은 공중에 떠 있는 로봇에게서 눈길을 뗄 수가 없었다.

막내 제자 앞에서는 더 이상 놀랄 게 없다고 큰소리를 땅땅 쳤지만 닥터 프로메테우스라 불리는 저 원통형 로봇을 보는 순간, 딸꾹질이 튀어나왔다.

"사부님, 괜찮으세요?"

"무, 물을 마시고…… 딸꾹, 싶구나…… 딸꾹."

김현은 즉시 정수기 쪽으로 달려가 컵에 물을 받아서 가져왔다.

벌컥벌컥 물을 마시면서도 현기명은 여전히 닥터 프로메테우스를 의식하고 있었다.

"제 존재가 노관장께 부담이 되는 모양이군요. 안정이 되면 그때 이야기를 나누지요."

닥터 프로메테우스는 안진후가 쥐구멍이라 부르는 방으로 날아갔다.

"아까 놀라게 해 보라는 말, 취소다."

현기명이 속삭였다.

"사부님, 사실…… 아직 시작도 안 했습니다."

"그러냐? 좋다, 해 봐라. 이왕 시작했으니 끝까지 가 봐야 하지 않겠느냐?"

김현이 고개를 끄덕이자, 가만히 서 있던 박용준이 추영으로 희고 커다란 날개를 만들었다. 날개가 바람을 일으키자 박용준은 바닥에서 30센티미터가량 떠올랐다.

현기명은 아무 말도 못 했다.

다음은 고형덕이었다.

소매를 걷어 올린 팔이 푸르스름한 털로 뒤덮였고, 손가락은 앞발이 되어 끝부분으로 뾰족한 발톱이 튀어나왔다. 다행히 이제 김현의 개입 없이도 고형덕은 변신한 팔을 원래대로 되돌릴 수 있었다.

"허허."

어이가 없어서 웃는 현기명.

안진후가 소환한 불의 정령 슈뢰딩거는 이제 표범이라 해도 될 만큼 커져 있었다. 가스비가 백만 원 넘게 나올 만큼 가스레인지의 열기를 먹어 치운 결과였다.

현기명은 슈뢰딩거의 몸에 손을 가져갔다. 안진후가 화상을 염려했지만, 기를 두른 손은 슈뢰딩거의 몸을 어루만지고도 아무 이상이 없었다.

슈뢰딩거가 기분이 좋은지 몸을 비틀며 가르랑거렸다.

현기명은 이제 김현을 바라보았다.

"넌 어떻게 날 놀라게 할지 기대가 크다."

그 순간, 김현이 사라졌다.

놀란 현기명은 천천히 돌아섰다. 바로 뒤에 김현이 서 있었던 것이다.

"……어떻게 한 것이냐?"

"공간 이동술 현섬입니다."

"현섬이라면, 페플에 있는 기술이 아니냐?"

"맞습니다."

"참으로 재미있는 세상이구나."

현기명은 박수를 쳤다. 기분이 좋아서라기보다는 허탈해서였다.

그때, 초인종이 울렸다.

쥐구멍에서 닥터 프로메테우스가 날아와 박용준 옆에 멈췄다.

"치킨이 왔군. 어서 나가 봐야지."

"아, 네."

박용준은 문을 열고 치킨과 족발, 보쌈 등 야식을 골고루 받아서 거실로 날랐다. 계산은 안진후 몫이었다. 배달하는 사람이 안쪽을 힐끔거리자 안진후가 속삭였다.

"아무 소용 없습니다. 한 번만 더 기웃거리면 확 엎어 버립니다."

그 말에 배달원들은 재빨리 사라졌다.

소파는 치워졌고 그 자리에 야식이 펼쳐졌다.

현기명은 치킨에 목숨을 건 듯한 닥터 프로메테우스의 행동에 기가 막혔다. 그 때문인지 낯설고 이상한 기분은 빠르게 사라졌다. 닥터 프로메테우스 옆자리는 뜨거운 열기를 뿜어내는 불의 정령 슈뢰딩거가 차지했다.

기괴한 서커스를 보러 왔다가 예기치 않게 서커스 단원이 된 느낌이랄까. 현기명은 이 괴상한 상황을 조금씩 즐기기 시작했다. 배가 든든해지니 마음도 단단해지는 것 같았다.

무엇보다 평범한 먹거리를 앞에 둔 이들의 평범한 태도가 인상적이었다. 갑자기 나타나는 날개, 맹수의 다리로 변하는 팔, 불타는 표범, 순간 이동술 등 정상과는 거리가 멀지만 치킨 앞에서는 보통 사람이었다.

누구든 편하게 말할 수 있는 자리였지만, 자연스럽게 구심점이 눈에 띄었다.

이들의 중심에 김현이 있었다. 김현은 말을 많이 하지도 않고, 분위기를 띄우려 애를 쓰지도 않았다. 그저 자주 웃으며 치킨을 뜯을 뿐이었다. 하지만 여기 사람들은 은연중 김현을 인정하고 있었다.

'역시 내 제자답다.'

음식은 빠르게 줄어들었다. 닥터 프로메테우스와 불의 정령 슈뢰딩거가 절반 이상을 먹어 치웠다. 치킨은 뼛조각 하나 남지 않았다.

"자, 이제부터 본격적으로 시작해 볼까요?"

안진후였다.

"본격적으로?"

현기명은 고개를 흔들었다.

"사실, 노관장님께서 오늘 여기로 오실 줄 몰랐습니다. 그래도 최선을 다해 보겠습니다. 이쪽으로 가시죠."

안진후는 현기명을 쥐구멍으로 안내했다. 그사이 김현과 박용준, 고형덕이 소파를 쥐구멍 안쪽으로 옮겨 벽에 붙여 놓았다.

현기명이 소파에 앉았고, 그 옆에는 그나마 연장자인 고형덕이 앉았다. 박용준과 김현은 서서 와이드월을 배경으로 소파 쪽을 바라보는 안진후를 응시했다.

"자넨 내가 와서 좋은 모양이구먼."

현기명은 웃음을 띤 고형덕을 보며 말했다.

"어르신이 오시기 전까진 제가 최고령이었거든요."

"아하."

"……머리 좀 아프실 겁니다. 이 녀석들은…… 상상을 초월하거든요."

"아무래도 그럴 것 같군."

현기명은 안진후를 바라보았다.

모두의 시선을 확인한 안진후는 제스처로 와이드월에 서울 지도를 띄웠다. 붉은 점과 푸른 점이 곳곳에 흩뿌려져 있는 도시를 가리킨 안진후가 입을 열었다.

"여기 계신 분들은 모두 각성자입니다. 진실을 알게 된 사람이기도 합니다. 보통 사람은 진실을 목격해도 금세 잊어버리니까요."

"내게도 자네들처럼 독특한 능력이 생긴다고 받아들여도 될까?"

현기명이 물었다.

"어떤 능력일지 기대가 됩니다. 여기 지도에서 붉은 점은 각성자입니다. 푸른 점은 복용자, 특별한 약을 복용함으로써 진실을 유지하는 사람들입니다. 정계, 재계, 예술계 등 극소수의 사람들이 약을 통해 기억을 유지하고 있습니다. 물론 여기 표시된 사람들이 전부는 아닙니다. 제 생각엔 유니온이나 각 길드의 고위급에 대한 정보는 깊이 숨겨져 있으니까요."

안진후의 설명은 기본적인 내용으로 채워졌지만 현기명과 아직 새로운 세계에 익숙지 않은 고형덕에겐 놀라움의 연속이었다.

김현과 박용준은 시선을 교환하며 처음 자신이 각성자라는 사실을 알고 당황했던 시간을 떠올렸다.

안진후는 막힘없이 술술 설명을 이어 나갔다. 유니온의 내부 구조, 혈문과 유니온의 관계, 일반적인 각성 과정 등 머릿속에 그 많은 내용이 일목요연하게 정리되어 있는 듯했다.

김현과 박용준은 자신이라면 강렬한 시선 앞에서 저토록

자연스럽게 이야기를 풀어 나가지 못할 거라고 생각했다.

일반적인 설명은 끝이 났다.

"자, 이제 질문을 주시면 성심성의껏 답을 드리겠습니다."

"그럴 필요는 없을 것 같네. 자네는 정말 똑똑하구먼. 그렇다고 헛똑똑이는 아니야. 핵심을 꿰뚫어야 설명도 쉽고 편하게 할 수 있으니 말이야."

현기명이었다.

"저도 같은 생각입니다."

고형덕이 맞장구를 쳤다.

"그러면 다음으로 넘어가겠습니다. 지금 보여 드릴 사진은…… 좀 놀라시게 될 겁니다."

안진후가 손을 들어 옆으로 흔들자, 벽 전체를 차지한 와이드월 가득 끔찍한 사진이 나타났다. 이마와 가슴에 구멍이 뚫려 죽은 사람이었다.

"음."

현기명이 신음을 흘렸다. 시신을 알아본 것이다.

천무관 정문에서 만났던 수상한 녀석. 분명 국정원과 관계가 있는 사람이었을 텐데 왜 저렇게 죽었을까?

그보다 더 눈길을 끈 부분은 상처 자국이었다. 현기명은 황철호가 자주 사용하는 청지풍과 관련이 있다고 확신했다.

안진후가 한 번 더 손짓하자 이번에는 시체를 배경으로 서 있는 황철호가 화면에 나타났다.

"유니온은 황철호를 조은석 살해 혐의로 체포했습니다. 곧 재판이 열릴 텐데, 그 전까지 황철호는 마라도 남쪽의 해옥에 수감됩니다. 재판 결과에 따라 해옥 깊은 곳으로 내려가 갇힐지, 거기서 빠져나와 자유를 누릴지가 결정됩니다."

"마, 말도 안 돼."

눈이 휘둥그레진 김현이었다.

"유니온 내부에도 황철호가 살인범일 리 없다는 사람들이 꽤 있는 모양입니다. 그 때문에 재판을 위한 조사가 진행 중입니다."

"자넨 어떻게 그걸 다 아는 겐가?"

현기명이 물었다.

"헤헤, 제가 좀 능력이 있어서요. 아, 각성으로 얻은 능력은 아닙니다."

"해킹 같은 건가?"

"맞습니다. 잘 아시네요."

"자네라면 이번 일에 대한 해결책도 가지고 있을 것 같은데, 내 생각이 틀렸나?"

"어르신은 절 과대평가하시네요. 사실, 이런저런 생각을 하다 보면 꽤 괜찮은 생각도 떠오르기 마련이지요. 지금부터, 황철호 아저씨뿐 아니라 섬바디 길드의 앞날에 대해 자세하게 설명을 드리겠습니다."

안진후는 제스처로 와이드월의 화면을 바꾸었다. 그래프

가 나타났다. 가로는 시간 축이었고, 세로는 횟수였다.

"유니온과 혈문 사이의 충돌은 보시다시피 이 시기와 이 시기, 아주 빈번하게 일어났습니다. 유니온은 두 번의 시기를 제1차 카오스, 제2차 카오스라고 부릅니다. 카오스 직전에는 전 세계적인 던전의 증가, 의미를 알기 힘든 습격 등이 벌어졌습니다. 그 이후, 전쟁이 터진 셈이지요. 아마 그 때문에 유니온이 지금 예민하게 움직이고 있을 겁니다. 유니온의 조사에 따르면, 뉴욕은 물론 런던, 도쿄 등 꽤 많은 곳에 새롭게 던전이 생겨났으니까요."

현기명은 자신도 모르게 고형덕을 쳐다봤다. 다행히 고형덕 역시 현기명을 응시하고 있었다. 기본적인 설명 중에 현실 던전이 포함되어 있지만, 워낙 놀랄 부분이 많아서 깊이 생각하진 않았다.

두 사람은 천천히 고개를 끄덕였다. 서로를 이해한다는 눈빛이었다. 두 사람은 다시 안진후를 바라보았다.

안진후가 설명을 이어 나갔다.

"유니온은 페플을 꼼꼼하게 감시해 왔습니다. 카오스를 막기 위해서죠. 각 길드가 감시 업무를 나눠서 맡습니다. 목적은 천무관 습격 사건 같은 재앙을 사전에 막는 겁니다. 이번 천무관 습격 사건은 그 감시망이 뚫렸다는 증거입니다. 유니온은 기초적인 대비조차 하지 못했습니다. 이전에도 비슷한 사건이 하나 있었습니다. 유니온은 전혀 모르는 사건이

지요. 바로 공원에 콤포 막스, 콤포 마구스가 나타나 경찰 특
공대를 학살했던 사건입니다. 당시 뱀파이어 여신관이 김현
을 노리고 소환진을 발동한 겁니다. 제가 찾아본 유니온 내
부 데이터에 따르면, 유니온은 지금까지도 그 사건을 전혀
모르고 있습니다. 제가 알기로 뱀파이어라는 종족 역시 유니
온의 감시망에 포함되어 있습니다. 현재 뱀파이어는 블랙 길
드가 장악한 것으로 알려져 있는데, 어떻게 일개 뱀파이어가
공원으로 몬스터를 보낼 수 있었을까요? 둘 중 하나입니다.
블랙 길드가 뱀파이어 종족을 제대로 장악하지 못했거나, 블
랙 길드가 배후에 있거나. 전 둘 다라고 확신합니다.”

　대형 폭탄을 터트린 안진후는 사람들의 얼굴을 즐겁게 바라
보았다.

　박용준은 평소처럼 두리번거리며 눈치를 살필 뿐이었다.
아직 순진한 박용준에게 한 번의 설명으로 전체를 개괄하는
통찰력을 기대하긴 어려웠다.

　다음은 고형덕이었다. 입을 쩍 벌린 표정은 설명의 핵심을
잡아냈다는 증거였다. 유니온을 구성하는 다섯 개의 길드 중
하나인 블랙 길드가 배신했다는 안진후의 단언이 얼마나 큰
일인지 고형덕은 잘 알았다.

　‘역시 형사님이셔.’

　고형덕 옆에 앉아 있는 현기명은 이야기를 듣기 전과 비슷
했다. 다만 힘이 들어간 눈이 반짝거릴 뿐이었다.

'연륜은 무시할 수 없는 거였어.'

마지막은 김현이었다.

안진후는 김현의 반응, 표정, 눈빛에 가장 관심이 많았다.

단순히 놀란 표정이 아니었다. 무언가를 깨달은 얼굴이었다.

"뱀파이어 여신관의 얼굴, 볼 수 있을까?"

"저장해 뒀으니까 가능해. 근데 왜?"

"띄워 봐."

"알았어."

안진후는 백업 디렉터리를 검색해 뱀파이어 여신관을 와이드월로 띄웠다.

"아니!"

고형덕이 벌떡 일어섰다.

"왜 그래요?"

안진후가 물었다.

"몽타주와 닮았어. 정말 닮았어. 어떻게 된 거지? 김현, 넌 알고 있는 거지?"

고형덕은 김현을 쳐다봤다.

김현은 궁금해하는 안진후를 바라보며 페플에서 있었던 일을 알렸다.

주거비의 폭등으로 빈민굴로 쫓겨난 사람들을 위해 동분서주하다가 망량에 의해 먹힌 지역으로 들어섰고, 거기서 천야장 퍼브의 망량을 만났으며, 주거지 확보를 위해 퍼브의 후손을 찾고 있다는 이야기였다.

"뱀파이어 신관은 퍼브의 후손 예살란을 납치한 녀석과 아주 닮았어. 남매라고 해도 좋을 만큼. 그동안 어디서 본 것 같았는데, 이제야 생각났어."

"남매?"

"블랙 길드가 뱀파이어 종족을 감시했다면, 거기 사진 같은 게 있지 않을까? 드라마나 영화를 보면 이목구비로 검색이 가능하던데, 할 수 있어?"

"물론."

안진후는 거대한 와이드월에 키보드를 불러내 몇 가지 명령을 내렸다.

"찾았어!"

뱀파이어 여신관 사진이 나타났고 뒤이어 그 여자를 닮은 남자 사진도 올라왔다. 뱀파이어 일족인 루비로스의 칼리페와 타크란이었다. 타크란은 고형덕이 페플에서 목격자인 마부들을 통해서 완성한 몽타주 속 사람이었다.

"소환진을 발동하려면 희생물이 필요하다고 했지?"

김현이 물었다.

"젊은 여자가 가장 좋은 희생물이야. 아이나 남자도 좋지만, 젊은 여자보단 못하다고 알려져 있어."

"타크란은 최소 열다섯 명의 젊은 여자를 납치했어."

"그렇다면?"

"천무관에 카람과 안투크를 보낸 게 이 녀석이라는 거지."

김현은 손가락으로 와이드월의 타크란을 가리켰다.

보이지 않는 충격파가 퍼져 나갔다.

묵직한 침묵이 가라앉을 무렵, 안진후가 입을 열었다.

"천무관 습격 사건은 유니온을 깜짝 놀라게 했습니다. 만약 블랙 길드가 연루되어 있다는 사실이 드러나면 그 후폭풍은 상상을 초월할 겁니다. 블랙 길드 자체가 사라질 가능성도 꽤 큽니다. 블랙 길드가 왜 뱀파이어를 이용해 천무관을 공격했을까요? 이 질문에 대한 답을 찾아야 합니다."

"내가 답을 줄 수 있을지도 모르겠군."

가만히 지켜보기만 하던 닥터 프로메테우스가 말했다.

모두의 시선이 공중에 떠 있는 로봇을 향했다.

"말씀하세요, 박사님."

"내 생각엔 그런 위험을 감수할 만한 목적은 단 하나뿐일세. 바로 운명의 구슬이라네."

"그게 무엇입니까?"

"유니온의 5인회가 비고 깊숙한 곳에 숨겨 놓은 구슬이라네. 자네, 오파츠를 알고 있나?"

"오파츠라면 Out of Place Artifacts 아닙니까?"

안진후가 되물었다.

"맞네. 운명의 구슬은 공룡이 묻혀 있는 중생대의 지층에서 발견되었는데, 똑똑하다고 자부하는 과학자들에 의해서 배척당했지. 그처럼 완벽한 구체, 현대 과학으로도 흠집 하나 낼 수 없이 단단한 구슬이 공룡의 시대라 불리는 중생대 쥐라기 지층에서 나올 리가 없다는 게 그들의 논리였네."

안진후는 천천히 고개를 끄덕였다. 그 역시 오파츠는 일부 돈과 명성에 눈이 먼 사람들에 의해 조작된, 그렇게 만들어져 퍼져 나간 거짓의 산물이라고 생각했었다.

사람들은 안진후와 닥터 프로메테우스의 대화에 귀를 기울였다. 이해하기 힘든 부분은 그냥 넘겼다.

"운명의 구슬이 오파츠라는 말씀이군요."

안진후가 말했다.

"맞네. 나도, 아니 프로페서 프랑켄슈타인도 검증 과정에 참가했었네. 난 그의 기억을 통해 운명의 구슬이 얼마나 기이한지 알고 있다네."

"블랙 길드가 그처럼 위험천만한 모험을 할 만한 물건인가요?"

"운명의 구슬은 용옥이라네."

"용옥이라구요?"

"드래곤이 직접 만드는 용옥은 다양한 기능을 갖고 있지. 다른 세계로 넘어갈 수도 있고, 자신의 기억을 생생하게 저장할 수도 있네."

"알고 있습니다. 티메후르 때문에 꽤 고생을 한 적이 있거든요."

디월드 뎁스 파이브의 세계로 내려가 김현과 함께 고생했던 시간이 주마등처럼 스쳤다. 김현의 시선이 느껴졌다. 안진후는 김현과 잠시 눈을 맞췄다.

"보통의 용옥은 티메후르처럼 한두 가지 기능을 가지고 있네. 하지만 운명의 구슬은 달라. 운명의 구슬을 정밀하게 조사한 결과, 드래곤 로드 자카리안이 남긴 단 하나의 용옥이라는 사실이 드러났다네. 운명의 구슬엔 드래곤 로드 자카리안의 지혜와 지식, 힘이 숨겨져 있다는 게 유니온의 판단이라네. 왜 그 구슬이 중생대의 지층에서 발견되었는지는 아무도 설명할 수 없지만 말일세."

"유니온은 왜 그런 걸 비고에 숨겨 두는 겁…… 아, 컨트롤이 불가능한 건가요?"

"보통 사람은 운명의 구슬을 건드려도, 움켜쥐어도 아무런 일이 생기지 않네. 그러나 각성자의 경우는 이야기가 달라. 내가 알기로 운명의 구슬에 욕심을 내어 손을 댄 각성자들은 모두 구슬에서 뿜어져 나온 화염에 휩싸여 재가 되고 말았다네."

"역시."

고개를 끄덕이는 안진후.

"블랙 길드가 운명의 구슬을 노리고 있다면, 내부에 숨겨진 힘을 끌어내어 이용할 방법을 찾았다고 봐야 하겠지. 만약 놈들 손에 운명의 구슬이 들어간다면 매우 위험한 일이 벌어질 거야. 놈들이라면 유니온을 붕괴시킬 뿐 아니라 다른 길드까지 공격할 테니까."

그 말을 들은 안진후의 눈이 반짝거렸다.

희미한 미소가 걸린 표정으로 생각을 거듭하던 그는 활짝 웃으며 닥터 프로메테우스를 바라보았다. 그리고 김현을 비롯한 사람들을 보며 빙긋 웃었다.

"드디어 섬바디 길드가 살아남을 길을 찾았습니다. 블랙 길드의 음모를 막고 섬바디 길드의 존재를 알려야 합니다. 유니온에 합류하는 데 이보다 더 좋은 기회는 다시 오지 않을 겁니다."

"우리가 해야 할 일은?"

김현이었다.

그 질문이 안진후는 무척 고마웠다. 결정권을 자신에게 넘겨주었기 때문이다.

"투 트랙으로 가야 할 것 같아. 페플에서는 소환진을 최대한 은밀하게, 빨리 파괴해야 돼. 그리고 이곳 현실에서는 블랙 길드의 음모를 사전에 분쇄하는 거지. 양쪽 다 쉽지는 않을 거야. 그래도 해내야 돼."

"유니온에 알리는 건 어때?"

고형덕이 끼어들었다.

"당장은 힘듭니다."

"이유는?"

현기명이었다.

"블랙 길드의 음모에 가담한 사람이…… 다른 길드에도 있으니까요. 이곳에 있는 사람들과 해옥에 갇혀 있는 황철호 부관장 외에는 아무도 믿을 수 없습니다."

"음, 그렇군."

한숨을 내쉬는 현기명은 이상한 나라로 굴러떨어진 앨리스 신세였지만 다가오는 폭풍우를 몸으로 느낄 수 있었다. 가장 참혹한 전쟁은…… 피아의 구별이 불가능한 전쟁일 테니까.

"어르신과 고 형사님은 절 도와주세요."

안진후의 말에 현기명, 고형덕이 고개를 끄덕였다. 안진후는 시선을 옮겨 김현을 바라보았다.

"페플은 우리에게 맡겨."

김현은 박용준의 어깨에 손을 올리며 호기롭게 말했다. 박용준은 '우리'라는 표현에 감동했다.

"나는?"

닥터 프로메테우스가 물었다.

침묵이 이어졌다.

김현이 먼저 웃었고, 다음은 안진후였다. 박용준, 고형덕 그리고 현기명까지 웃기 시작했다. 긴장을 깨뜨린 순진무구한 목소리 때문일까?

"박사님은 양쪽 다 도와주셔야 해요."

겨우 웃음을 억누른 안진후가 말했다.

황철호는 흔들리는 헬리콥터에서 바깥을 바라보았다.

사방으로 짙푸른 바다가 펼쳐져 있고, 파도가 쉴 새 없이 치고 있었다. 능력을 억누르는 수갑 '능제갑' 때문인지 몸에 힘이 하나도 없었다. 누군가 살짝 밀어도 앞으로, 옆으로 통나무처럼 쓰러질 것 같았다.

옆에는 황소 같은 사내 두 사람이 타고 있었다.

"잠깐 쉬었다 갈 수 없을까? 멀미가 나는 것 같은데. 휴게소에서 핫바나 우동도 먹고 말이야."

농담을 던졌지만 싸늘한 침묵만 돌아왔다.

헬리콥터는 남쪽으로 날아갔다.

지도에는 나오지 않는 구조물이 나타났다. 평소에는 레이더뿐 아니라 눈으로도 찾을 수 없는 곳이었다. 헬리콥터는 석유 생산 시설인 플랜트를 닮은 그 거대 구조물의 위쪽 착륙장에 내려앉았다.

굉음과 강풍을 뚫고 끌려간 황철호는 엘리베이터로 옮겨졌다. 그 단단한 강철 박스는 아래로, 아래로 내려갔다. 문이 열리자 낯익은 남자가 팔짱을 끼고 서 있었다.

싱크

"자네가 언젠가 여기로 올 줄 예감했네. 괴물과 싸우다 보면 언젠가는 괴물이 되니까. 자신도 모르게."

"누구시더라?"

황철호는 해옥의 책임자 신종섭 소장을 잘 알지만 일부러 고개를 갸웃거렸다.

신종섭의 얼굴이 일그러졌다.

"후후, 재미있군."

"며칠 푹 쉬었다 가겠습니다. 너무 신경 쓰지 않으셔도 됩니다."

황철호는 쾌활하게 말했다.

"불상사 없이 잘 지내길 바라네. 아, 그 전에 표준 절차를 따라야지. 재판 전이라도 이곳 해옥에 들어오려면 말이야."

신종섭은 빙긋 웃었다.

이곳은 그의 세상이며, 그는 이곳에서 왕이었다. 권력의 근거는 누구든 이곳에 들어오는 사람이라면 반드시 먹어야 하는 검은 알약이었다. 각성자를 특별하게 만드는 능력 자체를 억누르는 그 약 덕분에 신종섭은 왕으로 군림할 수 있었다.

"아, 이제야 기억나는군요. 신종섭 소장님이시죠?"

"자넨 정말 재미있어."

신종섭은 어이가 없어서 웃음을 터트렸다.

검은 알약, 흑소제의 효과는 확실했다. 능제갑을 벗어도 힘을 발휘할 수 없었다.

다행히 신체적 능력은 사라지지 않았다. 각성자로서 얻게 된 능력만 바다 깊은 곳으로 가라앉아 버린 셈이었다.

이곳에서의 생활이 편안하리라 기대한 적은 없었다.

해옥에는 수백 명이 갇혀 있다. 그중 최소 10%는 황철호가 잡아다가 가둔 놈들이었다. 노련한 형사가 음모로 교도소에 갇힌다면 어떤 일이 벌어질까? 아주 뜨거운 환영식이 열릴 것이다.

철문이 열렸다.

재판 전이라 회색의 옷을 입은 황철호는 운동장처럼 커다란 홀로 걸어갔다. 주황색 죄수복을 입은 사내들이 황철호를 노려보고 있었다.

황철호는 그중 익숙한 얼굴 몇을 알아보았다. 손을 들고 인사라도 할까? 그래 봐야 역효과만 날 것이다.

시선이 느껴졌다.

황철호는 고개를 들어 위를 올려다보았다. 홀 내부 상황을 한눈에 볼 수 있는 곳에서 신종섭 소장이 아래를 내려다보고 있었다.

황철호는 활짝 웃으며 손을 흔들었다.

당황하고 분노한 황철호를 기대했던 신종섭은 명랑한 태도로 손을 흔드는 그를 보며 화가 났는지 몸을 돌려 사라졌다.

어느새 수감자들이 몰려와 황철호를 에워쌌다. 가슴팍이 단단한 사내들의 눈빛이 흉흉했다. 그중 몇 명은 칫솔을 갈아서 만든 흉기를 지니고 있었다.

황철호는 간수가 총을 들고 서 있는 2층을 올려다봤다. 동료와 수다를 떠는 간수들은 일부러 아래 상황을 무시하고 있었다. 황철호는 어깨를 으쓱 올렸다.

그때, 놈들이 달려들었다.

황철호는 숨을 깊이 들이마신 뒤 텅! 발로 바닥을 굴렀다.

타각의 위력에 앞선 놈들의 다리가 마비되어 쓰러졌고, 도미노처럼 뒤따른 놈들도 넘어졌다. 마지막 무리는 바닥에 나뒹군 놈들을 밟고 오다가 황철호의 좌각에 몸의 균형을 잃고 앞으로 나뒹굴었다.

황철호는 기쁜 마음으로 매타작을 시작했다.

아무리 각성자로서의 능력을 잃었어도 자신은 천무관 계승자의 둘째 제자다. 이런 쓰레기가 한 트럭으로 덤벼도 이길 자신이 있었다. 물론 상대가 각성자라면 이야기가 달라지지만.

코가 주저앉는다. 뼈가 부러진다. 팔이 기괴하게 꺾인다. 입술이 터진다. 피가 흐른다. 신음이 흘러나온다. 비명이 입술을 뚫고 울려 퍼진다.

고통의 오케스트라!

해옥까지 끌려오느라 받은 스트레스가 확 풀리는 느낌에 황철호는 소리 내어 웃었다.

"물러나!"

간수가 외쳤다.

"뒤로!"

또 다른 간수는 총을 겨누고 있었다.

손을 든 황철호는 뒤로 물러서며 타각, 좌각을 번갈아 펼쳤다.

그 진동이 바닥과 벽을 타고 2층으로 올라가자, 다섯 명의 간수 중 두 사람이 총을 놓쳤다. 아래로 떨어진 총이 바닥을 치는 소리에 간수들의 얼굴이 하얗게 질렸다. 죄수가 그 총을 손에 넣는다면…… 악몽이 현실이 될 터였다.

황철호는 웃으며 벽에 기댄 채 겁에 질린 간수들을 바라보았다.

깊은 밤, 황철호는 눈을 감고 딱딱하고 좁은 침대에 누워 있었다.

프로 바둑 기사들처럼 천천히 벌어진 일을 복기했다. 김현에 대해 알아냈다면서 만나자던 조은석의 목소리, 그 냄새

나는 여관 복도, 문이 열렸을 때 느껴지던 섬뜩한 예감 그리고 침대에 누워 있던 조은석의 시신.

"빌어먹을."

깨끗하게 당했다. 이런 적은 없었는데. 이렇게나 아무것도 모른 채 뒤통수를 맞다니.

의문이 떠올랐다.

왜 처음일까? 그때나 지금이나 앞뒤 가리지 않고 달려 나가는 스타일은 같은데.

황철호는 몸을 일으켰다. 그 이유를 깨달아서였다.

그동안은 유니온과 현문이라는 조직이 뒤를 봐주었다. 뒤통수 맞지 않도록 막아 준 것이다. 부족한 틈, 약점이 그 덕분에 크게 드러나지 않았다.

김현이 각성자라는 사실을 아는 자의 소행이다. 누굴까? 또한 조은석을 이용할 만큼 유니온 내부에 대해서도 잘 아는 사람이 살인범이다.

대체 누굴까?

이런 짓을 하고도 남을 만한 얼굴 몇이 떠오른다.

이를 바득바득 갈던 황철호는 문득 한숨을 내쉬었다. 유니온, 혹은 현문을 지나치게 깊이, 맹목적으로 믿었다. 그 결과가 바로 여기 해옥의 감방이었다.

그때, 속삭이는 목소리가 들렸다.

"형님 오셨다."

황철호는 웃을 뻔했다.

"진범은?"

"찾는 중이야."

라이언은 마치 웃고 있는 듯 말했다. 목소리는 꽤 멀리서 들렸는데도 상당히 또렷했다.

"왠지 신이 난 것 같은데?"

"설마."

"가서 놈이나 잡아."

"안 나올 거냐?"

"아직은."

황철호는 신중했다. 재판이 열리기도 전에 해옥을 빠져나간다면 문제는 심각해진다. 게다가 라이언이 개입되면 타격대 전체가 위기에 빠진다.

잠시 침묵이 이어졌다. 라이언 역시 황철호의 생각을 읽은 것이다.

"알았다."

라이언이 마지막으로 남긴 말이었다.

팔베개를 하고 누운 황철호는 자신을 여기로 몰아넣은 진범이 김현을 노리고 있을 거라고 생각했다. 이런 경우를 가정하고 조치를 취해 두었지만, 김현에게 얼마나 도움이 될지는 미지수였다.

조금 전 라이언이 해옥까지 찾아왔다는 사실을 알았을 때,

모른 척 도움을 받아서 나가고 싶다는 마음을 억누르기가 쉽지 않았다. 지금도 그 충동의 흔적이 가슴에서 느껴진다.

나가야 했을까? 가족 같은 타격대와 현문 그리고 유니온에 대한 충성을 저버리고 아직 어린 김현을 옆에서 도와야 했을까?

둘째 사형으로서는 김현을 도와야 한다. 문제는, 보통 사람으로서는 김현에게 아무런 도움이 되지 않는다는 점이었다.

"내 앞가림도 힘든 상황이니까."

황철호는 김현이 애써 숨겨 온 비밀이 거대하기를, 김현 자신을 보호할 만큼 강력하기를 속으로 빌었다.

문득 사부님이 떠올랐다.

눈물이 흘러내릴 뻔했다.

비가 쏴아 내리고 있었다.

현기명은 매화가 그려진 8폭 병풍 앞에 앉아 창밖을 물끄러미 바라보았다. 탁탁탁 돌계단을 두드리는 빗소리는 사람의 마음을 부드럽게 풀어 줄 만했지만, 지금 노관장의 머릿속은 혼돈 그 자체였다.

현실을 부정할 수는 없다.

아무리 엉뚱하고 기괴해도 현실은 현실이다.

손안에 든 찻잔의 열기가 느껴진다. 서늘한 바깥 공기를 밀어내는 그 온기 덕분에 혼란은 조금씩 줄어들었다.

　인기척이 들렸다.

　"아버지, 손님 오셨어요."

　딸의 목소리.

　"이쪽으로 모셔라."

　현기명은 화로 위에 올려놓은 찻주전자를 들어 원목 좌탁에 놓인 또 다른 찻잔에 우려낸 차를 따랐다. 마침 서재로 양복 차림의 남자가 들어섰다.

　"어르신, 저 왔습니다."

　"앉게."

　"그나저나 비가 많이 오네요. 요즘 들어 비만 오면 무릎이 쑤십니다. 아, 죄송합니다. 노관장님 앞에서 제가 무슨……."

　너스레를 떠는 국정원장.

　"단도직입적으로 묻겠네. 나를 따라다니던 놈들이야 그렇다 치고, 넷째를 감시하는 놈들이 있는 것 같던데."

　"그게 무슨 말씀이신지요?"

　"국정원 요원들 말일세."

　"그, 그건 국가 기밀이라……."

　국정원장은 송골송골 맺힌 땀을 손수건으로 닦느라 바빴다.

　현기명의 눈썹 끝이 위로 솟구친 순간, 좌탁에 놓인 붓과 서진, 몇 권의 낡은 고서가 공중으로 떠올랐다. 기를 뿜어내어 들어 올린 것이다.

국정원장의 눈이 터질 듯 부풀어 올랐다.

'이걸 어쩌나? 이 늙은이가 제대로 불평을 터트리면 여기 저기서 날 물어뜯을 놈들이 달려오겠지. 하는 수 없어. 내 직권으로 설득시키는 수밖에.'

국정원장은 양복 안주머니에서 조그만 가죽 갑을 꺼냈다. 뚜껑을 열자, 보통은 다이아몬드 반지가 있을 만한 곳에 새빨간 알약이 놓여 있었다.

"어르신, 제 말이 이상하게 들리겠지만 이걸 드셔야 그 질문에 답을 드릴 수 있습니다."

국정원장과 알약을 번갈아 바라보는 현기명의 눈이 반짝거렸다. 저 알약이 무엇인지는 알고 있다. 적두, 혹은 혈두라 불리는 알약으로 안진후라는 그 아이가 '복용자'라 부르는 사람들이 먹는 약이었다.

"자넬 믿어 보지."

현기명은 그 알약을 입에 넣고 삼켰다. 그러나 소화가 되지는 않도록 내공으로 감쌌다.

한숨을 내쉰 국정원장의 입에서 설명이 흘러나왔다.

그 이야기를 들으면서 현기명은 안진후가 얼마나 똑똑한지, 얼마나 간략하게 핵심만 알려 줬는지 알 수 있었다. 들을수록 내용이 산으로 가는 느낌이랄까.

그래도 이야기가 품은 규모에 현기명은 놀랐다. 국정원장

뿐 아니라 정계, 재계의 출중한 인물들이 그렇게나 많이 복용자였다니. 안진후의 조사에 포함되지 않은 복용자도 꽤 많은 듯했다.

설명을 끝낸 국정원장이 땀으로 흥건한 손수건을 반대쪽으로 접어 목과 뺨을 닦았다. 그런 후에 말을 이었다.

"국정원은 어르신의 넷째 제자분에 대해 아무런 의도가 없습니다. 그저, 계약에 의해 유니온의 요청을 받아들였을 뿐입니다. 어르신께서 불편하셨다면 당장 감시 작전을 중단시키겠습니다."

국정원장은 얼른 핸드폰을 꺼내어 지시를 내렸다.

"그 알약은 뭔가?"

"그 약을 먹어야 유니온이라든지 각성자라든지, 믿기 힘든 이야기를…… 이해할 수 있고, 그 기억을 유지할 수 있습니다. 만약 사흘 이상 먹지 않으면 상식으로는 받아들일 수 없는 기억은…… 머릿속에서 사라집니다."

"그게 사실인가?"

"그렇습니다."

"오늘 들은 자네의 이야기도 사흘 후면 잊어버리겠군."

"……아닙니다. 제가 어르신께 그 약을 드리겠습니다."

"유니온이 이 괴상한 알약을 공급한다면, 아무런 대가 없이 주지는 않을 텐데."

"맞습니다. 국정원이 그들의 요구를 받아들인 이유가 바로 거기 있습니다."

현기명은 팔짱을 낀 채 몸을 틀어 비 내리는 창밖을 내다보았다.

떠다니는 로봇과 사라졌다 다른 곳에 나타나는 김현을 보았을 때와는 다른 차원의 충격이 그의 마음을 흔들었다. 이제까지 안다고 생각했던 세계는…… 반 쪼가리였다.

"가 보게."

몸을 일으킨 현기명이 손을 내밀었다.

화들짝 일어나 그 손을 맞잡는 국정원장.

그 순간, 현기명은 청동 꽃병으로 여자의 머리를 내리치는 국정원장을 볼 수 있었다. 머리카락이 희끗희끗한 지금과 달리 적어도 10년, 어쩌면 20년 전의 원장 같았다. 카펫 깔린 바닥에 쓰러진 여자는 의식을 잃었지만, 국정원장은 악귀 같은 얼굴로 때리고 또 때렸다. 꽃병에는 피와 머리카락이 달라붙어 있었다.

"……어르신?"

"꽃을 좋아하나?"

"좋아하진 않지만 와이프를 위해 가끔 사긴 합니다만."

"아끼는 청동 꽃병이 있는데, 언제 자네에게 선물로 보내줌세."

"……."

국정원장의 눈이 흔들렸다. 새하얗게 질려 버린 얼굴. 깊이 파묻은 비밀이 폭로된 사람의 표정이었다.

"또 보지."

"아, 네, 어르신."

국정원장은 서재 밖으로 나온 후에야 한숨을 내쉬었다.

도망치듯 노관장의 거처인 무재를 벗어난 그는 자신을 기다리는 남자를 알아보았다.

"강 관장."

"무슨 일로 오신 겁니까?"

"말도 말게. 어르신은 날이 갈수록 종잡을 수가 없군."

국정원장은 고개를 내저었다.

빙긋 웃은 강영준.

"고생하셨네요."

"여기 올 때마다 수명이 몇 년은 줄어드는 느낌이야. 자네가 어서 계승자가 되어야 할 텐데."

"말씀만으로 감사드립니다."

"또 보세."

국정원장은 자신을 기다리는 차를 향해 걸어가며 땀에 쩐 손수건을 버렸다.

비가 그쳤다.

현기명은 슈퍼마켓에 들렀다. 병원 앞이라 문병을 위한 상품이 진열되어 있었는데, 거기서 뭘 골라야 할지 알 수가 없었다.

"도와 드릴까요?"

다가온 마켓 주인. 대략 40대 중후반으로 보인다. 살집이 있지만 눈빛은 상인 특유의 영악함으로 반짝거렸다.

"아픈 제자가 있어서요."

"그러면 이게 좋을 것 같네요. 교수님."

주인은 슬쩍 '교수'라는 호칭을 덧붙였다. 상대가 교수라면 합당한 대접에 기꺼울 테고, 아니라면 교수처럼 보인다는 사실에 흡족할 터였다.

현기명은 비싼 홍삼 세트를 들고 나왔다. 오늘만큼은 장삿속이 훤한 주인과 말싸움을 하고 싶지 않아서였다.

병원으로 들어서자 소독약 냄새가 코로 스며들었다.

언제부터인지 병원에 발걸음을 끊었다. 웬만해서는 병원 근처로도 오지 않았다. 다만 하나둘씩 세상을 등지는 친구들의 마지막은 놓칠 수 없었다.

엘리베이터를 타고 올라갔다.

입원실 앞.

현기명은 한숨을 내쉬었다.

황철호가 해옥인가 뭔가 하는 감옥에 갇히는 바람에 병원에 입원해서 치료받는 오정목과 이근상은 왜 사부가 찾아오지 않는지 매우 궁금한 눈치였다. 그 때문에 현기명이 직접 찾아온 것이다.

문을 열고 들어선 현기명.

"노, 노관장님……."

귤을 까먹고 있던 오정목이 현기명을 먼저 발견했다. 그 옆 침대에서 음료수를 마시던 이근상은 손에 쥔 캔을 떨어뜨리고 말았다.

현기명은 천천히 걸어가 홍삼 세트를 오정목의 침대에 내려놓았다.

"몸은 좀 어떠냐?"

"조, 좋습니다! 곧 퇴원할 수 있다고 의사 선생님이 말씀, 아니 말했습니다."

오정목은 침대 밖으로 나와 차렷 자세를 취했다. 이근상도 마찬가지였다. 같은 입원실에 있던 환자와 가족들이 그 기이한 광경을 쳐다보고 있었다.

"앉아라."

"네, 노관장님."

오정목, 이근상은 침대에 앉아 허리를 꼿꼿이 폈다.

"철호는 내 부탁으로 어디 멀리 갔다."

현기명의 말에 오정목, 이근상의 얼굴이 밝아졌다. 두 사람 다 황철호를 잘 알기 때문에 무슨 일이 생긴 게 아닐까 염려했던 것이다.

"김현도 당분간은 보기 힘들 게다. 내가 지시한 일을 하고 있기 때문이야."

현기명은 김현의 부탁을 떠올렸다. 유니온의 주목을 받고 있는 상황에서 김현이 문병을 오면 오정목, 이근상도 위험해진다. 김현은 두 사람을 향한 미안함을 현기명에게 맡겼다.

"아, 그래서 김현을…… 아니, 소사숙을 볼 수 없었던 모양입니다."

오정목이었다.

두 사람을 위로한 현기명은 그 병원에 입원한 다른 제자들도 찾아갔다. 누구 하나 그날의 진실을 기억하지 못했다. 다들 가스관 폭발 사고라고 알고 있었다.

마지막은 외손녀 홍유정의 방이었다.

홍유정은 특실에 입원해 있었다. 과거에 현기명에게 신세를 진 병원장이 우겨서 결정한 일이었다.

"할아버지!"

눈을 초롱초롱 빛내며 반기는 홍유정.

"몸은 좀 어떠냐?"

"몇 번이나 말씀드렸잖아요. 오늘이라도 퇴원하고 싶어요. 그래도 될 만큼 좋아요."

침대에서 벗어난 홍유정은 자세를 잡고 발 차기를 했다. 공간을 가르는 속도가 제법 빨랐다. 그러나 현기증으로 몸이 흔들리고 말았다.

제자들 대부분의 상태가 홍유정과 비슷했다. 겉으로 드러난 상처는 이미 완치되었다. 수십 명의 의사들이 동원된 정밀 검사 결과였다.

　　문제는 몸 내부였다. 꼬집어 말한다면 마음에 구멍이 뚫려 있었다. 몸과 마음이 어긋나 버려 쉽게 지치고, 주의 집중이 어려워졌으며, 악몽에 시달렸을 뿐 아니라 몸의 균형 감각이 무너져 있었다.

　　"너무 무리하지 마라."

　　"……할아버지, 몸이 대체 왜 이럴까요? 유독가스 때문일까요? 전 두려워요."

　　"곧 괜찮아질 게다."

　　가슴이 찢어지는 듯 아파 온다. 현기명은 천무관이 공격을 받을 거라고는 상상도 못 했다. 상상해 본 위기는 기껏해야 관원의 수가 줄어드는 경우뿐이었다.

　　딸이 병실로 들어왔다.

　　"왔구나."

　　현기명은 딸에게 외손녀를 맡긴 후 도망치듯 병실을 빠져나왔다.

　　천무관은 공사로 시끄러웠다.

폐허가 된 행무관은 아예 새로운 스타일로 건축 중이었고, 피해를 입은 다른 건물은 보수공사가 진행되고 있었다. 그동안 관원들은 근처 학교 강당에서 수련을 했다. 천무관 사고 소식을 접한 학교 측은 흔쾌히 강당을 빌려주었다.

현기명은 포클레인에 의해 파헤쳐지는 땅을 바라보았다. 죽기 전에 이런 광경을 볼 줄이야.

인기척이 느껴졌다.

"죄송합니다, 사부님."

관장 강영준이었다.

"그런 말은 하지 말라고 했다."

"제 불찰입니다. 평소에 제대로 살폈다면……."

"도시공사 검사 결과는 너도 보지 않았느냐? 사전에 알 방법이 없었으니 누구 잘못도 아닌 게지."

"……."

고개를 푹 숙인 강영준.

현기명은 혀를 찼다. 둘째 황철호나 미국으로 달아나 버린 셋째에 비해 유달리 책임감이 강한 녀석이 강영준이었다. 사고도 자기 잘못으로 믿고 있었다.

"한 달 뒤에 계승례를 열자꾸나."

"계승례라면?"

"그래, 나도 늙었으니 언제까지 계승자 노릇을 계속할 수는 없을 것 같구나."

강영준을 계승자로 받아들여 공식적으로 발표하겠다는 선언. 그 말에 깜짝 놀란 표정이었지만 강영준은 곧 고개를 숙이며 대답했다.

"알겠습니다."

"그때 수문례도 같이 치르는 게 좋겠다."

　현기명은 계승자의 지위를 넘기기 전, 김현을 마지막 제자로 선택할 생각이었다.

"사부님의 명을 받들겠습니다."

　수제자가 물러가자, 현기명은 안타까운 마음으로 그의 뒷모습을 바라보았다.

　천무도, 천부선공, 때로는 천무신공이라고도 불리는 무술의 핵심은 바로 자유로움이다. 보이지 않는 감옥, 껍질을 깨고 나올 수 있어야 익힐 수 있으며 성장할 수 있는 무술에, 수동적이고 소극적인 태도는 그리 도움이 되지 않는다.

"내 탓도 커."

　강영준을 제자로 삼을 때, 천무관은 큰 위기로 흔들리고 있었다. 현기명은 관장으로서 안정감을 중시했고, 그 스타일이 제자 선택에도 영향을 미쳤다.

　반면에 황철호를 받아들일 때는 현기명 자신이 자유롭고 엉뚱하며 거침이 없는 무술을 추구하고 있었다. 그리고 뒤늦게 지식과 지혜에 푹 빠졌을 때, 셋째를 만났다.

　넷째는?

웃음이 터져 나왔다.

설계도를 들여다보던 공사 현장 소장이 현기명을 힐끔 쳐다봤다.

심심할 때 김현을 만났다. 어떻게 보면 김현이 보여 주는 그 재능과 기적 같은 성취는…… 지루한 현기명의 일상에 던져진 커다란 돌멩이였다.

웃음이 잦아들다가 자취를 감추었다.

고민을 거듭했지만 이미 결정은 나 있었다. 몰랐다면 이전처럼 살 수 있을지도 모른다. 하지만 진실을 알게 됐으니, 계속 앞으로 걸어갈 수밖에 없다.

오가는 사람들로 가득한 거리.

고형덕은 눈살을 찌푸렸다.

– 형사님, 들려요?

인파에 휩쓸려 천천히 걸어가는 고형덕의 귀로 익숙한 목소리가 파고든다. 귀에 꽂은 이어폰에서 흘러나온 음성이다.

"진후야, 소리가 너무 크다."

– 이젠 어때요?

볼륨이 줄어들었다.

"괜찮군."

－연세에 비해 청력이 아주 좋으시네요.

그 말에 고형덕은 기분이 상했다. 연세에 비해? 옆에 있다면 정수리에 알밤을 먹여 줄 텐데.

－설마 언짢으신 건 아니죠?

"전혀."

고형덕은 속으로 '눈치 빠른 놈'이라고 생각했다.

－그러면 본격적으로 임무에 들어가기 전에 테스트를 진행하겠습니다.

"테스트?"

－매우 중요한 임무여서 형사님께서 하실 수 있는지 확인해야 하니까요.

"말해 봐."

－정면으로 다가오는 남자 보이시죠? 선글라스 낀 덩치 큰 남자요.

"아주 잘 보여. 나이에 비해 시력은 아, 직, 좋으니 말이야."

－하하하.

"그래서?"

－그 남자의 지갑을 훔치세요. 물론 그 남자가 눈치채면 안 됩니다.

"……농담이겠지?"

－전혀요. 만약 실패하면 형사님께 일을 맡길 수는 없어요.

"좋아."

고형덕은 다리에 정신을 집중했다.

수없는 연습으로 몸의 일부만 변신할 수 있게 되었다. 바지 안쪽의 피부에 털이 자라나자, 몸이 가벼워졌다. 고형덕은 안진후가 지목한 남자 곁을 스치듯 지나갔다. 보통 소매치기와 달리 부딪치는 일도 없었다.

고형덕은 악어가죽 재질의 장지갑을 들어 올렸다.

"어때?"

- 대단해요!

흥분이 느껴지는 탄성.

그 말을 들은 고형덕은 방향을 돌려 남자에게로 돌아가 지갑을 원래 위치에 갖다 놓았다. 그런데도 남자는 전혀 눈치를 채지 못했다.

- 이제 임무를 알려 드리겠습니다. 형사님은 거기서 세 사람의 옷깃 안쪽에 감시 장비를 고정시키셔야 합니다. 세 사람은 모두 블랙 길드 소속이며 한 사람은 각성자, 다른 두 사람은 복용자입니다. 세 사람의 인상착의는 지금 보냅니다.

안진후의 말이 끝나자, 고형덕은 눈앞에 나타난 세 사람의 얼굴을 보고 화들짝 놀랐다. 마치 페플에 접속한 것처럼 반투명 창이 떠오른 것이다.

안경이었다!

"놀랍군."

고형덕은 안경을 벗어서 살폈다. 표면에 조그만 사진 세장이 나타나 있었다.

다시 안경을 낀 고형덕.

- 지금부터는 형사님께 맡깁니다. 감시 장비는 미리 드린 플라스틱 케이스 안에 있습니다.

그 순간, 고형덕은 표적 세 사람 중 하나를 발견했다.

'실력 발휘 좀 해 볼까나.'

제주도의 공기는 포근했다.

바닷가에 선 현기명은 철썩철썩 밀려드는 파도를 물끄러미 쳐다보며, 그 너머 어딘가에 있을 해옥을 생각했다. 각성자도 천차만별이라서 범죄를 저지르기도 하는데, 재판 결과 유죄가 선고된 자들은 해옥 깊숙한 곳에 재수감된다.

김현은 조은석의 죽음과 황철호는 관련이 없다고 철석같이 믿었다. 현기명 역시 같은 마음이었다. 황철호가 살인이라니. 차라리 해가 서쪽에서 뜨는 게 빠를 것이다.

핸드폰 벨이 울렸다.

"현기명이오."

- 닥터 프로메테우스입니다.

"아…….."

현기명은 둥실 떠다니는 쓰레기통을 떠올렸다. 왠지 말문이 막히는 것만 같았다.

　─일주일에 한 번 식재료를 포함한 생활 물품을 실은 배가 서귀
포에서 남쪽으로 출항한다는 사실을 알아냈습니다. 그 규모를 고려
할 때, 목적지는 해옥이 분명합니다.

"⋯⋯배 위치와 이름을 알려 주시오."

　─해옥은 감시가 삼엄합니다. 대단히 위험한 계획입니다. 개인
적으로는 말리고 싶습니다.

"말씀은 고맙소."

현기명은 전화를 끊었다.

너무 무뚝뚝하게 대했나 싶었지만 다시 전화가 와도 그 이
상으로 살갑게 대화를 나눌 수 있을 것 같지는 않았다.

김현, 안진후, 박용준 같은 아이들은 닥터 프로메테우스를
진짜 사람처럼 생각하고 행동했다. 젊어서 변화를 쉽게 받아
들일 수 있는 모양이지만⋯⋯.

서귀포로 이동한 현기명은 닥터 프로메테우스가 알려 준
배를 찾아갔다. 겉모습은 낡았지만 결코 작은 배는 아니었
다. 한창 화물이 실리는 중이었다.

이 계획은 닥터 프로메테우스는 물론 안진후, 고형덕 그리
고 김현까지 반대했었다. 그러나 현기명은 제자의 문제를 잠
자코 지켜볼 수는 없었다.

"뭐, 어떻게 되겠지."

날이 어두워지길 기다린 노관장은 도둑고양이처럼 배로

숨어들었다. 화물이 쌓인 곳에 몸을 숨길 공간은 충분했다. 배는 자정 무렵 출항했다.

해가 뜨고도 한참 후에 도착한 곳은 석유나 가스 따위를 발굴하고 시추해서 생산하는 거대한 구조물, 해양 플랜트였다. 배에 실린 화물은 그물로 둘러싸인 대형 원통으로 옮겨졌고, 현기명은 물품 사이로 재빨리 몸을 숨겼다.

공중에서 흔들리는 원통.

화물 하나가 낡은 그물을 찢고 바다로 추락해 첨벙 소리를 내며 가라앉았다. 원통이 한쪽으로 기울자 현기명은 하마터면 미끄러져 바다로 떨어질 뻔했다.

무사히 플랜트에 도착한 현기명은 여기저기 연결된 파이프 사이로 움직이며 상황을 살폈다.

화물을 옮길 사람들이 다가왔다. 그중 한 사람은 원통의 그물을 고치기 시작했다. 현기명은 나무 상자를 어깨에 올려 얼굴을 가리며 플랜트 내부로 들어갔다.

'이 나이에 액션 영화를 다 찍는구나.'

창고에 나무 상자를 내려놓은 현기명은 좁은 복도로 접어들었다. 아드레날린이 분비되는지 몸의 감각이 극도로 예민해져, 모퉁이 쪽으로 다가오는 인기척이 생생하게 느껴졌다.

방으로 급히 들어간 현기명.

하얀 가운을 입고 약병을 확인하던 늙은 의사가 현기명을 보고 고개를 갸웃거렸다.

싱크

동그란 안경을 낀 의사의 얼굴에 파문이 일었다. 현기명이 외부인이라는 사실을 뒤늦게 알아차린 것이다.

붉은 버튼으로 손가락을 뻗었지만 누르진 못했다. 어느새 다가온 현기명이 의사의 혈도를 찍어 버린 것이다.

공포로 질린 의사는 신음조차 내지 못했다.

"죽진 않아, 얌전히 있으면. 그 말은 까불면 죽을 수도 있다는 뜻이겠지?"

천천히 고개를 끄덕이는 의사.

의사의 뒷목을 쳐서 기절시킨 현기명은 그냥 나가려다 다시 돌아와 하얀 가운과 동그란 안경을 빌렸다. 없는 것보단 나을 것 같아서였다.

'자, 본격적으로 돌아다녀 볼까?'

현기명은 복도로 나갔다.

마스터

까마득히 높은 건물을 본 스노빈은 꿈을 꾸고 있음을 깨달았다.

자각몽.

태어나서 한 번도 저토록 높은, 석재나 벽돌이 아니라 하늘을 담을 수 있는 유리 재질로 겉면이 뒤덮인 건물은 본 적이 없었다. 룬트란 왕국뿐 아니라 중명 제국 어디에도 저처럼 아름답고 웅장한 건물은 존재하지 않는다.

빵빵.

뒤에서 들린 굉음.

몸을 돌린 스노빈은 우스꽝스럽게 생긴 철제 상자 안에 앉아 있는 사람을 발견했다.

"야, 이 새끼야!"

앞쪽이 투명한 유리로 된 그 커다란 철 상자 안의 사람이 소리쳤다.

빵빵빵.

철 상자는 그 뒤에도 많았다. 귀를 아프게 할 만큼 큰 소리가 철 상자에서 흘러나왔다.

"비켜! 비키라고!"

"개새끼, 술 좀 작작 마셔!"

"그 꼬라지는 또 뭐야?"

스노빈이 쏟아지는 욕설에 밀리듯 옆으로 비켜서자, 철 상자는 저절로 달리기 시작했다. 그 뒤로 은색, 흑색, 적색 심지어 청색의 철 상자들이 따르고 있었다. 낯선 형태의 새까만 바퀴를 단 철 상자들이었다.

"엄마, 저 아저씨 좀 봐."

엄마의 손을 잡고 걸어가던 소녀가 손가락으로 스노빈을 가리켰다. 엄마는 아이를 안더니 몸을 돌려 급히 가 버렸다.

마법사 특유의 로브와 비슷하나 좀 더 낡고 서민적인 옷을 입고 있던 스노빈은 서서히 몰려드는 사람들의 복장을 확인할 수 있었다. 다수가 정상이라면 확실히 스노빈의 옷은…… 기괴했다.

찰칵찰칵.

사람들이 앞으로 내민 조그만 물건에서 나는 소리였다.

처음 보는 물건이어서 스노빈이 호기심을 참지 못하고 다가서자, 사람들은 화들짝 놀라며 물러섰다.

"코프스레 하나 봐."

"아니, 딱 봐도 미친놈이야. 눈이 풀렸잖아. 곧 침까지 흘리며 달려들걸."

"어디 아픈가 봐."

"페플에서 저런 사람 자주 봤는데."

사람들이 수군댔다.

순식간에 수십 명이 스노빈을 에워쌌다. 시간이 흐르자 수백 명이 몰려들었다.

그들을 헤치고 다가온 건 어딘지 모르게 권위가 느껴지는, 똑같은 옷을 입은 남자들이었다.

"경찰이야."

"경찰이 왔어."

근처 사람들이 말했다.

경찰이라 불리는 남자들에게 팔이 잡히는 순간, 스노빈은 잠에서 깼다.

눈을 뜬 스노빈은 천장을 바라보았다. 꿈이라기보다는……마치 낯선 세계에 갔다 온 느낌이었다. 그 다채로운 색깔, 그 생생한 광경이 꿈이었다니.

요즘 자주 꾸는 꿈을 한쪽으로 밀어 놓은 그는 침대에서 일어나 창가로 향했다.

부서져 틀만 남은 창 너머 아래로 촘촘하게 박혀 있는 목책과 거기 몰려 있는 사람들이 보였다. 마법사, 용병, 상인 그리고 무인 들까지 이곳에서 벌어지고 있는 일 때문에 찾아온 것이다.

"거기서 아무리 궁리해 봐야 아무것도 알아낼 수 없을걸."

스노빈은 빙긋 웃었다.

비밀은 그 자체로 힘이라는 스승님의 말씀은 진리였다. 저들은 망량에게 먹힌 지역이 왜 줄어들었는지, 왜 이 건물에 들어와 있는 사람들은 망량에게 당하지 않는지 상상도 못 할 것이다.

똑똑.

"베키예요, 아저씨."

"들어와."

스노빈은 배시시 웃으며 다가오는 소녀를 가볍게 안아 주었다.

"엄마가 모시고 오래요."

"그럼 당연히 가야지."

베키를 어깨 위에 올린 채 스노빈은 복도로 나갔다.

건물은 이미 깨어난 지 오래였다. 오랫동안 빈민굴에서 노숙하던 사람들에게 이곳에서의 삶은…… 행복이었다. 누가 시키지 않아도 해 뜨기 전에 일어나 건물 보수공사를 시작했

싱크

다. 여자들은 내부를 청소했고, 남자들은 창을 달거나 기둥을 손보는 등 굵직한 일을 맡았다.

뜨거운 빵과 우유가 준비되어 있었다.

"감사합니다, 번번이."

"평생 해 드릴 수도 있어요. 현자님은 은인이시니까요."

엄마의 얼굴은 아침 태양처럼 밝았다.

식사를 마친 스노빈은 산책하듯 돌아다니며 사람들을 도왔다. 넘쳐흐르는 지식으로 보수공사에 조언을 아끼지 않았으며, 지루해하는 아이들에겐 흥미진진한 놀이를 가르쳤고, 나이 많아서 움직이기 힘든 노인들에겐 앉아서 할 수 있는 소일거리를 일러 주었다.

어딜 가더라도 사람들은 스노빈을 '현자님'이라며 깍듯하게 대했다. 그들의 얼굴을 볼 때마다 스노빈은 가슴 가득 차오르는 감동을 느낄 수 있었다. 사람을 돕는다는 것이 얼마나 기분 좋은 일인지 예전엔 미처 몰랐다.

옥상으로 올라간 스노빈은 주위를 둘러보았다.

아직 봉쇄 구역 중앙에는 어둠이 내려앉아, 햇살조차 파고들지 못했다. 그 중심에 두령이 존재하고, 셀 수도 없이 많은 망량들이 돌아다니고 있었다.

망량 중 일부는 이 건물뿐 아니라 목책 근처에도 출몰했지만, 노바디가 데려온 사람들은 건드리지 않았다.

망량을 볼 수 있는 아이들은 처음엔 놀랐다가 이젠 오히려 망량을 졸졸 따라다니기도 했다. 물론 위험지역에는 어른들이 지키고 서서 아이들의 출입을 금지했다.

태어나서 지금까지 살아오면서 이토록 가슴 따스한 기적은 처음이었다.

천야장 퍼브의 후손인 예살란을 찾아내면 이 구역 전체가 힘없고 가난한 사람들에게 개방될 것이다. 싼값에 건물을 넘긴 상인, 귀족 등은 지금쯤 배가 아파 불면증에 시달리고 있을 터였다.

봉쇄 구역에 속한 건물은 모두 스물여덟 개, 현재 사람들이 보수공사를 진행하는 건물은 세 개였다. 스물여덟 개 모두 망량에게서 벗어난다면 이번 겨울은 따뜻하게 보낼 수 있을 것이다.

까마귀 한 마리가 날아왔다. 스노빈의 머리 위에서 맴돌던 까마귀.

"심보각주께서 보낸 놈이구나."

스노빈이 손짓하자 까마귀는 기다렸다는 듯 내려와 팔뚝에 앉았다.

까마귀의 발에 묶인 쪽지는 꽤 두툼했다. 붕효 특유의 암호가 잔뜩 적혀 있었다. 보통 사람이라면 해석을 위해 암호표가 필요하겠지만 스노빈은 읽으면서 동시에 암호를 평문으로 알아낼 수 있었다.

"음, 재미있군."

엘루마를 포함한 룬트란 왕국 전체에 큰 변화의 바람이 불고 있다는 내용이었다.

엘루마에서 열리기로 예정되었던 영웅회 개최는 결국 불발로 끝나겠지만, 영웅회는 몇 개의 씨앗으로 쪼개져 싹을 틔우고 있었다.

7대무문이 힘을 모은 무맹, 8대마탑이 의견을 조율한 마협, 4대용병대가 연합한 용병련, 5대상단이 공동의 목표를 결정한 총상회는 영웅회로 인한 결과였다.

무맹, 마협, 용병련, 총상회의 탄생은 새로운 시대가 열렸다는 뜻이기도 했다.

쪽지는 무맹, 마협, 용병련, 총상회 모두 현자 집단 호지센 회주의 합류를 원하고 있으며, 그에 대해 회주의 의견을 구한다는 내용으로 끝이 났다. 독특한 능력을 소유한 현자들의 힘에 군침을 흘린다는 의미였다.

"아직은 지켜봐야 할 때야."

스노빈은 암호문으로 뜻을 적어 까마귀 발에 다시 묶었다. 까마귀는 하늘로 날아올랐다.

저수지에 물이 가득 고였다. 그 어마어마한 양의 물은 결국 아래로 흐를 테고, 그 급류는 본격적으로 세상을 휩쓸 것이다. 스노빈은 과거와 현재 그리고 미래의 일부를 볼 수 있었다.

시끌벅적하던 목책 근처가 갑자기 조용해졌다. 몰려 있던 사람들이 둘로 갈라졌고, 그 사이로 노바디가 걸어서 봉쇄 구역 안으로 들어섰다.

"노바디!"

스노빈이 외쳤다.

스노빈을 알아본 노바디는 그 자리에서 사라졌다.

스노빈은 천천히 돌아섰다. 거기 노바디가 서 있었다.

현섬을 두 눈으로 본 사람들 사이에 탄성이 퍼져 나가고 있었다.

"너답지 않게 고함을 지르다니, 뭐냐?"

평소의 스노빈이라면 옥상에 서서 힘껏 노바디의 이름을 부르지 않았을 것이다.

"들려줄 이야기가 있어서."

"중요한 이야기인가 보네."

"조금."

스노빈은 호지센의 심보각주 붕효에게서 온 정보를 노바디에게 자세히 설명하면서 그 반응을 살폈다. 어디서 놀라는지, 어디서 움찔거리는지 알고 싶어서였다.

'확실히 이 녀석은 권력의지가 부족해. 아니, 거의 없다고 해도 과언이 아니야. 그런데도 사람들이 곁으로 모여들고 있어. 녹색날개 일족의 후계자 아로간타르, 뮤카멘 백작가의 체리언, 도크 남작가의 일원이자 암연 용병대 소속 용병인 핀토, 데프 상단의 트로만, 대신전의 신관인 테르툰까지 모두 노바디의 사람들이라고 할 수 있어. 거기에 누구도 무시할 수 없는 하이엘프 셀레스카르의 존재감을 더하면…… 아! 론투엘 왕세자도 있었지. 아무튼, 무지무지 재미있는 일이 벌어질지도 몰라.'

이야기는 끝났다.

듣기만 하던 노바디가 스노빈을 바라보았다.

"영웅회는 열리지 않았지만, 영웅회로 인해 그 조직들이 만들어졌다는 거지?"

"맞아."

"내게 구구절절 설명한 이유는?"

"맞혀 봐."

스노빈이 씨익 웃었다.

"전혀 모르겠는걸."

"추측이라도 해 봐."

"음, 그럴까?"

고민하기 시작하는 노바디.

스노빈은 노바디의 그릇 크기를 보고 싶었다. 무엇을 얼마나 담을 수 있을지 확인하고 싶었다.

처음 노바디를 만났을 때는 이방인을 향한 혐오가 가슴속에 가득 차 있었다. 노바디에게 이용당했을 뿐 아니라 롭시스 국수 때문에 치욕스러운 경험을 했을 때는…… 수단과 방법을 가리지 않고 죽이고 싶은 마음까지 일었다.

그 증오가 누그러진 건 이해할 수 없는 노바디의 행동과 결정을 눈으로 본 이후부터였다.

빈민굴로 모여든 사람들을 위해 그 고생을 자처하다니. 이 방인 주제에 현지인을 진심으로 도와주는 모습을 도저히 참을 수 없었고, 그 때문에 스노빈은 어처구니없는 일에 동참했던 것이다.

'죽어야 산다', 머리로는 깨닫지 못할 지혜. 스노빈은 몸으로, 삶으로 그 지혜를 깊이 습득했다. 노바디를 통해 수십 번 죽었고, 그 덕분에 현자로서 되살아났음을 잘 알고 있었다.

노바디는 정교하게 계획을 세워 실행하는, 책사 같은 사람과는 거리가 멀었다. 오히려 충동적으로 행동하는 모험가 쪽이 어울렸다.

신기한 건, 결과였다.

천재적인 두뇌를 지닌 책사가 나선다고 해도 노바디의 성취를 반이라도 따라갈 수 있을까?

하이엘프 셀레스카르의 제자가 되려는 사람들은 엄청나게 많았다. 왕세자 론투엘도 그중 한 명이었다. 그러나 수제자는 갑자기 튀어나온 노바디의 몫이었고, 론투엘은 우여곡절 끝에 셀레스카르의 막내 제자로 받아들여졌다.

'적어도 난 할 수 없는 일이야.'

궁리를 끝낸 노바디가 스노빈을 바라보았다.

스노빈의 눈은 기대감으로 빛났다.

"아무리 생각해도 모르겠어."

"……."

스노빈은 실망을 감출 수 없었다. 노바디가 일궈 낸 그 어마어마한 결과는 그저 운에 불과한 걸까?

"그래도 하나는 알아."

"……뭔데?"

심드렁한 스노빈.

"내 앞에 서 있는 미래의 대현자는 누구보다도 똑똑하다는 사실을."

눈앞에서 환하게 웃는 노바디.

그 얼굴을 본 스노빈은 현기증을 느꼈다. 아무것도 아닐 수 있는 말인데, 왜 꼭 깊은 구덩이에 빠져서 한없이 추락하는 느낌이 들까.

'난…… 이 녀석의 그릇에 빠진 거야.'

"어디로 가고 싶어? 아니, 어디까지 올라가고 싶어?"

흥분을 가라앉힌 스노빈이 물었다.

"꼭대기."

"꼭대기?"

가슴이 떨리는 스노빈.

"응, 꼭대기."

노바디의 담담한 어조.

"혼자 갈 수 없는 곳이야, 거기는."

"좋은 곳이니까 같이 가야지."

노바디의 목소리가 감미로운 음악처럼 들렸다. 스노빈은 앞으로 오랫동안 이 녀석 곁을 지키게 될 거라고 확신하며 활짝 웃었다.

"그 전에 갈 데가 있다는 거 알고 있지?"

"물론."

"좀 겁나."

"그래 봐야 죽기밖에 더하겠어?"

노바디의 말에 스노빈은 웃음을 터트렸다.

공간을 가로질러 아래로 떨어지는 빛의 기둥.

겔란드는 동전을 손가락으로 튀겼다.

빙글빙글 돌며 위로 올라간 동전은 채광창을 통과해 바닥의 대리석으로 비치는 빛 속으로 쏙 들어갔다. 동전에 반사된 빛이 겔란드의 얼굴, 벽의 청동 장식, 화려한 초상화, 촛대 등을 훑었다.

동전이 겔란드의 손으로 떨어지자 찰나의 축제는 끝났다.

이틀이 멀다 하고 시청 대기실로 찾아와 시장과의 면담을 요청해 왔다. 시장은 코빼기도 보여 주지 않았지만, 겔란드로서는 포기할 수 없었다.

"휴우."

한숨이 흘러나왔다.

여섯째인 콜마에게 빌린 돈도 바닥이 났다. 영웅회 개최는 달걀로 바위 치기였던 것이다.

문득 어젯밤 꿈이 생각났다.

아무리 생생한 꿈도 침대를 벗어나는 순간 흐릿해지기 시작한다. 숲을 덮지만 아침 햇살에 사라지는 안개처럼 꿈은 빠르게 잊힌다. 그런데 그 기이한 꿈은…… 시간이 흐를수록 더 또렷해졌다.

나귀나 말이 끌지도 않는데 저절로 움직이는 금속 재질의 마차.

상상을 초월하는 높은 건물.

두꺼운 액자 속에서 자유롭게 움직이는 소인들.

"하하."

힘없는 웃음이 삐져나왔다. 고민이 깊다 보니 이런 꿈도 다 꾼다 싶다.

발소리가 들려, 고개를 든 겔란드.

"안녕하십니까."

잘생긴 청년이 걸어왔다.

천천히 몸을 일으킨 겔란드는 청년의 몸에서 깊고 무거운 기개를 느낄 수 있었다. 조금씩 눈이 커졌다. 이목구비가 낯설지 않았던 것이다.

"접니다, 바탄."

"……아."

"좀 많이 컸죠?"

"그, 그래."

겔란드는 어린 시절의 바탄을 떠올렸다. 개구쟁이 바탄은 누구나 귀여워할 수밖에 없는 소년이었다.

"아저씨는 그대로네요. 좀 나이가 들긴 했지만요."

"엘루마에 왔다는 이야기는 들었다."

"좀 실망했습니다. 아저씨가 절 찾아올 거라고 생각했거든요. 아, 이유는 알고 있어요. 아저씨 입장에서 소문주인 절 만나기가 좀 어렵긴 할 테니까요."

빙긋 웃는 바탄.

"여긴 어쩐 일이냐?"

"시장님을 뵈러 왔어요."

"……그래?"

"안 그래도 아저씨를 만나려고 했는데, 잘됐네요. 전 아저씨가 태천문으로 들어왔으면 좋겠어요."

"뭐?"

"다른 사람들 생각은 안 하셔도 돼요. 제가 설득할 테니까요."

자신만만한 바탄.

"진심이구나."

"네, 진심이에요. 아저씨 같은 인재를 놓치고 싶지 않아요. 아저씨만 좋으면 반월단을 아저씨에게 맡기고 싶어요."

"반월단을?"

반월단은 태천문을 떠받치는 네 개의 기둥 중 하나였다.

"반월단주로서, 아직 허약한 저를 도와주세요."

"나, 나는……."

"아저씨가 용병 생활을 한다는 이야기를 들었을 때, 마음이 무척 아팠어요. 제게 조금이라도 힘이 있다면 아저씨를 반드시 되찾고 말리라 결심했어요."

"갑작스러운 이야기라서, 뭐라고 말해야 할지 모르겠구나."

태천문의 장로였던 사부에게서 수라부월공을 배운 이후, 태천문의 문도가 된다는 것은 겔란드의 꿈이었다. 그 소원이 좌절된 후 겔란드가 택한 삶이 바로 용병이었다.

그 꿈이 이루어지는 찰나가 아닌가. 뛸 듯 기뻐야 하건만, 겔란드는 왠지 모르게 불편했다.

"노바디 때문이죠?"

바탄이 핵심을 찔렀다.

"……."

겔란드의 얼굴이 딱딱하게 굳었다. 듣는 순간 사실임을 스스로 깨달았다. 태천문의 일원이 된다면 노바디와의 관계는 끝이 나고 말 것이다.

"아저씨의 염원을 포기할 만큼 대단한가요, 그 이방인이?

전 아니라고 생각해요. 아저씨가 원한다면 라마간의 칠건파 사람들 모두를 반월단의 일원으로 받아들이겠어요."

"나를…… 과대평가하는구나."

젤란드는 칠건파 사제들까지 한꺼번에 문도로 받아들이겠다는 제안에 깜짝 놀랐다.

"아버지도, 다른 장로님들도 아저씨를 과소평가했어요. 전 그 사실을 잘 알고 있어요. 실종된 양현백 노장로님은 멸사십삼도를 익히셨어요. 아저씨는 노장로님께 수라부월공만 전수받았다고 하셨지만, 전 노장로님이 누군가에게 멸사십삼도를 전했다면 그건 아저씨뿐이라고 확신해요."

"멸사십삼도? 처음 듣는구나."

젤란드는 마음을 차분하게 가라앉혔다. 머릿속에서 아예 지워 버렸던 무공의 이름 때문이었다. 소문주 바탄의 입에서 그 무공이 튀어나올 줄이야.

"이번에 7대무문이 힘을 합치기로 했어요. 그레아트, 콘빅토르, 스로칸, 루네람, 벨리에브, 창천파 그리고 태천문이 영웅회의 취지를 이어서 무맹이라는 연합 조직을 만들었고, 영광스럽게도 전 무맹의 도각을 이끌게 됐어요. 아저씨가 그토록 원했던 영웅회의 결과예요."

바탄은 젤란드가 충격을 흡수하고 내용을 이해하도록 잠깐 뜸을 들였다.

"아저씨가 동분서주 영웅회 준비에 뛰어들지 않았다면 결코 이뤄 낼 수 없는 결과였어요. 따지고 보면 무맹은 아저씨로 인해 탄생했어요. 그 무맹에서 아저씨의 능력을 발휘하고 싶지 않으세요? 태천문으로 들어온다면, 반월단주가 된다면 아저씨는 무맹의 일원으로도 활동할 수 있어요."

겔란드는 입술을 꽉 깨물었다. 당장 하겠다고, 반월단주직을 받아들이겠다고, 무맹의 일원이 되겠다고 말할 뻔했다.

"옛날과는 달라지셨네요. 그때는 마음 가는 대로 결정하셨잖아요."

"뼈아픈 실수로 배운 지혜다."

"노바디가 지금 어디서, 무엇을 하는지 직접 보세요. 그런 후에 결정을 내리세요. 사흘 드릴게요. 전 아저씨가 필요해요. 꼭 절 도와주셔야 해요."

바탄의 말이 끝나는 순간, 겔란드가 그토록 애를 써도 굳게 닫혀 있던 문이 활짝 열렸다. 놀랍게도 시장이 직접 밖으로 나왔다.

"허허, 무맹의 도각주께서 오셨구려."

시장 아브롬이 활짝 웃으며 바탄을 맞았다.

"기다리셨군요. 제 불찰입니다. 좀 더 일찍 왔어야 했는데."

"아니오, 아니오. 자, 안으로 들어갑시다."

아브롬은 겔란드를 철저히 무시하며 바탄을 안으로 들였다. 곧 문은 쾅 닫혔다.

겔란드는 그 문을 바라보다가 몸을 돌렸다.

여관방 중앙에 놓인 세 개의 탁자들. 다닥다닥 붙어 있는 탁자들 위에는 신문, 서신, 보고서, 쪽지 등이 가득 펼쳐져 있었다.

뒷짐을 진 채 창가를 오가던 콜마는 거리의 정보원에게서 얻은 쪽지 하나를 집어 들었다. 이미 그 내용은 머릿속에 들어가 있지만 직접 손으로 만져 촉각을 자극하면 이전에 보지 못했던 진실이 드러날 수도 있음을 그는 잘 알았다.

빛의 도시 엘루마가 달라지고 있었다.

룬트란 왕국 전체가 술렁이고 있었다.

무맹, 마협, 용병련 그리고 총상회의 결성은…… 바로 이곳 엘루마에서 열릴 뻔했던 영웅회로 인한 결과물이었다. 대현자 파르소겐의 등장을 기다리며 서로 눈치만 보던 무문, 마탑, 용병대, 상단이 은밀히 움직여서 만들어 낸 조직이기도 했다.

똑똑.

문 두드리는 소리.

입구로 가서 문을 연 콜마는 여관 주인을 볼 수 있었다.

"손님이 찾아왔어요."

"알겠습니다."

탁자 위에 펼쳐졌던 서류 따위를 대충 정리한 콜마는 아래로 내려갔다.

여관 앞쪽에 두 사람이 서 있었다. 부채를 손에 든 채 유람 나온 듯한 분위기의 남자는 젊었고, 그 뒤에 서서 주위를 예리하게 살피는 사내는 호위처럼 보였다.

"콜마 님이시죠?"

젊은 쪽이 다가왔다.

"그렇습니다만."

"금치운이라고 합니다."

"설마?"

"맞습니다."

장난기가 서린 눈빛과 달리 얼굴 전체로 만만찮은 기운을 뿜어내는 청년이었다.

"금현대상단의 소단주께서 무슨 일로 절 찾아오셨는지요?"

"이미 알고 계실 텐데요."

실실 웃는 금치운.

'시험이군. 아무래도 총상회 쪽에 나를 아는 사람이 있는 모양이야.'

콜마는 잠시 고민했다. 금현대상단의 소단주가 직접 찾아왔으니 이쪽도 진지해질 수밖에 없다.

"총상회가 설립된 모양이군요."

"역시!"

손뼉을 치는 금치운.

"그저 추측일 뿐입니다."

"콜마 님을 총상회의 책사로 모시려고 저 금치운이 직접 찾아왔습니다."

그 말에 뒤에 서 있던 사내의 눈빛이 흔들렸다. 소단주의 뜻을 몰랐던 것이다.

콜마는 그 행동 덕분에 많은 것을 알아냈다. 소단주를 그림자처럼 따라다니는 저 호위조차 몰랐다면, 이 제안은 힘을 가진 극소수 권력자들의 결정이리라.

"귀류."

착 가라앉은 목소리.

"네, 소단주."

"실수했구나."

"……죄송합니다."

"잠시 물러가 있어라."

"하지만……."

"두 번 말하게 하지 마라."

"존명."

귀류라 불린 호위는 그 자리에서 사라졌다. 오블랑 하이드를 떠올리게 만들 정도로 놀라운 은신술이었다.

'심계가 보통이 아니군.'

콜마는 감탄했다. 과연 금현대상단의 소단주다운 행동이었다.

"자세하게 설명을 드리고 싶지만, 콜마 님께서 짐작하셨 듯 아직은 비밀을 지켜야 할 단계라서요. 만약 제안을 받아 들이신다면 당장이라도 모든 것을 알려 드릴 수 있습니다."

"생각을 해 봐야겠습니다, 소단주."

"사흘 드리겠습니다."

"감사합니다."

"총상회는 콜마 님의 지혜를 원합니다. 콜마 님의 지혜라 면 룬트란 왕국의 번영과 안위에 큰 역할을 하리라 확신합니 다. 그럼."

금치운은 산책 나온 귀족가의 공자처럼 사뿐사뿐 걸어갔 고, 언제 나타났는지 호위 귀류가 그 뒤를 따랐다.

손이 떨렸다.

콜마는 바싹 마른 입술을 침으로 축였다.

언젠가 이런 날이 오리라 확신했지만, 막상 총상회라는 거 대 조직의 책사 자리가 눈앞에 있으니…… 도저히 현실 같지 않았다.

요즘 자주 꾸는 그 기괴한 꿈일지도 모른다는 생각에 뺨을 철썩 때렸다. 눈물이 나도록 아팠다.

병법과 지리, 역사와 천문을 공부한 사람이라면 누구나 책 사라는 말에 가슴이 설렌다. 무기를 들고 직접 전투에 나설 수는 없지만, 한 명의 책사는 한 명의 용맹한 장군보다 승부 의 향방에 더 큰 영향력을 끼친다.

안타깝게도 콜마는 전란의 시대에 태어나지 않았다. 제2차 몬스터대전 이후 이방인이 출몰했고, 그로 인해 외형적으로는 전쟁이 아닌 평화가 유지되었다. 책사를 꿈꾸었지만, 현실은 치료사 혹은 약초사가 최선이었다.

세상이 꿈틀거리고 있다.

공기에서 격류 같은 기운이 흐른다.

그때, 여관이 면한 골목으로 접어든 대사형을 볼 수 있었다. 콜마는 흥분을 가라앉혔다.

"할 말이 있다."

젤란드는 콜마를 보자마자 말했다.

"말씀하세요."

"휴우."

한숨을 내쉰 젤란드는 시청 대기실에서 만난 태천문 소문주 바탄과의 대화를 들려주었다.

"네 생각은 어때?"

"용케 참으셨네요."

"입술에 피가 나도록 참았지."

피식 웃는 젤란드.

"저도 드릴 말씀이 있습니다."

"그래?"

콜마는 조금 전 찾아온 금현대상단의 소단주 이야기를 젤란드에게 알렸다.

젤란드의 눈이 휘둥그레졌다.

"이것 참."

"대사형이 던진 돌멩이에, 연못 밑에서 유유히 돌아다니던 대어들이 수면 위로 올라온 모양입니다."

"아니야. 돌멩이를 던지지 않았더라도 올라왔을 놈들이야. 그렇지?"

"그럴 수도 있겠네요."

"어떻게 할 거냐? 네 꿈이잖아, 책사."

"태천문은 대사형의 꿈이지요."

"나부터 말하라는 거냐?"

"대사형이니까요."

"이럴 땐 대사형이라는 게 좀 불편하다."

"어서요."

"노바디를 먼저 만나야겠다. 그래야 결정을 내릴 수 있을 것 같은데, 어떠냐?"

"정답이에요."

"가자."

"어디 있는지는 아시죠?"

"아……."

"따라오세요. 제가 알고 있으니까요."

콜마는 웃으며 앞으로 나섰다.

목령이 문을 열었다. 정확히 말한다면, 목령은 벽으로 가서 문이 되었다. 낡고 금이 간 벽에 덩굴로 이루어진 문이 생겼고, 저절로 열렸다.

"긴장되는걸."

스노빈이 속삭였다. 처음으로 천야장 퍼브를 만나게 된 까닭이다.

"가자."

노바디가 먼저 문을 통과했다.

스노빈이 뒤를 따랐다.

코를 움켜쥐는 스노빈. 짙은 유황 냄새 때문이었다.

높이 10미터에 이르는 대형 용광로가 시야에 들어왔다. 거대한 수차가 급류의 힘으로 돌아가고 있었고, 수차에 연결된 풀무가 쉬지 않고 용광로에 바람을 불어 넣는 중이었다.

수백 명의 일꾼들이 철광석을 비롯한 각종 원석과 목탄을 끝없이 용광로에 쏟아붓고 있었다.

용광로 아래쪽의 구멍으로 눈부신 액체가 흘러나왔다. 압도적인 열에 의해 모습을 드러낸 순수한 금속이었다.

통로는 여러 갈래로 나뉘었다. 조그만 용광로가 곳곳에 있어, 대장장이들의 작업이 이루어지고 있었다.

"와아."

스노빈은 입을 쩍 벌렸다.

그때, 용광로와 수차 쪽으로 걸어간 노바디를 향해 늙은 대장장이가 망치를 쥐고 달려들었다.

스노빈이 조심하라고 외치기도 전에 노바디는 인기척을 느끼고 옆으로 피했다.

쾅!

망치가 닿자 땅이 움푹 패었다.

"어르신."

노바디는 퍼브를 바라보았다.

콧방귀를 뀌며 막무가내로 망치를 휘두르는 퍼브를 무작정 피하는 것도 쉽지 않았다.

고개를 흔든 노바디는 타각을 펼쳤다. 그 충격파가 빠르게 퍼브를 향해 다가갔지만, 천야장이 망치를 한 번 휘두르자 해일 같은 기운은 사라져 버렸다.

"재미있군."

퍼브는 망치를 던졌다.

빙글빙글 돌면서 날아오는 망치.

노바디는 두 다리를 벌리고 허리를 뒤로 젖혔다. 망치는 노바디의 콧날을 스치듯 지나갔고, 크게 원을 그리며 퍼브의 손으로 돌아갔다.

머릿속으로 단어 하나가 떠올랐다.

치매.

지난번에 왔을 때는 예살란과 함께 살았다는 이유로, 빈민굴로 내몰린 사람들에게 봉쇄 구역 외곽의 건물을 내줄 정도로 부드러웠던 천야장이다. 왜 갑자기 망치를 휘두르는지 노바디는 알 수가 없었다.

"자네에게도 아버지가 있겠지?"

"……."

"자넨 아버지를 쏙 빼닮은 것 같아. 아들이라면 응당 아버지를 닮게 마련이지. 안 그런가?"

그 말에 이토록 화가 날 줄이야. 노바디는 이를 악문 채 분을 억눌렀다.

"자넨 내 기억을 실마리로 내가 누군지 알아냈지. 아주 영리한 행동이었어. 허나, 자네가 내 기억의 일부를 엿본 그 순간에 나 역시 자네의 기억을 볼 수 있었다는 사실을 간과한 모양이야. 왜 자넨 아버지를 미워하나?"

노바디는 더 이상 참을 수 없었다.

무극심법 제3문 파워에 내공을 쏟아붓자 분신들이 나타났다. 수라부월공, 천무삼권, 청지풍 등 제각기 다른 무공을 펼치며 천야장 퍼브를 공격하는 분신들.

쾅쾅!

퍼브가 앞으로 내민 망치에서 번개가 튀어나와 돌진하는 분신들을 에워쌌다. 분신들은 펑펑 터지며 소멸되었다.

화들짝 놀란 노바디.

퍼브가 보이지 않는다.

뒤에서 느껴지는 기척.

천천히 몸을 돌린 노바디는 망치에 명치를 얻어맞고 말았다.

20미터 가까이 날아간 후에야 바닥으로 떨어졌다. 생명력은 0.5%만 남았다. 빈사 상태가 발동되어 아무것도 보이지 않았다.

다가온 퍼브.

"자넬 보면…… 그놈이 생각나. 날 아주 미워했었지. 그때문인지 천하가 인정하는 내 야공술엔 눈길조차 주지 않았다네. 놈이 어릴 때는 하루가 멀다 하고 잡도리를 해 댔지만, 결국 내 곁을 떠나고 말았어. 아버지를 너무 미워하진 말게. 자네 아버지에게도 사정이란 게 있을지도 모르니 말일세."

노바디는 퍼브가 왜 갑자기 공격을 했는지 이해했지만, 그래서 화가 났다.

더 짜증스러운 건, 그토록 오랫동안 아버지를 미워했지만 이유를 모른다는 사실이었다. 사업 실패로 빚만 남겨 놓고 집을 나가 버렸기 때문에? 아니다. 무언가 깊고, 강렬한 이유가 있다는 확신이 느껴졌다.

버럭 분을 쏟아 내고 싶지만 천야장 퍼브의 몸에서 흘러나오는 슬픔의 분위기가 그 충동을 막았다.

퍼브는 온몸으로 울고 있었다. 진심으로 후회하고 있었다.

아들과 등을 진 그 시간을 되돌릴 수 있다면, 퍼브는 무엇이든 다 할 것 같았다.

인벤토리에서 녹색 회복약을 꺼내어 마신 노바디는 망치를 남겨 놓은 채 용광로 쪽으로 걸어가는 퍼브의 뒷모습을 볼 수 있었다. 공격을 당한 건 자신인데 왠지 모르게 허약한 노인에게 피해를 입힌 느낌을 받았다.

"말도 안 돼."

노바디는 망치를 들었다. 무거워서 몸이 휘청거릴 뻔했다. 이런 망치를 자유자재로 다루다니, 절대 허약한 노인이 아니다.

퍼브가 선 곳까지 겨우 망치를 옮긴 노바디.

"아들은 어떻게 됐습니까?"

"죽었네, 몬스터대전에서. 변변한 갑옷이나 무기도 없이 나섰다가."

"……."

노바디는 입을 다물었다. 괜한 질문을 던졌다.

"미안하지?"

"……조금요."

"그럼, 여기다 오줌 좀 받아 와."

퍼브는 나무통을 내밀었다.

"뭐라구요?"

"젊은 녀석이 귀가 먹었나? 오줌 말이야. 저 대지의 열매를 완벽하게 만들려면 오줌이 필요하니까."

퍼브는 나무통을 아예 던졌다.

엉겁결에 용도가 의심스러운 나무통을 받아 든 노바디는, 어느새 가까이 다가와 있는 스노빈을 바라보았다.

스노빈은 빙긋 웃으며 한 걸음 뒤로 물러섰다.

한숨을 내쉰 노바디는 구석으로 향했다. 이곳 페플에서 오줌을 눈 적은 한 번도 없다. 가능할까 생각했는데…… 실제로 가능했다. 콸콸 쏟아졌다.

"그걸 들고 따라오게."

천야장이었다.

노바디는 퍼브를 따라갔고, 스노빈은 멀찌감치 거리를 둔 채 쫓았다.

퍼브는 용광로에서 제법 먼 곳의 부드러운 흙을 뒤집었고, 거기서 주먹만 한 애벌레를 열 마리나 찾아냈다.

애벌레를 손바닥 사이에 두고 꽉 누르자 흘러나온 푸르스름한 액체가 오줌이 담긴 나무통 속으로 떨어졌다.

그다음은 바위 표면에서 자라는 보라색 이끼였다. 이끼를 손바닥으로 비벼서 나무통으로 쏟아 넣는 퍼브의 태도는 몹시 진지했다.

나무통을 낚아챈 퍼브는 몸이 불타는 것처럼 붉은 대장장이 곁으로 향했다. 노바디, 스노빈은 시선을 교환하며 그 뒤를 밟았다.

"화야장."

퍼브가 말했다.

몸이 붉은 대장장이 화야장은 집게로 금속 덩어리를 들어 올렸다. 눈이 부실 만큼 환한 빛이 흘러나오는 금속 덩어리는 퍼브의 나무통 안으로 들어갔다.

오줌과 애벌레 체액, 이끼가 뒤섞인 그 액체 안으로 금속이 쑥 들어간 순간, 타닥타닥 기묘한 소리와 조그만 번개들이 나무통 밖으로 튀어나왔다.

그럼에도 화야장도, 퍼브도 들고 있는 금속과 나무통을 놓치지 않았다. 오히려 여유로운 태도였다.

"시작하게."

"네, 천야장."

화야장은 나무통 밖으로 빼낸 금속 덩어리를 모루에 올리고 망치로 두들기기 시작했다. 망치가 닿을 때마다 초소형 번개들이 튀었다.

"어떤가?"

퍼브가 물었다.

"음양오행 중에서도 양과 금의 기운이 서려 있습니다."

"내 생각과 같군."

천천히 고개를 끄덕이는 퍼브.

꽤 시간이 흘렀다. 화야장이 망치로 금속을 두드릴 때 나는 소리만 규칙적으로 들렸다.

몸을 돌리던 퍼브는 노바디를 발견하고는 눈을 치켜떴다.

"언제 왔는가?"

"……."

노바디는 속으로 다시 한 번 '치매'를 떠올렸다.

"무슨 일인가?"

"……말씀드릴 게 있어서요. 부탁드릴 것도 있구요."

"해 보게."

노바디는 예살란을 비롯해 실종된 사람들을 찾는 동안은 이곳으로 올 수 없다고 설명했다.

"부탁은?"

"이걸로 펜촉을 만들고 싶습니다만."

"철목이로군. 귀한 재료인데, 펜촉이라니. 자네가 쓸 것은 아니지?"

퍼브는 책상머리를 떠나지 않는, 책만 읽으면 뭐든 다 아는 듯 행세하는 서생 부류를 극도로 혐오했다.

"저도 부탁을 받은 겁니다."

"그렇다면야."

"그리고…… 이것도 부탁드립니다."

노바디는 사라겐의 비월을 인벤토리에서 꺼냈다.

커다란 양날도끼를 살핀 퍼브의 눈이 가늘어졌다. 퍼브는 즉시 망치를 집어 들어 노바디를 날려 버렸다.

"이런 물건을!"

회복약을 입에 문 채 다가온 노바디.

"……가능할까요?"

"이렇게 방치하지 않았다면 쉽게 고칠 수도 있었을 것을. 엉망이 되어 버렸으니, 까다롭겠어. 뇌석 한 주먹, 재생석 한 주먹, 토규석 반 주먹, 명광석 두 주먹, 금맹석 열 주먹, 진요석 한 주먹, 혼마석 두 주먹 그리고 목근석이 열다섯 주먹 필요하네. 그러면 고칠 수 있어."

"구해 보겠습니다."

"나도 부탁이 있네."

주름진 얼굴에 희미한 미소가 띄워져 있다. 노바디는 불길함에 몸을 떨었다.

"말씀하십시오."

"자네와 함께 가야겠어."

"네?"

"내 후손을 구하는데 내가 빠질 수는 없지. 안 그런가?"

그 말을 들은 노바디는 스노빈을 바라보았다.

"어르신, 망량은 계약을 맺지 않는 이상 생겨난 장소를 벗어날 수 없습니다. 지박령이기 때문이지요. 계약이 이루어지면 이동이 가능하지만, 어르신은 워낙 영력이 출중하셔서 누구도 계약을 맺지 못할 정도입니다. 드래곤이라면 가능할지도 모르겠습니다만, 보통 사람은 계약을 맺는 즉시 죽고 말 겁니다."

스노빈이 설명했다.

"자넨 주술사지?"

"……고대에는 주술사로 불렸지만, 지금은 현자라고 불리고 있습니다."

"눈이 썩었군."

"……."

천천히 숨을 내쉬던 스노빈은 웃지 않으려 애를 쓰느라 얼굴이 굳은 노바디를 볼 수 있었다.

"매개물이 있으면 충분히 가능할 텐데. 아닌가?"

"그렇긴 합니다만."

"저 녀석의 목걸이를 살펴보게."

퍼브는 손가락으로 노바디를 가리켰다. 곤란해하는 스노빈의 표정에 웃고 있던 노바디는 깜짝 놀랐다.

"아, 네."

스노빈은 노바디가 옷 밖으로 꺼내어 보여 준 목걸이에 손을 댄 순간, 어마어마한 힘을 느끼고 뒤로 물러섰다. 휘둥그레진 눈으로 노바디를 쳐다보는 스노빈.

노바디는 영혼의 목걸이에 대해 설명했다.

그제야 스노빈은 탄성을 터트렸다.

"어르신, 가능합니다! 영혼의 목걸이라면 충분히 가능하고도 남습니다!"

"우리가 모두 들어갈 수 있을까?"

퍼브가 조심스럽게 물었다.

"우리라면?"

"내가 거느린 망량 모두."

"목걸이의 용량을 살펴야 확답을 드릴 수 있겠지만, 제가 봐선 어려울 것 같습니다. 어르신의 영력이 워낙 강하셔서요."

"음, 아쉽군."

"제가 방법을 찾아보겠습니다."

"자넨 이름이 뭔가?"

"스노빈입니다."

"제법 쓸모가 있구먼. 저 녀석의 도끼를 고치고 남는 성질석으로 자네에게 어울리는 반지를 하나 만들어 줌세."

"아, 감사합니다!"

천야장 퍼브가 만드는 물건이라면…… 값을 따질 수 없는 보물일 것이다.

노바디는 작업에 열중하는 스노빈을 두고 덩굴문을 통과해서 밖으로 나갔다.

달그락거리는 마차 바퀴 소리.

겔란드는 손을 꼭 쥐고 있었다. 긴장감 때문이다. 용병으로 전장에 돌입하기 전만큼이나 입안이 바짝 탔다. 왜 그런지는 알 수가 없다.

태천문의 소문주 바탄은 노바디를 지켜본 후에 결정을 내리라고 말했다. 그 의미가 무엇일까?

고개를 들어 콜마를 쳐다봤다. 노바디에 대해 묻고 싶었지만 입을 열지는 않았다. 직접 두 눈으로 노바디를 봐야 바탄의 의도를 알아차릴 수 있을 것이다.

"왠지 떨립니다, 대사형."

콜마였다.

젤란드는 피식 웃었다. 저 냉정한 콜마조차도 이 순간의 긴장을 떨치지 못한 모양이다.

마차가 멈추기도 전에 웅성거리는 소리가 귀로 파고들었다. 콜마가 마부에게 돈을 건네는 동안 먼저 마차에서 내린 젤란드는 성벽처럼 좌우로 넓게 펼쳐진 목책 입구에 몰려 있는 사람들을 발견했다.

뒤따라온 콜마.

"저게 뭘까요?"

"가 보자."

젤란드는 가슴이 두근거렸다.

불꽃, 바람, 숲 등 아름다운 문양이 그려진 풍성한 로브를 입은 마법사들이 먼저 눈에 띄었다.

"8대마탑에서 온 마법사 같은데요."

콜마가 속삭였다.

"저쪽은 용병이야."

겔란드는 얼굴은 물론 손에도 자잘한 상처가 새겨진 사내들을 눈짓으로 가리켰다. 그들 중 몇 명은 오며 가며 본 적이 있는 용병이었다.

자존심 센 무인들도 여럿 있었다. 상인들은 여기저기 흩어져 상황을 살피는 중이었다.

"노바디는 어디 있지? 저 안에 있는 게 확실해?"

"봉쇄 구역 중앙으로 가 버렸습니다."

"젠장, 여기서 지켜보고 있어야 한다니."

"마음 같아서는 확 망량까지 다 쓸어버리고 싶은데."

무인들 사이에 오가는 대화.

무인뿐 아니라 마법사, 용병, 상인도 노바디에게 관심이 많은지 그들이 나누는 이야기 속에 '노바디'가 자주 언급되었다.

여기저기서 노바디의 이름이 들리자, 겔란드는 왠지 모를 뿌듯함에 기분이 좋아졌다. 곧 정신을 차린 그는 가늘어진 눈으로 콜마를 바라보았다.

"육사제는 알고 있었지?"

겔란드가 물었다.

"저도 그 내용을 어렴풋이 알 수 있었습니다. 하지만 망량에 먹혀 버려 시청은 물론 마탑, 용병, 상단, 무문 심지어 현자들까지도 포기해 버린 봉쇄 구역에서 기적을 일으킬지는 상상도 못 했습니다. 그 때문에 이 많은 사람들이 여기로 몰려올지는 더더욱 몰랐고요."

흐뭇한 어조로 대답하는 콜마.

겔란드는 뒷짐을 지고 이곳으로 몰려온 사람들의 면면을 살폈다. 오만한 마법사, 노련한 용병, 능글맞은 상인 그리고 자존심 센 무인의 얼굴에는 공통적으로 당혹감이 떠올라 있었다. 저들은 봉쇄 구역 내에서 벌어진 일을 도저히 이해할 수 없었던 것이다.

"자세히 설명해 봐."

겔란드가 재촉했다.

가벼운 호흡으로 머릿속을 가다듬은 콜마는 노바디가 왜 봉쇄 구역에 관심을 가졌는지, 어떤 노력으로 봉쇄 구역 안에서 사람들이 안전하게 지낼 수 있도록 힘을 기울였는지 차근차근 들려주었다.

입이 벌어지는 겔란드.

"노바디가 앞으로 뭘 할지는 저도 예측할 수 없을 것 같습니다, 대사형."

웃으며 말하는 콜마.

겔란드는 고개를 들어 목책 너머를 바라보았다.

부적과 마법진으로 도배된 목책에서 비교적 가까운 건물 창에서는 먼지가 뿜어져 나왔다. 오랫동안 방치된 건물 내부를 사람들이 청소하고 있는 것이다. 벽에는 용기 있는 남자들이 매달려 나무판자로 창을 달고 있었다.

건물 앞 공터에는 아이들이 재잘대며 놀고 있었다. 그 사이로 하체가 흐릿한 망량들이 돌아다녔는데, 마치 아이들과 함께 놀이를 즐기는 듯했다.

"하하하하."

갑자기 터진 웃음.

사람들이 일제히 겔란드를 쳐다봤지만, 누구도 겔란드를 알아보지 못하고 다시 시선을 목책 쪽으로 돌렸다.

"대사형?"

"우습지 않으냐? 우리 귀여운 막내가 마법사, 용병, 무인, 상인은 물론 신관까지도 포기해 버린 일을 보란 듯이 해냈으니 말이다."

"저는 아무도 거들떠보지도 않았던 빈민굴 사람들을 위해 그 일을 해냈다는 게 더 대단하다고 생각합니다."

차분한 콜마의 말투.

"음."

천천히 고개를 끄덕이는 겔란드.

그제야 왜 바탄이 노바디를 찾아가 보라고 했는지 알 것 같았다.

노바디가 빈민굴에 모여든 약자를 위해 봉쇄 구역에서 수없이 죽을 동안, 바탄은 7대무문을 하나로 조직해 무맹을 만드는 일을 진행시켰다. 노바디가 힘없는 사람들과 여기 있는 동안, 바탄은 도시의 지배자인 시장과 만나고 있었다.

'바탄, 넌 그 대기실에서 날 붙잡았어야 했다. 그랬다면 옛 정을 이기지 못해 허락을 했을지도 몰라. 허나, 내 눈으로 지금 이 광경을 본 이상…… 안타깝지만 태천문은 내가 돌아갈 곳이 아니야. 절대로.'

겔란드는 결정을 내렸다.

그때, 누군가가 짜증스럽게 물었다.

"대체 왜 저 아이들은 멀쩡한 거야?"

아무도 대답하지 못했다.

구역 전체가 망량에게 먹힌 이후, 목책 안으로 들어선 사람의 운명은 자살이었다. 이곳 사람은 물론 이방인 역시 건물 옥상에서 뛰어내리는 운명에서 벗어날 수 없었다.

그 때문에 버려졌다. 봉쇄 구역이 더 늘어나지 않도록 막는 게 최선이었다.

"젠장, 여기서 답답하게 지켜볼 수는 없어."

가슴팍이 넓은 무인이 만류를 뿌리치고 봉쇄 구역 안으로 들어섰다.

엄숙한 표정의 무인을 본 아이들이 다가왔다.

"아저씨, 위험해요."

"죽을지도 몰라요."

"아저씨 옆에 유령이 있어요."

"아저씬 안 보이나 봐요?"

여기저기서 말을 하는 아이들.

"시끄러! 꺼져!"

무인이 포효하자 아이들은 뒤로 물러섰지만, 마치 재미있는 구경거리를 멀리서라도 지켜보는 듯한 시선이었다.

그 순간, 무인의 몸이 **뻣뻣**해지며 통나무처럼 쓰러졌다.

목책 너머로 지켜보던 사람들의 입에서 신음이 흘러나왔다.

"웅 사형!"

함께 온 무인들이 외쳤다.

정신을 잃었던 무인은 천천히 몸을 일으켰지만 더 이상 당당한 자세가 아니었다. 어깨는 축 늘어졌고, 눈은 풀렸으며, 입가로 침이 흘러내렸다.

"빙의됐어!"

"쯧쯧, 이렇게 또 한 사람의 목숨이 사라지는구먼."

"도, 도와주십시오! 웅 사형을 구해 주십시오!"

강 건너 불구경하는 사람들과 달리, 그 무인의 사제들은 애가 탔다.

그때, 저 멀리서 한 사람이 걸어왔다.

"노바디야!"

"노바디!"

"진짜야."

사람들이 반응했다.

노바디는 죽기 위해 봉쇄 구역 중앙으로 천천히 걸어가는 무인 앞을 막아섰다.

"빙삼, 어서 나와."

"……."

고개를 흔드는 무인.

"끄집어내기 전에 나오는 게 좋을걸."

빙령이 빠져나오자 무인은 몸을 떨더니 주저앉았다.

세 번째로 만난 빙령이라는 뜻으로 '빙삼'이라고 이름 지은 그 빙령은 노바디 주위를 맴돌았다. 장난감을 빼앗긴 소녀 특유의 저항이었다.

고개를 흔든 노바디는 분신을 만들었다. 빙삼은 기다렸다는 듯 분신 안으로 파고들었다. 분신은 곧 빙삼이 원하는 대로 움직이기 시작했다.

정신을 차린 무인이 노바디를 올려다봤다.

"고, 고맙소."

"여기는 아직 위험합니다. 걸을 수 있으시죠?"

"무, 물론이오. 나는 웅구천이라고 하오."

"노바딥니다."

웅구천을 일으켜 세운 노바디는 함께 목책을 향해 걸었다. 빙령 몇이 웅구천을 노리고 다가왔다가 노바디의 눈빛을 받고 멀어졌다.

웅구천을 봉쇄 구역 밖으로 데려간 노바디는 겔란드, 콜마를 발견하고 활짝 웃었다.

"대사형! 육사형!"

그 말에 마법사, 용병, 상인, 무인 들의 시선이 일제히 두 사람을 향해 쏟아졌다.

"들어가도 되겠지?"

겔란드가 물었다.

"물론이죠."

노바디의 말을 듣자마자 겔란드는 콜마와 함께 봉쇄 구역 안으로 들어섰다.

노바디는 호기심을 가지고 몰려드는 망량들에게 강렬한 의지를 전했다. 겔란드와 콜마에겐 손대지 말라고.

망량들은 두령인 천야장 퍼브의 지령이 떨어졌기 때문에 겔란드, 콜마 주위를 기웃거릴 뿐 건드리지도 않았다.

바로 옆에 망량이 있어도 전혀 눈치채지 못하는 겔란드와 달리, 체질적으로 감각이 예민한 콜마는 흠칫흠칫 놀라며 자리를 옮겼다. 그 때문인지 망량들은 콜마 쪽으로 몰렸다.

"……여기 있는 거지?"

콜마가 불안한 목소리로 물었다.

"네."

"피부가 따끔거리는 것 같구나."

"곧 괜찮아질 겁니다. 그런데 무슨 일로 오셨어요?"

"조용히 이야기를 나누고 싶은데, 어디가 좋겠느냐?"

겔란드였다.

"따라오세요."

진지한 분위기를 알아차린 노바디가 뒤로 돌아섰다.

노바디는 그동안의 이야기를 숨김없이 털어놓았다. 어떻게 빈민굴에 가게 됐는지, 어떻게 망량에게 먹힌 봉쇄 구역에 관심을 가지게 됐는지, 어떻게 천야장 퍼브에게서 이런 양보를 얻어 내게 됐는지.

겔란드와 콜마는 할 말을 잃었다.

아무런 보상도 주어지지 않음에도 거액을 들여 건물을 매입하고, 그것도 모자라 천야장의 부탁까지 들어준 노바디는 이방인이되 이방인 같지 않았다.

그렇다고 이곳 사람이라고 할 수도 없었다. 빈민굴 사람들은 엘루마에 있는 무수한 현지인들에게서 버림을 받았던 것이다.

그때 스노빈이 다가왔다.

노바디가 소개했다.

"대사형, 육사형, 이쪽은 현자 집단 호지센의 회주 스노빈입니다."

"처음 뵙겠습니다. 스노빈입니다."

부드러운 미소로 인사하는 스노빈.

"아, 네, 겔란드입니다."

"저는 콜마라고 합니다."

호지센의 회주가 어느 정도 위치인지 잘 아는 겔란드, 콜마는 즉시 일어나 고개를 숙였다.

"가구 주문했다. 싼 걸로. 괜찮지?"

"잘했어."

"그럼, 나중에 봐."

그렇게 말한 스노빈은 겔란드, 콜마를 향해 고개를 숙인 뒤 청소 중인 건물로 가 버렸다.

"……어떻게 된 거냐?"

콜마가 물었다.

"저만큼 빈민굴에 있었던 사람들에게 관심이 많아서 함께 일을 하고 있어요. 그보다, 제가 어떻게 지내는지 알고 싶어서 찾아오신 건 아닌 듯한데, 말씀해 보세요."

노바디의 눈이 반짝거렸다.

서로를 쳐다본 겔란드와 콜마.

겔란드가 고개를 끄덕이자 말솜씨가 좋은 콜마가 설명을 시작했다. 태천문의 소문주 바탄, 금현대상단의 소단주 금치운이 등장하는 이야기의 핵심은 무맹과 총상회였다.

한참 듣기만 하던 노바디.

"좋은 기회네요."

"정말 그렇게 생각하는 거냐?"

겔란드였다.

"대사형은 실종된 사부님을 찾고 계시잖아요. 무맹의 일원이 되면 좀 더 빨리, 정확하게 찾을 수 있지 않을까요? 그리고 제가 본 육사형은 약초상으로 있기엔 아까운 분이에요. 육사형의 능력을 펼치기에 총상회는 아주 좋은 것 같아서요."

"무맹과 총상회에 대해서 알고 있었구나."

"스노빈이 알려 줬어요. 대사형, 육사형에게 그런 제안을 한 줄은 몰랐지만요."

"대사형과 내가 무맹과 총상회의 일원이 된다면…… 너와 함께할 수 없게 된다. 알고 있느냐?"

이번엔 콜마였다.

"제가 이방인이라서요?"

"……."

겔란드도, 콜마도 말이 없었다. 그저 노바디를 바라볼 뿐이었다.

"대사형과 육사형은 이제 가족이라고 생각해요. 어디서 뭘 하든 가족은 가족이잖아요."

"그렇구나."

고개를 끄덕이는 콜마.

"음, 도저히 안 되겠어요."

고개를 흔드는 노바디.

"뭐가?"

겔란드였다.

"머리로는 두 분을 무맹과 총상회로 보내 드려야 한다고 판단하는데, 가슴이 문제예요. 전 그러고 싶지 않거든요. 제가 앞으로 하려는 일에 두 분이 꼭 필요해요."

"앞으로 하려는 일?"

콜마의 눈에 이채가 흘렀다. 그와 동시에 심장이 쿵쿵 뛰기 시작했다. 이 질문의 대답을 듣는 순간, 남은 삶이 결정될 것이라는 예리한 확신 때문이었다.

노바디는 가슴속에서 맴도는 '혈문의 문주'를 입으로 토해 낼 수는 없었다. 혈문이 무엇인지조차 모르는 겔란드, 콜마 두 사형들에게 그 이야기는 뜬구름처럼 느껴질 것이다.

"누구든 자유를 원하는 사람들, 다른 사람들에게도 자유를 주고자 하는 사람들을 모으고 싶어요. 이번 일을 하면서 자주 생각해 봤어요. 내가 왜 이런 일을 하고 있을까? 답은 두 가지였어요. 빈민굴에 내몰려 거기 갇혀 버린 사람들에게 약간의 자유를 주고 싶었어요. 그들 스스로 하루하루를 살아갈 수 있도록 힘이 되고 싶었어요. 또 다른 답은…… 아무도 그 일을 하지 않았기 때문이에요. 다행히 제겐 그 사람들을 도와줄 수 있는 돈도 있고, 시간도 있었으니까요."

그 대답에 겔란드의 가슴에 불이 붙었다.

콜마는 눈을 감고 길게 숨을 내쉬었다. 그 역시 가슴 안쪽에서 활활 타오르는 화염을 느낄 수 있었다.

"……좀 이상한가요?"

반응이 없자 노바디가 조심스럽게 물었다.

"지금 이 순간부터 난 네 대사형이 아니다! 형제의 맹약은 이 순간 깨졌다!"

겔란드가 소리쳤다.

"네?"

"마스터께 인사드립니다."

겔란드는 한쪽 무릎을 꿇고 예를 갖췄다.

콜마 역시 그 옆에서 같은 자세를 취했다.

"마스터께 인사드립니다."

"대사형? 육사형?"

깜짝 놀란 노바디가 한 걸음 뒤로 물러선 순간, 반투명한 창이 떠올랐다.

전직 용병 겔란드

겔란드는 오랫동안 사부였던 양현백이 소속된 태천문의 일원이 되기를 간절히 원했습니다. 입문이 좌절되자 그가 택한 건 용병대 켈라사르였습니다. 켈라사르는 알려지지 않은 원인으로 사라졌고, 겔란드는 고향 라마간으로 돌아가 대장장이로 지냈습니다. 이제 과거를 잊고 새롭게 출발하려는 겔란드는 사기를 높여 주위 사람들의 능력까지 일시적으로 상승시키는 인물입니다.

약초상 콜마

라마간이 낳은 천재로 알려졌던 콜마는 제왕학의 대가이자 왕세자 론투엘을 가르쳤던 프랑키츠에게 역사, 지리, 천문, 병법 등을 배웠습니다. 아첨과 비난이 횡행하는 궁전의 암투에 질린 콜마는 제의를 뿌리치고 낙향했습니다. 약초상으로 지내며 식물뿐 아니라 세계를 깊이 파고든 콜마는 지식뿐 아니라 워낙 아는 사람이 많아 인맥으로도 큰 도움이 되는 인물입니다.

　-전직 용병 겔란드를 길드 NPC로 등록하시겠습니까?

　-약초상 콜마를 길드 NPC로 등록하시겠습니까?

　노바디는 무릎 꿇은 자세로 결정을 기다리는 두 사람을 바라보며 기쁨의 눈물을 흘렸다.

　노바디가 등록을 받아들인 순간, 또 다른 창이 나타났다.

　-NPC 겔란드의 합류로 길드 속성 '사기'가 생성되었습니다. 길스 속성은 길드에 소속된 멤버 모두에게 적용됩니다.

　-섬바디 길드의 사기 속성이 100 증가했습니다.

　-NPC 콜마의 합류로 길드 속성 '인맥'이 생성되었습니다. 길스 속성은 길드에 소속된 멤버 모두에게 적용됩니다.

　-섬바디 길드의 인맥 속성이 100 증가했습니다.

　"대사형……."

　"이제 대사형이라고 부르면 안 됩니다. 겔란드라고 부르십시오."

　천천히 일어선 겔란드는 단호했다.

　"아, 네."

싱크

기세에서 밀린 노바디.

"마스터, 부탁을 드려도 되겠습니까?"

이번엔 콜마였다.

"무, 물론입니다, 육사…… 아니, 콜마."

"자유와 방종은 흡사하나 매우 다릅니다. 자유가 살아 있는 사람 같으려면 반드시 뼈대가 존재해야 합니다. 섬바디 길드는 현재 체계가 잡히지 않은 상태입니다. 마스터께서 허락하시면 제가 뼈대를 세워 보고 싶습니다."

"그, 그러세요."

콜마가 뿜어내는 분위기는 노바디가 감당할 수 없을 만큼 강렬했다.

"감사합니다, 마스터."

뒤로 물러나는 콜마.

노바디는 한숨을 내쉬며 속으로 생각했다.

'내가 정말 마스터일까?'

웃음이 흘러나올 뻔했다.

라이언

부검실은 추웠다.

시체 보관고의 서랍 손잡이로 손을 뻗으며, 양은옥은 라이언을 쳐다보았다.

"꼭 이래야겠어요?"

"여기까지 놀러 온 건 아니야."

더없이 진지한 라이언.

겉모습과 달리 마음은 바람에 흔들리는 갈대 같았다.

황철호가 조은석을 죽일 리 없다고 확신하지만, 가만히 있다가는 일사천리로 재판이 진행되어 하나밖에 없는 친구는 해옥 깊은 곳으로 끌려 내려갈 것이다.

진범을 찾아내야 한다.

그래야 황철호가 풀려난다.

'친구'로서 해야 하는 일이다!

진실을 밝히지 못하면 황철호가 당한다.

양은옥은 블랙 길드 소속 라이언을 여기 로고스 길드의 부검실로 데려온 것만으로도 규칙 위반임을 잘 알았다. 머리는 여기서 멈춰야 한다고 소리쳤다. 문제는 조용히 주장하는 가슴 언저리였다.

"검시관이 확인했어요."

마지막 저항은 약했다.

"내 눈으로 보고 싶다. 부탁해."

라이언은 양은옥을 정면으로 응시했다. 평소의 장난스러운 태도와는 거리가 멀었다.

한숨을 내쉰 양은옥은 무거운 서랍을 당겼다. 시체가 담긴 선반이 부드럽게 밀려 나왔다.

곁에 선 라이언은 손을 뻗어 기다란 가방의 지퍼를 열었다.

새파랗게 변한 조은석의 얼굴이 드러났다. 이어서 Y자 형태로 절개되었다가 꿰매진 흔적이 보였다. 가슴에는 손가락 크기의 구멍이 정확히 세 개 뚫려 있었는데, 위치로 볼 때 치명상이 분명했다.

"검시관 의견은?"

라이언은 검지를 그 구멍 앞으로 가져갔다. 크기를 비교하려는 것이다.

"일반적인 형태의 무기는 아닌 게 분명해요. 유니온이 보유한 데이터베이스에 조회했는데, 철호 씨의 특기인 청지풍의 상처와 일치한다는 결과가 나왔어요. 그 여관에서 무슨 일이 벌어졌는지 몰라도 우리가 할 수 있는 일은 없어요."

"검시관이 틀릴 가능성은?"

"프로페서 프랑켄슈타인이 직접 부검을 진행하셨어요."

"아."

프랑켄슈타인이라면 믿을 만하다. 이웃으로 삼고 싶진 않지만 프랑켄슈타인은 과할 만큼 진실을 추구하기로 유명했다. 그가 부검했다면 적어도 속이지는 않을 것이다.

"이제 됐나요?"

"아직."

라이언은 조은석을 부검대로 옮겼다. 그리고 뒤집었다. 등을 보고 싶어서였다.

가슴과 달리, 등에는 구멍이 없었다. 라이언의 입가에 미소가 걸렸다.

시체를 내려다보는 사내의 얼굴에 떠오른 미소는…… 충분히 공포스러웠다.

"뭘 알아냈어요?"

"조금."

"철호 씨가 맞나요?"

"알아볼 게 있어. 오늘 고마워."

라이언은 양은옥을 향해 고개를 숙였다. 평소의 그라면 절대 하지 않을 행동이었다.

건물 밖으로 나온 라이언은 핸드폰을 꺼내어 버튼을 눌렀다. 잠시 신호 음이 들렸다.

- 라이언?

"빚 갚을 기회야."

- 오호, 오랜만에 진지 모드인데. 뭔데, 말해 봐.

"천무관 미국 지부장의 위치를 파악해서 알려 줘."

- 그거면 돼?

"일단은."

- 오케이.

"서둘러."

- 알았어.

전화를 끊은 라이언은 주차장을 향해 걸어갔다.

요란한 음악이 울려 퍼지는 클럽.

리듬에 맞추어 몸을 흔드는 여자들과 먹잇감을 탐색하는 남자들이 클럽을 가득 채우고 있었다. 빛과 어둠이 교차하는 공간에는 활력이 넘쳤다.

배에 압박을 느낀 젊은 여자가 늘씬한 각선미를 뽐내며 홀에서 빠져나왔다. 화장실로 가는 그녀의 머릿속에 오늘 밤 함께 즐길 후보들이 떠올랐다. 어느 쪽이 더 좋을지 저울질하는 것 자체가 놓칠 수 없는 재미였다.

여자 화장실로 들어서는 순간, 새까만 점 같은 것이 눈에 띄었다. 빠르게 커진 점은 이제 검은 구름처럼 보였다. 구름이 뿜어져 나오더니, 거기서 사람이 걸어 나왔다.

얼어 버린 여자의 미니스커트 아래로 오줌이 흘러내렸다.

주용석은 그 여자 곁을 스치듯 지나갔다.

잠시 후, 여자는 욕을 내뱉으며 고개를 흔들었다.

"씨발, 술 좀 그만 마셔야겠다."

주용석은 술과 음악에 몸을 맡기기 위해 돈을 지불하고 이곳으로 몰려든 젊은 남녀를 바라보았다.

저들은 이곳이 얼마나 위험한 곳인지 전혀 모른다. 저 복도 안쪽으로 들어가면 삶과 죽음이 쉽게 분리된다는 사실 또한 짐작조차 못 할 것이다.

"하긴, 1년에 수십만 명이 실종되고 그중 수만 명은 생사가 불분명한데도 세상은 평화롭게 돌아가니까."

주용석은 빙긋 웃으며 룸이 있는 복도로 걸어갔다. 주머니에 넣어 둔 핸드폰이 진동하자 그는 멈춰 서서 전화를 받았다.

"음, 그래? 알았어."

눈썹에 힘이 들어간 주용석.

예상보다 빠른 움직임이었다.

누군가 천무관 미국 지부장인 조청원에 대해 알아보고 있었다. 지시를 내린 자를 확인하려면 적어도 하루, 어쩌면 이틀 이상이 걸릴 것이다. 그자는 조은석을 살해한 진범을 찾고 있었다.

VIP 룸으로 들어선 주용석은 공식적으론 뉴욕에 있는, 비공식적인 루트를 통해 입국한 조청원을 바라보았다. 마약에 찌들었지만 여전히 눈빛이 살아 있는 사내였다.

"하하, 감찰관이 오셨네. 이 누추한 곳까지 직접 오실 줄은 상상도 못 했습니다."

조청원이라는 이름보다 조니라고 불리길 좋아하는 남자는 깔깔 웃어 댔다.

조니 옆에는 아슬아슬한 옷차림의 여자들이 앉아 있었다. 클럽이 자랑하는 에이스들이었다.

"많이 마셨군."

"조금, 아주 조금 마셨습니다. 감찰관도 한 잔 받으시죠?"

주용석은 말없이 술이 넘치는 잔을 받아서 마셨다. 이 녀석의 빌어먹을 습관을 잘 알고 있어서였다. 살인 후에는 코가 삐뚤어지도록 마셔 댄다. 조니의 풀린 눈에 광기가 흘렀다.

'이 녀석, 마약까지 하는군. 죽여 버릴까?'

아직은 그럴 수 없음을 잘 알았다.

"미군 수송기가 내일 새벽에 떠날 것이다."

미국으로 보내 버리는 게 상책이었다.

"내일 새벽? 너무 일찍이잖아요. 몇 시간 남지도 않았습니다. 이번에 한국 온 김에 치매 걸린 노친네가 제자로 받아들이려는 애송이도 만나려고 했는데요. 그 새끼는 꼭 봐야겠습니다."

안 된다는 말을 하면 당장 물어뜯을 기세였다.

"비행은 하루 미루도록 하지."

주용석은 기회를 봐서 저 맹수 같은 녀석을 잠재운 뒤 수송기에 태울 생각이었다. 술과 마약 기운에서 벗어나면 길길이 날뛰겠지만, 한국만 아니라면 상관없다. CIA 놈들이 뒤치다꺼리를 할 테니까.

"역시 감찰관이십니다."

다시 술을 권하는 조니.

단숨에 마신 주용석은 룸을 나섰다. 이 녀석과 대작을 하면 끝도 없이 마셔야 한다.

주용석이 사라지자 혼자 남은 조니의 눈이 빨갛게 물들었다. 흥겹게 웃어 대던 얼굴에서 장난기가 사라지자 해골 같은 분위기가 흘러나왔다.

어떻게든 조니에게 잘 보이려 애를 쓰던 여자들은 그 변화를 알아챘지만, 조니의 다음 행동은 상상조차 할 수 없었다.

갑자기 옆에 있는 여자에게 달려든 조니.

처음엔 까르르 웃던 여자.

조니가 여자의 목을 물어뜯고 피를 마시기 시작하자 그 웃음은 비명으로 바뀌었다.

옆에 있던 여자들은 고함을 지르며 룸 밖으로 도망쳤다. 그들을 진정시킨 건 클럽의 주인이었다.

"뭘 보고 그리 놀랐을까나?"

능청스럽게 웃는 최상진.

"소, 손님이 혜진 언니의 목을 물었……."

최상진은 그 여자의 입을 손으로 막았다. 그리고 고갯짓으로 부하들에게 지시했다.

부하들이 여자들을 데려가자 최상진은 룸 안으로 들어섰다.

테이블에 축 늘어져 있는 여자.

만족감이 어린 남자는 소파에 앉아 미소를 짓고 있었다.

지옥에서나 어울리는 장면이었지만, 최상진은 애써 모른 척했다. 처음 보는 일은 아니었다.

"금방 치워 드리겠습니다."

조니는 눈을 감은 채 나가라고 손짓했다.

목숨을 걸고 테이블로 천천히 다가간 최상진은 최대한 조용히 죽은 여자를 업고 룸을 나왔다. 땀으로 몸이 흠뻑 젖어 있었다.

다가오는 부하.

최상진은 여자를 바닥으로 던졌다.

싱크

"깔끔하게 처리해."

"알겠습니다."

부하가 여자를 데리고 사라지자, 최상진은 화장실로 가서 손을 씻으며 욕을 퍼부었다.

우물 밖으로 나온 것까진 좋았다. 바깥 세상에 괴물이 우글댄다는 사실을 알기 전까지는. 다행스럽게도 짓밟을 벌레도 바깥엔 많았다.

"악마 같은 새끼. 벌써 몇 명째야. 에이스만 셋이나 죽었잖아. 어떻게든 내쫓아야 돼. 뱀파이어 새끼."

최상진이 옷을 갈아입을 동안, 부하들은 평소처럼 시체를 커다란 상자에 담았다. 얼음으로 채운 상자는 항구로 운반되고, 배를 통해 바다로 버려질 터였다.

목에 물린 자국이 남은 데다 피 한 방울 없는 시체가 경찰에 발견되면…… 세상이 뒤집어질 것이다.

트럭이 클럽 뒷골목을 빠져나갔다.

항구로 가는 동안 그 흔한 신호 위반 한번 하지 않았다. 항구에 도착하자 약속된 장소에 인부 두 사람이 기다리고 있었다. 대화는 주고받지 않았다. 이미 뭘 해야 하는지 잘 알았던 것이다.

트럭에서 내려진 상자는 인부들이 몰고 온 또 다른 자동차로 옮겨졌다. 짧은 만남은 끝났다. 그들은 각자의 자리로 돌아가기 시작했다.

3미터나 되는 철망 울타리를 단숨에 뛰어넘은 고형덕은 주위를 살폈다. 멀리서 개 짖는 소리만 어렴풋이 들렸다. 몸을 돌린 그는 울타리를 바라보았다.

"이것 참."

보고도 믿기 힘들다.

육체적 능력이 비약적으로 증가하고 있었다. 지금이라면 100미터 세계신기록도 쉽게 깰 수 있을 것이다. 그래 봐야 아무 의미가 없겠지만.

핸드폰이 진동했다.

"나다."

- 도착했어요?

"이제 막."

- 문자로 위치 보내 드릴게요. 거기로 가서 나무 상자를 가져오세요.

안진후의 말이 끝나기 전 정확한 주소가 도착했다.

"나무 상자?"

고형덕은 인천 항구까지 온 이유가 나무 상자 하나 때문이라고 믿고 싶지 않았다. 안진후는 다짜고짜 항구로 가라고만 말했던 것이다.

- 거기 시체가 있어요.

그 말에 정신이 번쩍 들었다.

"시체?"

ㅡ그걸 제가 보내 드릴 주소로 가져가서 적당히 숨겨요. 신고받고 온 경찰이 쉽게 찾을 수 있도록.

또 다른 문자가 도착했다. 이번엔 서울이었다.

"……대체 무슨 일이냐?"

ㅡ설명은 나중에요. 오늘은 좀 바쁠 거예요.

"그건 그렇고, 어르신 소식은?"

현기명이 반대를 부릅쓰고 결국 해옥으로 떠났다는 사실은 고형덕도 들어서 알고 있었다.

ㅡ전혀요.

"휴우, 알았다."

그런 종류의 상황에선 무소식이 희소식이다.

ㅡ페플에서 하는 일은 어때요?

"아, 그거? 아무리 찾아도 실마리조차 안 나와서 고민이다. 쥐새끼 같은 뱀파이어를 어디서 찾아내야 할지 모르겠다."

ㅡ제가 좀 도와 드릴까요?

"그러면 나야 좋지."

ㅡ알았어요. 이번 일 끝나면 생각해 볼게요.

전화를 끊은 고형덕은 고개를 흔든 후, 달리기 시작했다. 밤공기를 가르는 기분, 최고였다. 이대로 새벽이 올 때까지도 질주할 수 있을 것 같았다.

곧 17번 창고에 도착했다.

드럼통에 피운 불 앞에서 온기를 쬐던 인부들이 고형덕을 발견했다. 형사 시절에도 실전 격투에 능했던 고형덕은 1분도 못 되어 세 명을 쓰러뜨렸다.

안으로 간 고형덕은 나무 상자를 발견했고, 뚜껑을 열어 보았다.

얼음에 갇힌 미녀가 거기 누워 있었다. 안진후에게서 들었지만 실제로 보니 할 말을 잃고 말았다. 대체 그 녀석은 어디서 이런 걸 알아냈을까?

나무 상자를 들어서 픽업트럭에 실은 고형덕은 쓰러진 남자들의 주머니를 뒤져 열쇠를 찾아냈다.

잠시 후, 차가 출발했다.

최상진의 꿈은 각성자였다.

지금은 혈두, 혹은 적두라 불리는 약을 먹는 복용자 신세지만, 먹이사슬의 꼭대기에서 군림하는 각성자가 되는 방법을 반드시 알아내고 말 생각이었다.

사실, 복용자가 된 것만도 기적 같은 일이었다.

올해 초만 해도 사채꾼으로 불렸다. 불곰파의 두목이 그의 위치였다. 망치와 티격태격하던 삶에 만족할 수밖에 없었다.

벌레 같은 삶.

이젠 위를 올려다본다.

꼭대기를.

지금 소유한 클럽들은 출발점에 불과했다. 결코 목표가 아
니었다.

자세한 상황은 몰라도 감찰관이 무슨 일을 꾸민다는 사실
은 직감으로 알 수 있었다. 저 냉혹하고 악마처럼 강한 감찰
관조차 온몸으로 긴장한다면 그 일의 규모는 상상을 초월할
것이다.

감찰관이 꼭대기 중 꼭대기로 올라간다면, 감찰관의 수족
도 같이 올라가게 될 것이다.

최상진은 그 순간을 꿈꾸고 있었다. 그 꿈이 있기에 쓰레
기통 같은 현실을 참을 수 있었다.

아직도 그 장면을 잊지 못한다.

공원에서 벌어진 대학살.

진실은 묻혔다. 그러나 최상진은 튀어나온 몬스터를 단신
으로 죽이던 김현을 목격했다. 김현이 각성자라는 사실을 그
순간 깨달았다.

바로 그때 김현은 최상진의 목표가 되었다. 아무것도 아닌
새끼, 4년 가까이 방에 처박혀 있었던 중삐리가 그토록 아름
답고 강력한 존재가 된 건…… 바로 각성 덕분이었다. 나도
각성한다면 이 지긋지긋한 현실에서 벗어나…… 꿈같은 세

계로 도약할 수 있을 것이다.

멀리서 들려오는 사이렌이 최상진의 상념을 깨뜨렸다.

벌떡 일어선 최상진.

"회장님!"

부하가 달려왔다.

"무슨 일이야?"

"경찰이……."

"경찰이 왜?"

"클럽 뒷문 근처에서 시체가 발견됐습니다."

"시체? 무슨 시체?"

"그게……."

우물거리는 부하.

최상진의 손이 부하의 뺨을 후려쳤다.

"VIP 룸에서 죽은…… 에이스의 시체입니다."

겨우 대답하는 부하.

최상진은 눈앞이 깜깜해졌다. 심호흡으로 마음을 가다듬은 그는 핸드폰을 꺼냈다. 그 시체가 왜 골목에서 발견됐는지는 중요하지 않다. 일단은 막아야 한다.

이럴 때 사용하려고 그동안 공짜로 술과 돈을 먹였던 놈들 중 하나가 전화를 받았다.

"접니다. 문제가 생겼습니다."

최상진은 상황을 설명했다. 달라진 공기가 느껴졌다. 시체라는 단어 때문이었다.

－내 좀 알아보고 연락하지.

통화는 끝났다.

최상진은 핸드폰을 던졌다. 연락해? 언제? 일이 다 끝난 후에?

클럽으로 경찰이 쏟아지듯 들어왔다. 여기저기서 비명이 터져 나왔다. 그 소리를 들은 최상진은 꿈이 무너지는 것만 같았다. 공든 탑이 무너지는 소리 같기도 했다.

또 다른 종류의 비명이 들렸다.

사내들의 고통.

최상진은 이를 악물고 룸이 있는 복도로 달렸다. 경찰관 한 명이 튕겨 나와 벽에 처박혔다. 또 다른 경찰은 천장으로 올라갔다가 내려오며 팔이 꺾였다. 만취 상태에다 마약까지 한 조니가 두 명을 몸에 달고 복도로 뛰어나왔다.

경찰관들이 다가왔다.

최상진은 눈을 감았다.

경찰서는 엉망진창이었다.

근처에 차를 댄 강영준은 옷깃을 여미고 정문을 통과했다. 이런 일에 동원되어야 한다는 사실이 못마땅했지만, 언젠가 받아 낼 빚을 까다로운 상대에게 지게 만들게 된 셈이니 손해는 아니었다.

"따지고 보면 전혀 관계가 없는 일도 아니지."

눈에 익은 얼굴이 보였다. 천무관에서 격투술을 배웠던 관원으로, 지금은 강력 팀 형사로 일하고 있었다.

"관장님께서 직접 오셨습니까?"

"어디 있는가?"

"……따라오십시오."

강영준은 형사를 따라갔다.

유치장에 누워 있는 셋째가 보였다.

미국에 있어야 할 녀석이 왜 경찰서 유치장에 있을까?

강영준은 주용석이 셋째 조청원과 개인적으로 연락한다는 사실이 옛날부터 싫었지만 나서서 말릴 입장도 아니었다.

형사가 옆에서 쭈뼛거리며 설명했다. 골목에서 클럽에서 일하는 여자가 시체로 발견되었으며, 경찰이 클럽 내부로 들어가자 조청원이 거세게 저항했다는 이야기였다.

"신경 써 줘서 고맙네."

"아닙니다."

강영준은 손을 내밀었다.

형사가 그 손을 맞잡았다. 그 순간, 형사의 눈이 초점을 잃고 몽롱해졌다.

형사뿐 아니라 유치장에 있는 사람들, 그들이 밖으로 나오지 못하도록 지키는 사람들까지 멈췄다. 그토록 시끌벅적하던 지하층이 정적의 늪에 빠졌다.

"이제 좀 낫군."

열쇠를 찾아 유치장 문을 연 강영준은 널브러진 셋째 앞에 섰다. 발이 조청원의 복부에 박혔다. 침을 뿜어낸 조청원은 벽으로 날아가 처박힌 후, 천천히 눈을 떴다.

"……대사형?"

"일어나."

"하하, 아직도 술에서 안 깬 건가? 헛것이 다 보이네. 요즘 술이 약해진 것 같군."

강영준은 조청원의 멱살을 잡아 철창으로 던졌다. 철창이 밖으로 휘어질 만큼 충격력이 컸다.

피를 토해 낸 조청원의 눈에 생기가 돌아왔다. 비틀거리며 몸을 일으킨 조청원은 대사형을 바라보았다.

"역시 고통은 진정한 마약이야. 그토록 강렬한 마약의 효능마저도 부숴 버리니까."

어느새 자세가 잡혔다. 허술한 듯 보여도 빈틈 하나 없는, 언제든 반격이 가능한 자세였다.

강영준은 속으로 탄성을 터트렸다.

저렇게 몸을 함부로 굴리는 것처럼 보여도 몸 상태는 완벽에 가까웠다. 어쩌면 삶과 죽음이 한순간에 결정 나는 긴장된 상태를 이완시키기 위해 술과 마약이 필요한지도 모른다.

재능만 따지면 셋 중 최고였는데.

문제는 재능이 응집된 저 몸 안에 있는 마음이었다.

노친네는 자기가 원할 때만 집중하는, 그 외에는 놈팡이처럼 멋대로 돌아다니는 셋째를 아주 일찍 계승자의 후보군에서 제외시켜 버렸다.

그때쯤 시작됐다. 셋째의 본격적인 일탈이. 노친네의 포기는 셋째를 기괴한 세계로 추방한 셈이다.

'노친네는 그걸 인정하지 않지.'

"요즘은 어디서 일을 하는 거냐? 지난번엔 중동에 있다는 이야기를 들었다."

"여기저기서."

조청원은 손가락을 풀며 가볍게 통통 뛰었다. 술도 깼겠다, 마음을 불태울 만큼 싸우고 싶은 상대도 있겠다, 이보다더 나을 수는 없을 것이다.

앞으로 유령처럼 다가온 조청원의 손가락이 강영준의 눈을 노렸다. 강영준은 대책도 없이 서 있다가 안구가 터지려는 찰나, 허깨비처럼 사라졌다.

대신, 강영준이 세 명이나 나타나 조청원 앞에 나란히 섰다.

"파워!"

조청원의 눈이 커졌다. 공포보다는 흥분에 지배받는 조청원의 얼굴에서 광기가 흘러내렸다.

공기가 갈라졌다.

바닥이 푹 패었다.

철창이 매끈하게 잘렸다.

조청원의 공격은 매서웠고, 기계처럼 정확했다. 톱니바퀴가 물리듯 팔과 다리, 주먹과 팔꿈치가 강영준의 급소를 노렸다. 강영준은 불과 1센티미터의 간격을 두고 연속적으로 날아드는 공격을 피하면서도 조청원의 번들거리는 얼굴에서 시선을 떼지 않았다.

"훌륭해."

그 말에 조청원의 눈이 이글거렸다. 제대로 분노의 불을 댕긴 것이다.

이전보다 두 배는 빨라졌고, 두 배는 강해졌으며, 세 배는 예리해진 공격.

1센티미터가 0.5센티미터로 간격이 줄어들 뿐 여전히 강영준은 여유롭게 피했다. 그 좁은 유치장 안에서.

바닥은 해머로 두들긴 것처럼 곳곳이 망가져 있고, 벽 역시 발길질이 닿은 부분이 거미줄 형태로 부서져 있었다.

그때, 조청원의 몸에서 기가 폭발적으로 뿜어져 나왔다. 조청원 역시 몸이 셋으로 늘어났다. 세 명의 조청원은 세 명의 강영준을 공격하기 시작했다.

"오호."

놀라는 강영준.

"개자식."

"입조심해야지."

"처음 본 순간부터 대사형 당신은 재수 없었어."

"나 역시."

"계승례 준비를 시작했지?"

"천무관 본부에 아예 관심을 끊은 줄 알았더니. 아직도 계승자 자리에 군침을 흘리고 있나?"

"내 몫도 아니지만, 당신 몫은 더더욱 아니야."

"그럼 누가? 그 곰 같은 둘째?"

"넷째."

조청원의 대답에 강영준은 눈살을 찌푸렸고, 그 순간 조청원이 뻗은 주먹이 강영준의 귀를 스쳤다. 비록 분신이지만 풍압에 귓바퀴의 피부가 찢어졌고 피가 흘러내렸다.

"아하, 당신도 그 녀석이 신경 쓰이는 거야. 할아버지가 손자를 귀여워하듯 그 늙은이가 관심을 가졌으니, 자칫 잘못하면 계승자 자리도 뺏길지 몰라. 수십 년이나 공을 들인 탑이 와르르 무너지면 어쩌나?"

퍽.

강영준의 발이 조청원의 가슴을 찼다. 조청원은 팔을 X자로 가로지르며 막았지만 역부족이었다.

유치장 밖으로 날아간 조청원은 마비된 채 서 있던 경찰을 짓뭉갰다. 그 경찰관은 정신을 차렸지만 공기 중에 퍼져 있는 힘에 취해 다시 몽롱해졌다.

"어디서 개가 짖는군."

"본격적으로 해보자는 거지?"

"흥."

세 명의 강영준이 흐릿해졌다. 서서히 형체가 사라지는 강영준.

그 모습을 본 조청원의 눈에 처음으로 두려움이 어렸다. 파위의 진정한 본질을 어느 정도 눈치챘기 때문이다. 대사형이 파위를 돌파했다는 사실을 이제야 깨달았다.

사방에서 날아온 주먹이 턱, 가슴, 옆구리, 복부를 거의 동시에 때렸다.

쓰러져 신음을 흘리는 조청원.

"……파위를 넘어섰다는 사실을 왜 숨겼지? 사부님이 아셨다면 당장 계승자 자리를 넘겨줬을지도 모르는데."

"그럴까?"

조청원 따위에게 진실을 들려줄 마음, 강영준에겐 조금도 없었다. 사실 이 자리에 와 있다는 사실도 마음에 들지 않았다. 그 순간, 조청원의 눈이 커졌다.

"당신, 천리안이지?"

"……."

강영준은 가늘게 뜬 눈으로 조청원을 바라보았다. 처음으로 그에게서 살기가 퍼져 나왔다.

"유니온이 능제령을 내렸는데도 당신은 자유롭게 힘을 사용하고 있어. 왜 그럴까 생각했지. 보통은 처벌이 두려워서 함부로 힘을 사용할 수 없잖아. 누가, 언제, 어디서 힘을 사용하는지 알아내어 사실을 확인하고 처벌하는 천리안이라면 능제령에서 예외가 될 수도 있겠지."

"……똑똑하군."

"대화는 여기까지. 나가도 되겠지?"

"미군 수송기가 기다리고 있다."

"오케이."

조청원은 마비된 사람들 몸을 뒤져 지갑을 챙긴 후 유치장을 빠져나갔다.

득보다 실이 많다고 판단한 강영준은 수사를 담당한 형사들의 마음을 조작하여 증거를 없앴다. 조청원을 의심한다고 해도 결정적인 증거 없이는 미국 측에 아무런 요구도 할 수 없을 것이다.

경찰서 밖으로 나온 그는 아는 얼굴을 발견했다.

"조니 그 새끼, 죽여 버릴까?"

주용석이 웃으며 말했다.

"아니, 아직은."

"제자보다는 사제라는 건가?"

강영준은 주용석을 노려보았다. 몸에서 살기가 회색의 구름처럼 떠올랐다.

"입조심하는 게 좋아."

"사과하지."

강영준은 주용석이 사과하는 극소수의 사람 중 한 명이었다.

"그 녀석은 왜 내버려 두는 거지? 유니온의 감찰관이라면 그보다 작은 의혹에도 움직였을 텐데."

"그 녀석? 아, 김현! 계승례만 끝나면 천무관은 자네 몫이지 않나? 왜 그리 마음이 급한 거지?"

"노친네가 포기를 몰라."

"설마."

"당신은 그 노친네를 몰라."

강영준은 천무관의 실세 중 실세였다. 그 자신이 관장으로 모든 명령을 내릴 수 있을 뿐 아니라, 그가 키워 낸 제자들이 본부의 요직에 두루 앉아 있었다. 마음만 먹으면 아직 노관장의 입김이 닿는 원로들까지 모조리 내쫓을 수 있었다.

그럼에도 불안은 가시지 않았다. 오히려 더 커지는 중이었다. 일종의 예감이었다. 늙은이가 쉽게 물러서지 않으리라는 직감을 무시할 수 없었다.

"김현 친구 중에 안진후라는 새끼가 있어. 아주 가까워. 게다가 안진후는 안종화의 아들이야. 내가 볼 땐 안종화가 가장 아끼는 아들이 안진후거든."

"안종화? 페플의?"

"맞아."

주용석은 강영준의 얼굴을 살폈다. 약점을 찾아내려는 본능적 행동.

지금은 손을 잡고 있지만 프리벨리지 길드 소속인 강영준과는 언젠가 제대로 싸워야 할 것이다. 표정 변화가 없다는 사실에 주용석은 적잖이 실망했다.

"날짜는?"

"곧 정해지겠지. 늙은것들이 제아무리 영악해도 뉴욕으로 가지 않을 수 없을 테니까."

"웬만하면 연락하지 마라."

강영준은 뒤도 돌아보지 않고 경찰서를 빠져나갔다.

실실 웃던 주용석은 진동을 느끼고 핸드폰을 꺼냈다. 조용히 듣기만 하던 그의 눈에 힘이 들어갔다.

"해옥에 침입자가 있어? 이틀을 뒤졌는데도 찾아내지 못해? 황철호는? 황철호는 어디 있지?"

─독방에 갇혀 있습니다.

"침입자의 목적은 황철호다."

─알겠습니다.

통화를 끊은 주용석은 즉시 데스 워킹을 발동시켰다. 몸에서 흘러나온 죽음의 기운 테네파르 인스푸모가 공간의 문을 열었다. 주용석은 그 너머로 사라졌다.

그 기적 같은 모습을 목격한 사람들은 잠시 멈춰 섰다가 다시 움직이기 시작했다.

"와우!"

입에 치킨 다리를 문 채, 안진후는 박수를 쳤다. 이보다 더 가슴 졸이게 만드는, 짜릿하면서도 주먹을 쥐고 펼 수 없게 하는 영상은 없을 것이다.

이 압도적인 스릴러 무비는 불곰 최상진의 몸에 붙어 있는 감시 장비에서 시작되었다.

클럽 상공에 떠 있는 초소형 드론은 그 감시 장비에서 송출한 약한 신호를 증폭시키며 무선 인터넷을 통해 보내왔다. 덕분에 안진후는 그 시끄러운 클럽에서 무슨 일이 벌어지는지 알 수 있었다.

피가 빨려서 죽은 여자를 본 순간, 안진후는 다리가 풀려 주저앉을 뻔했다.

겨우 정신을 차린 안진후는 급히 고형덕에게 연락했고, 항구로 보내진 나무 상자 속 시체를 클럽 골목으로 가져다 놓았다. 추적 불가능한 방식으로 경찰에 신고한 건 바로 안진후 본인이었다.

블랙 길드의 내부 정보를 입수하기 위해서였다. 물론 여자를 무참히 죽인 놈을 잡으려는 목적도 포함되어 있었다.

결과는 상상 이상이었다.

주용석이라는 거물이 튀어나왔다. 더 놀라운 건, 천무관

관장 강영준과 셋째, 그러니까 김현의 사형인 조청원의 출현이었다.

둘 다 각성자였다!

"주용석은 매우 위험한 인물이라네."

닥터 프로메테우스가 말했다. 그 목소리가 공포로 희미하게 떨렸다.

"만난 적이 있죠?"

"죽을 뻔했네. 사실, 프로페서 프랑켄슈타인이 그랬지. 만약 죽었다면 난 존재하지 않았을 테고."

"……아."

"능력만으로 본다면 블랙 길드 내에서도 다섯 손가락 안에 들어간다네. 주용석의 테네파르 인스푸모는 모두가 인정하는 힘이지."

테네파르 인스푸모.

안진후는 김현과 함께 내려갔던 뎁스 파이브의 세계에서의 경험을 떠올렸다. 저 죽음의 기운은…… 도무지 친숙해지지 않는다. 할 수만 있다면 불로 모조리 태워 버리고 싶었다.

"이제 어떻게 할 텐가?"

닥터 프로메테우스는 콜라를 마셨다. 콜라가 어떻게 흡수되는지 매우 궁금했지만 안진후는 따로 묻진 않았다.

"글쎄요."

"김현에겐 알려야겠지?"

"좀 더 알아본 뒤에요."

안진후는 손짓으로 감시 영상을 내리고, 대신 검색에 최적화된 프로그램을 띄웠다.

자동적으로 필요한 서버를 통해 접속이 이루어졌고, 잠시 후 추적 불가능한 연결이 이루어졌다. CIA, FBI, NSA가 달려들어도 알아내지 못할 것이다.

안진후는 김현의 셋째 사형이자 노관장 현기명의 셋째 제자인 조청원의 사진을 와이드월 한쪽에 띄웠다.

"음, 조청원 당신이 어떤 사람인지 알아내야겠어."

천무관 미국 지부장.

꽤 잘나가는 사람이라고 할 수 있지만, 비교 대상이 관장 강영준이라면 이야기는 달라진다. 경쟁에서 밀려나 도망치듯 미국으로 건너간 셈이니까.

뉴욕에서의 삶은 엉망진창이었다. 소위 상류층이라 불리는 자들과 날마다 어울려 파티를 즐겼다. 만취 상태로 주먹질을 해서 유치장을 들락거렸다. 천무관의 영향력이 아니었다면 제대로 판결을 받고 교도소에 갇혔을지도 모른다.

통제 불능.

좀 더 알아내고 싶지만, 길이 막혔다. 자세한 정보는 봉인되어 있었다. 정보기관, 즉 CIA 같은 곳을 거쳐야 정보를 볼 수 있다는 뜻이다.

'이 사람은 정보기관과 관련이 있는 거야.'

그 작업은 정교해서 하루 만에 뚝딱 해낼 수는 없다. 잘못하면 오히려 상대로 하여금 더 철저하게 대비하도록 만들 뿐이다.

대신 천무관 미국 지부 쪽으로 관심을 돌렸다. 최근 스물네 시간 안에 지부장의 위치를 확인하려는 연락과 해킹 시도가 집중되었다. 누군가 조청원이 어디 있는지 알아내려고 공을 들였다는 의미였다.

'누군지 알아볼까?'

와이드월 앞에 선 안진후는 온통 눈앞의 문제에 집중한 상태였다.

닥터 프로메테우스는 밖으로 나왔다. 주방으로 가니 불의 정령 슈뢰딩거가 새파란 가스 불꽃을 즐기고 있었다. 박용준은 아직 커넥터 안에 있었다.

잠시 생각에 잠긴 그는 페플로 접속했다. 그에겐 커넥터가 따로 필요 없었다. 마음만 먹으면 언제든 이곳에서 그곳으로 옮겨 갈 수 있다.

안진후는 거침없이 해킹 흔적을 역추적했다. 해커들 사이에선 꽤 알려진 사람으로 프리랜서, 즉 돈을 받고 정보를 캐내는 사람이었다.

그 해커는 참 모순적인 존재였다. 그토록 타인의 비밀을 알아내기 위해 온갖 무기를 갖추는데, 자신을 보호하는 데는 크게 신경 쓰지 않는다. 마치 자신은 그 어떤 공격에도 안전하다고 믿는 것 같았다.

안진후는 그 해커의 노트북 내부로 들어갈 수 있었고, 거기서 재미있는 이름 하나를 찾아냈다.

라이언.

흔한 이름이지만, 서울에서 그 해커에게 전화를 걸어 조청원의 현재 위치를 알아봐 달라고 요청한 사람의 이름이라고 생각한다면…… 딱 한 명뿐이었다.

타격대 소속 각성자 라이언.

왜 라이언은 조청원에 대해 알고 싶었을까? 왜 위치를 궁금해했을까?

안진후는 씨익 웃었다.

깊은 구멍에 무엇이 숨어 있는지 알고 싶으면, 그 입구에 불을 피우면 된다. 마음이 급하다면 꼬챙이를 찔러 넣으면 뱀이든 두더지든 뭐든지 튀어나올 것이다.

"그렇게 알고 싶다면, 알게 해 줘야지."

안진후는 라이언의 핸드폰으로 경찰서를 걸어 나가는 조청원의 영상을 전송했다. 이어서 조청원이 현재 있는 장소도 알려 주었다.

이제 조청원과 라이언이라는 지저분한 구멍에서 무엇이 튀어나오는지 기다리면 된다.

안진후는 조청원이 묵고 있는 호텔 내부와 인근 지역의 CCTV를 빠짐없이 확보했다. 그런 다음, 주방으로 가서 간

식거리를 찾았다.

또 다른 명작 스릴러가 곧 개봉할 것이다.

매끈한 외제 차가 호텔 정문 앞으로 미끄러지듯 다가왔다. 화려한 조명에 자동차 표면이 빛났다. 주차 요원은 짙은 유리 너머 운전석의 남자를 살폈다. 잘 차려입은 금발 외국인이었다.

차 문이 열렸다.

길바닥을 딛는 이탈리아 수제 명품 구두.

금발 사내는 리모컨을 주차 요원을 향해 던지며 활짝 웃었다. 주차 요원 곁을 지나던 그는 날렵한 동작으로 100달러 지폐를 내밀었다.

얼른 받아서 챙긴 주차 요원. 이런 고객을 만나면 서비스를 제공하는 입장에서도 기분이 좋아진다. 차에 올라탄 주차 요원은 흠집 하나 내지 않으리라 다짐했다.

홀을 가로지른 라이언은 엘리베이터 앞에 멈춰 섰다. 엘리베이터가 내려올 동안, 들고 있던 핸드폰 속 영상을 다시 확인했다. 분명히 그 녀석이었다.

누가 영상을 보냈는지, 왜 여기 호텔에 조니가 있다고 알려 줬는지 라이언은 짐작조차 할 수 없었다. 난해한 문제는 일단 옆으로 제쳐 놓았다. 황철호를 해옥에 가둔 그 살인 사건의 진범부터 일단 잡아야 한다.

옆으로 와서 서는 남자.

라이언은 힐끔 쳐다봤다. 입고 있는 옷이 제법 고급스러웠다. 그러나 걸친 옷이나 시계, 구두보다 대단한 건 그 안에 있는 몸이었다. 잘 단련된…… 격투기 선수 같은 힘이 느껴진다. 맹수 한 마리가 옆에 서 있는 느낌이랄까.

눈짓으로 인사하는 라이언.

그 남자도 가볍게 고개를 끄덕였다.

라이언은 18층을 눌렀다.

그 남자는 17층 버튼으로 손을 뻗었다.

다른 사람들도 엘리베이터에 탔지만 라이언의 관심은 오늘 처음 본 남자에게 쏠려 있었다. 전체적인 강함으로 따지면 황철호가 한 수 위겠지만 육체적인 능력을 기준으로 삼는다면 이 남자가 나을지도 모른다.

남자가 먼저 내렸다.

라이언은 함께 탄 사람들이 자신도 모르게 긴장을 풀었을 뿐 아니라, 주고받는 대화가 길어진다는 사실에 미소를 지었다. 이들 역시 본능적으로, 무의식적으로 그 남자의 힘을 알아차린 것이다.

18층에서 내린 라이언은 천천히 목적지로 걸어갔다. 걸음이 점점 빨라졌다.

노크? 그럴 마음은 조금도 없다.

손에 힘을 모으자 금빛이 흘러나왔다. 가볍게 문을 밀자 경첩 부분까지 뜯기며 안으로 넘어갔다.

응접실과 침실로 나뉜 호텔 룸으로 들어선 라이언은 샤워를 하다가 뛰쳐나온 조니를 발견했다.

라이언을 알아보고 흠칫 놀란 조니.

라이언은 빙긋 웃었다.

그때, 조니의 손가락에서 뿜어져 나온 몇 줄기 응축된 바람이 라이언의 목과 눈을 노렸다.

라이언은 허리를 틀어 청지풍을 피했다. 청지풍은 벽과 천장을 거칠게 긁으며 소멸되었다. 가만히 서 있었다면 기가 주입된 바람은 목을 꿰뚫고 눈동자를 터트렸을 것이다.

"역시 너였어."

조은석의 시체를 직접 살폈던 라이언은 청지풍으로 인한 상처가 가슴에만 있고 등은 멀쩡하다는 점에 주목했다. 황철호의 청지풍은 어마어마하게 강해서, 조은석의 방어력으로는 뚫리고 말았을 것이다.

바로 거기서 추리가 시작되었다.

청지풍을 익혔으되 황철호보다 못한 위력. 그렇다면 천무관 소속 각성자가 용의 선상에 오른다. 그 때문에 라이언은 조니의 행방을 찾았던 것이다.

"아, 라이언 당신이었군요. 깜짝 놀라 저도 모르게 공격했습니다. 용서하세요."

기습이 실패하자 조니는 접근법에 변화를 주었다. 정면 대결로는 라이언을 이길 수 없다.

"누구야?"

라이언의 양쪽 손이 모두 금빛으로 물들었다.

그게 무엇을 의미하는지 조니는 잘 알았다. 자신도 모르게 한 걸음 물러서자, 라이언이 한 걸음 다가왔다.

"누구냐니요?"

"조은석을 죽이라고 사주한 자."

"……무슨 말을 하는지 모르겠습니다."

일단 발뺌하는 조니.

"황철호가 해옥에 갇혔다는 사실은 너도 알고 있겠지."

"뭐라구요?"

놀란 조니.

그 표정을 본 라이언은 눈살을 찌푸렸다. 조니는 자기가 무슨 짓을 했는지 전혀 모르고 있었다.

"같이 가자."

다시 한 걸음 다가선 라이언. 이제 금빛은 팔은 물론 어깨를 넘어 목까지 물들이고 있었다.

"어디로 말인가요?"

"유니온."

"무슨 일인지 모르겠지만, 이렇게 막무가내로 나오면 저도 가만히 있을 수 없습니다."

"맘대로 발버둥 쳐 봐."

라이언이 손을 들자 창이 나타났다. 소유자의 힘을 오로지 공격력으로 변환하는 롱기누스의 창이었다.

욕을 내뱉은 조니는 커다란 창을 뚫고 호텔 밖으로 뛰어내렸다. 정면으로 상대해선 승산이 없다고 판단한 것이다.

조니는 손으로 기를 뻗어 추락 속도를 늦추었지만, 뒤에서 빠르게 다가오는 기운을 감지하고 옆으로 몸을 날렸다.

롱기누스의 창이 옆구리를 스치며 지나갔다. 맹렬하게 회전하는 창의 힘에 피부가 뜯겨 나갔고, 핏줄이 터져 혈액이 흘러내렸다.

"Fuck!"

눈에 보이지 않는 기의 그물, 투라를 펼쳐 건물 외벽에 부착시키자 떨어지는 속도가 눈에 띄게 줄어들었다. 조니는 창을 부수고 침실로 뛰어들어, 열심히 작업 중인 남녀를 뒤따라 들어오는 라이언에게 던져 버렸다.

라이언은 날아오는 커플을 피하고 조니를 잡을 수도 있었지만, 그랬다가는 두 사람이 추락사한다는 사실을 알기에 두 팔을 뻗어 다리와 발목을 각각 잡았다.

무슨 일이 벌어졌는지 생각할 여유도 없는 커플을 침대에 내려놓은 라이언은 윙크를 했다.

"하던 일 계속해요."

복도로 나온 라이언은 손을 들어 올렸다. 롱기누스의 창이 돌아와 손에 잡혔다. 창에 가볍게 키스한 그가 속삭였다.

"저 새끼의 피를 마음껏 마셔. 내가 허락한다. 죽이진 마. 알겠지?"

롱기누스의 창이 진동하자 울음 같은 소리가 퍼져 나갔다.

라이언의 손에서 풀려난 창은 벽을 뚫었다. 라이언은 그 뒤를 따라갈 뿐이었다.

주차 요원을 날려 버리고 잡아탄 검은색 승용차는 밤거리를 질주하고 있었다.

조니는 속으로 맹세했다. 두 번 다시 한국에 돌아오면 사람이 아니다. 그리고 주용석 그 개자식을 향해 수도 없이 욕했다.

뒤탈 안 나도록 깔끔하게 처리한다고 약속한 게 주용석이었다. 저 찰거머리는 어떻게 알고 쫓아오는 걸까?

열린 창으로 들어온 롱기누스의 창이 운전대를 잡은 팔뚝을 가볍게 긁은 후 조수석 창을 부수고 사라졌다. 은회색이었으나 이제 피를 머금어 적갈색인 창은 저 앞쪽 공중에서 크게 선회하고 있었다.

"Fuck! Fuck!"

각성으로 얻은 능력을 배제하고 맞붙는다고 해도 저 괴물 같은 새끼를 이기기 힘든데, 지금의 라이언은 능제령 따위는 무시하고 전력으로 달려드는 중이었다. 혼자 힘으로는 도망칠 수조차 없었다.

강영준을 떠올렸지만 자존심이 허락하지 않았다.

그때, 롱기누스의 창이 타이어를 터트렸다. 차는 도로 위에서 회전했고, 곧 데굴데굴 굴렀다. 안전벨트를 매지 않았던 조니는 차에서 튕겨 나와 반대편 차선으로 떨어졌다.

때마침 달려오는 덤프트럭이 빵 경적을 울렸다. 트럭 운전사가 브레이크를 밟았지만 멈추기엔 거리가 너무 짧았다.

퍽.

라이언이 조니를 발로 걷어찼다. 조니는 안전한 인도로 나뒹굴었다.

라이언을 덮친 트럭.

트럭 앞쪽이 푹 우그러졌다. 엔진이 있던 곳에서 허연 연기가 피어올랐다.

라이언은 팔을 휘돌리며 거기서 나와 인도로 올라갔다. 트럭 운전수는 급히 차에서 내렸다가 그 모습을 보고 할 말을 잃었다.

"또 도망쳐 봐."

차갑게 말하는 라이언.

조니는 고개를 저었다. 저 인간을 더 자극했다가는 스스로 공중에 떠 있는 창이 자신의 심장을 꿰뚫고 말 것이다.

퍽.

주먹을 명치에 먹여 조니를 기절시킨 라이언은 녀석의 발
목을 왼손으로 잡은 후, 오른손을 뻗었다. 거기로 롱기누스
의 창이 날아들었다. 창을 쥔 라이언은 조니와 함께 하늘로
날아올랐다.

트럭 운전수는 턱이 빠질 듯 하늘을 올려다보았다.

유니온 비밀 입구가 위치한 아파트 단지 지하 주차장.

조니를 앞세워 걸어가던 라이언은 낯익은 사람을 발견하
고는 한숨을 내쉬었다. 검은색이 잘 어울리는 감찰관 주용석
이 거기 서 있었다.

"당신이었어."

라이언이 말했다.

"일단은."

주용석은 조니의 상태를 확인했다. 눈에 띄는 상처만 예닐
곱 개였다. 라이언의 창에 꽤 심하게 당한 모양이었다.

"언젠가 당신과 붙어 보고 싶었어. 만약 당신이 블랙 길드
소속이라는 사실을 미리 알았다면 난 다른 곳으로 갔을 거야."

라이언은 롱기누스의 창을 불러냈다. 라이언의 손에서 창
은 금색으로 빛나기 시작했다.

"그랬다면 이토록 오래 살아남을 수는 없었겠지."

"하하, 재미있어."

"자네 바람대로 한판 싸워 주고 싶지만, 오늘은 날이 아니라서 말이야."

주용석은 품에서 꺼낸 두루마리를 라이언에게 던졌다.

두루마리를 펼쳐서 읽은 라이언의 얼굴이 와락 구겨졌다. 길드 마스터가 직접 보낸 명령서 내용 때문이었다.

"자네 혼자서는 이 거대한 흐름을 막을 수 없어. 내가 자네라면 비켜서서 어디로 흘러가는지, 언제 올라타는 게 좋을지 지켜볼 거야."

"……뭘 노리는 거지?"

"자유."

"……."

라이언은 귀를 의심했다. 조니를 이용하여 조은석을 죽였을 뿐 아니라 황철호를 해옥에 갇히게 만든 작자의 입에서 자유라는 단어가 튀어나올 줄이야.

"자네에겐 큰 그림을 볼 안목이 부족해. 옛날부터 그랬지. 눈앞의 일에 급급해서 흐름을 읽을 줄 몰랐으니까."

하마터면 저 교활한 주용석을 향해 창을 던질 뻔했다. 그랬다면 블랙 길드 전체를 적으로 돌리게 되었을 것이다.

이틀은 버려도 사흘 이상은 생존을 장담할 수 없다. 해옥에 갇힌 황철호를 빼내는 일도 불가능해진다.

조니의 배를 걷어찼다.

주용석을 향해 날아가는 조니.

돌아선 라이언은 롱기누스의 창을 잡고 주차장을 빠져나왔다. 오늘은…… 지금은…… 능제령이고 뭐고 다 무시하고 하늘을 날고 싶었다.

펼쳐진 타임지.

다리를 꼰 채 의자에 앉아서 영어 본문보다는 사진에 눈길을 주는 고형덕에게로 누가 봐도 눈이 휘둥그레질 만큼 아름다운 여자가 다가왔다.

"저……."

"무슨 일이죠?"

"혹시 패션 쪽에서 일하세요?"

"아닙니다만."

자연스럽게 고형덕 맞은편에 앉은 여자는 길고 예쁜 다리를 다른 쪽 다리 위에 포갰다.

슬로비디오 같은 그 장면에도 고형덕은 이 여자의 의도를 알아차리지 못했다. 이런 경험은 그에게 익숙하지 않았다.

"시간 있으세요?"

여자는 대담했다.

그제야 여자의 얼굴에 떠오른 호감의 표정을 읽어 낸 고형덕은 속으로 당황했다. 이렇게나 세련되고 멋진 여자가 왜 자신 같은 사람을 찾아와서 시간 타령을 할까? 혹시 몰래카메라 같은 것일까?

아직도 흥분이 가라앉지 않았다.

안진후 덕분에 볼 수 있었던 그 액션 무비…… 깊은 두려움과 짜릿한 전율을 동시에 느끼게 했다. 호텔과 도로를 배경으로 펼쳐진 라이언과 조청원의 격투는 상상을 초월했다.

한 번 봐서는 진가를 알아차리지 못할 만큼 압도적인 영상이었다.

문제는 실시간으로, 즉 생방으로만 볼 수 있다는 점이었다. 분명히 녹화를 했음에도 그 격렬한 싸움 대신 평화롭지만 안타까운 사고 장면이 흘러나올 뿐이었다.

세계의 의지가 진실을 덮어 버린 것이다.

"흥, 자기가 잘났으면 얼마나 잘났다고 날 무시해."

인상을 찡그린 여자는 가 버렸다. 고형덕을 오해한 것이다.

그때, 금발의 남자가 공항으로 들어섰다.

고형덕은 핸드폰을 꺼내어 버튼을 눌렀다.

"왔다."

-보고 있어요.

안진후의 목소리.

"속셈이 뭐냐?"

고형덕은 안진후의 지시를 받고 공항까지 왔지만, 도저히 왜 여기 와야 하는지 알 수가 없었다.

사실 따지고 보면, 하룻밤 사이에 벌어진 그 요란한 소동의 원흉은 안진후였다.

경찰 수사와 호텔 격투는 안진후가 만들어 낸 작품이라고 해도 과언이 아니었다. 조니라 불리길 좋아하는 조청원, 블랙 길드의 실세 주용석 그리고 천무관의 강영준 관장이 그 사실을 알게 된다면 기가 막힐 것이다.

- 힘을 합쳐야죠.

"힘을 합쳐? 라이언과?"

고형덕은 안진후의 목소리에서 악동 특유의 장난기를 감지했다. 선택의 이유가 논리적이라거나 이익 때문이 아니라 순전히 재미있을 것 같아서 결정한 느낌이랄까. 하지만 추측은 빗나갔다.

- 블랙 길드는 아주 폐쇄적이에요. 해킹을 통해 얻을 수 있는 정보엔 한계가 있어요. 어젯밤처럼 들쑤시는 방식도 앞으론 안 통할 거예요. 게다가 그런 짓을 하면 오히려 이쪽의 정체가 들킬지도 모르구요.

"그래서 내부인이 필요하다?"

- 정답!

"저 남자가 제안을 받아들일까? 블랙 길드를 배신하는 행위일 수도 있잖아."

- 이미 버림받았어요.

"무슨 뜻이냐?"

ㅡ주용석이 이번 계획을 성공시킨다면, 그리 머지않은 시기에 라이언을 죽일 테니까요.

"그렇게 확신하는 이유는?"

ㅡ제가 주용석이라면 그렇게 할 거거든요.

말문이 막힌 고형덕.

ㅡ자, 시작해요.

안진후, 섬바디 길드의 마스터가 지시를 내렸다.

"내가?"

고형덕은 당황했다. 라이언과 직접 대화를 주고받아야 하리라곤 생각도 하지 않았다. 놀랄 만큼 머리가 좋은 안진후의 몫이라고 내심 확신했던 것이다.

ㅡ왜 아저씨더러 항구에 가라고 했을까요? 그리고 왜 귀찮은 작업을 감수하면서까지 아저씨에게 실시간으로 어젯밤 일을 보여 주고 아주 친절하게 설명까지 했을까요?

"설마."

ㅡ어서요. 아저씨가 적격이에요.

재촉하는 마스터.

한숨을 내쉰 고형덕은 핸드폰에 미리 저장해 놓은 번호로 전화를 걸었다. 신호 음이 세 번 들린 후 라이언이 전화를 받았다.

ㅡ라이언입니다.

"왜 한국을 떠나는 거지?"

고형덕은 라이언을 힐끔 쳐다봤다. 라이언은 주위를 두리번거리고 있었다.

—누구냐?

긴장한 목소리.

"어제 제공한 정보가 미흡했나?"

—……당신이었군. 내가 조니를 찾는다는 걸 어떻게 알았지?

"그건 중요하지 않아."

—뭐가 중요하지?

"황철호."

—…….

"그리고 블랙 길드."

—무슨 뜻이야?

"자기가 소속된 조직이 똥구덩이에 처박힌다고 해서 같이 뛰어들면 그건 충성일까, 멍청한 결정일까?"

고형덕은 형사로서 경찰이라는 거대 조직의 일원이었기에, 위에서 내려온 부당한 명령 때문에 몇 번이나 사직서를 내고 뛰쳐나갈 뻔했다.

그래도 경찰에는 놀랄 만큼 올바른, 그래서 시민을 위해 삶을 바치는 진짜 경찰관들이 많았다. 그들이 없었다면 오래전에 경찰이라는 조직을 떠났을 것이다.

그런 사정을 알기에 고형덕의 말엔 설득력이 있었다.

라이언은 아무 말도 하지 않았다. 자신의 고민을 정확히 꿰뚫었던 것이다.

"우리는 블랙 길드의 음모를 막고 싶다."

－우리?

라이언은 프리벨리지, 로고스, 현문 그리고 모네타 길드를 떠올렸으나…… 왠지 모르게 '우리'가 그 길드와는 관련이 없을 것 같았다.

"우리만으론 어려워."

－그래서 내 도움이 필요하다?

"맞아."

－난 숨어서 전화나 해 대는 놈들과는 같이 일 안 해.

"그럴 거라고 생각했어."

고형덕은 라이언 앞으로 다가갔다.

라이언의 눈이 커졌다.

"당신은…… 그 호텔 엘리베이터에 탔던……?"

"고형덕이야."

고형덕이 내민 손을 물끄러미 쳐다보던 라이언이 천천히 맞잡았다.

"어디 소속이지?"

라이언이 물었다.

"그건 나중에."

고형덕이 대답했다.

리뎀션 버그

양현섭은 테페오 광장에 서서 주위를 둘러보았다. 게임 매니저로서 페플이라는 가상현실에 들어오는 일은 매우 잦지만, 오늘은 유달리 가슴이 두근거렸다.

그날 이후 삶이 달라졌다.

갑자기 찾아온 남자, 감찰부의 홍길동.

간첩처럼 연락이 오면 그 요구대로 영상을 추출해서 몇 번 보냈다. 홍길동은 그 과정을 지켜본 후, 이메일 등을 알아낸 뒤 사라졌다.

그렇게 시간이 흐르나 싶었는데, 이번엔 홍길동이 바로 여기서 만나자고 연락해 왔다.

항상 저 바깥 현실에서 만났는데.

그 변화에 양현섭은 조바심이 났다.

그때, 누군가 뒤에서 어깨를 건드렸다.

화들짝 놀란 양현섭이 돌아선 순간, 잘생긴 엘프를 볼 수 있었다.

"양현섭 씨죠?"

"……그렇습니다만."

"부탁이 있습니다."

"무슨 부탁요?"

양현섭은 그렇게 물어보면서 상대의 정보에 접근했다. 현실에서의 이름이나 주소 등은 알아낼 수 없지만, 레벨이나 스킬 등을 살펴보면 얼마나 오랫동안 페플을 즐겼는지 알 수 있다.

"제발 그런 짓, 다신 하지 마세요."

정색하는 엘프.

"……."

양현섭은 깜짝 놀랐다. 엘프의 태도 변화 때문이 아니라, 접근 불가 메시지 때문이었다. 상대는 평범한 게이머가 아니었다. 게임 매니저의 권한이 통하지 않는 등급의 소유자였다.

'역시 페플 그룹 내부 사람이야!'

"경고는 한 번뿐입니다."

"……네."

"타크란이라는 뱀파이어 NPC를 찾고 있습니다."

"알겠습니다."

요구 사항이 이상했지만, 양현섭은 한시라도 빨리 감찰부 사람에게서 풀려나길 바라며 NPC를 검색하기 시작했다. 그리 오래 걸리진 않았다.

"엘루마와 인근 지역에서 타크란이라는 이름으로 등록된 NPC는 구두 수선공과 대장간 도제 두 명뿐입니다. 둘 다 인간이며, 뱀파이어는 없습니다만."

"……확실해요?"

엘프의 심기가 불편해 보였다.

"직접 해 보시면 나올지도 모릅니다. 등급에 따라서 접근 가능한 데이터의 범위가 달라지니까요."

"뭐, 어쩔 수 없죠."

"도움이 못 되어 미안합니다."

그렇게 말한 양현섭은 서둘러 접속을 끊었다.

혼자 남은 엘프, 벨란데르는 어깨를 으쓱 올렸다. 벽에 막혀 답답해하는 고형덕을 도와주기 위해 시간을 내어 여기 들어왔건만.

"검색 정도는 괜찮겠지."

벨란데르는 프리벨리지 제로의 권한을 활성화시켰다.

페플 그룹 회장인 아버지 안종화가 허락해 준 이 권한은 되도록 이용하지 않으려 했다. 로그 기록, 즉 사용 내역이 모조리 아버지에게 보고될 가능성이 매우 높았다. 벨란데르는 사소한 행동으로 아버지에게 판단받는 게 싫었다.

메뉴 자체가 달라졌다. 게임 매니저조차도 접근할 수 없는 기능이 열린 것이다.

'와우.'

일단 NPC 검색 메뉴를 불러냈다. 이름에 타크란, 종족에 뱀파이어, 지역에 엘루마를 입력하고 실행했지만, 양현섭의 말처럼 아무것도 나오지 않았다.

눈살을 찌푸린 벨란데르.

지역을 룬트란 왕국 전체로 넓혔다. 검색에 시간이 꽤 걸렸지만, 비둘기 사이로 뛰어다니는 아이들을 지켜보자 금세 끝났다.

"뭐야?"

이번에도 뱀파이어 타크란은 나오지 않았다. 놀랍게도 그런 존재 자체가 없었다.

특별한 이유로 죽거나 왕국 외부로 빠져나갔다면 모르되, 아예 기록 자체가 없다니. 무언가 이상했다.

혹시나 하는 마음으로 타크란의 여동생, 세와타트 산맥 지하 드워프의 도시에서 여신관으로 위장했었던 칼리페에 대해 검색했지만 결과는 마찬가지였다.

칼리페를 직접 본 적이 있기에, 벨란데르는 손톱을 물어뜯었다.

"버그인가?"

분수대 근처 계단에 앉은 벨란데르는 체리, 아로간타르를 찾아봤다. 가문을 비롯해 온갖 기록이 나타났다. 어디서 태어났는지, 어떤 음식을 좋아하는지 전부 알 수 있었다.

"이게 정상이잖아."

다시 타크란을 찾아봤지만 흔적도 나오지 않았다. 범위를 북쪽의 중명 제국과 남부의 레나르카 왕국까지 포함해도 먼지 하나 찾을 수 없었다.

짜증이 난 벨란데르는 재미로 겔란드, 콜마로 검색했다.

고개를 갸웃거리는 벨란데르.

정보가 군데군데 비어 있었다. 때로는 몇 년씩 기록이 텅 비어 있었다. 겔란드의 경우엔 용병 시절의 기록이 통째로 없었고, 콜마는 수도 마르세르에서 어떻게 지냈는지 알 방법이 없었다.

무언가 이상했다.

벨란데르는 홀로그램 스크린을 띄웠다. 그리고 프리벨리지의 권한을 이용해 페플 그룹의 핵심이라 할 수 있는 심층기반부로 접속했다. 심층기반부는 기반 시스템이라 불리는 '페플 코어'를 개발하고 관리하는 곳이었다.

한참 만에 거기서 무슨 일이 벌어지는지 알 수 있었다.

세상에.

심층기반부 소속 전문 연구원들은 시스템 내부의 버그에 골머리를 썩고 있었다. NPC 중 일부가 통제에서 벗어나는 그 버그에 '리뎀션'이라는 이름까지 붙여 놓았다.

그 버그에 걸리면 페플 그룹으로서는 찾아낼 수도 없고, 삭제할 수도 없으며, 지시를 내릴 수도 없었다.

타크란은 리뎀션 버그에 걸린 NPC였다!

젤란드, 콜마는 그 버그에 노출된 NPC였다!

벨란데르는 홀로그램 스크린을 지웠다. 노바디에게 타크란을 찾아 주겠다고 큰소리치지 않은 게 다행이었다. 장담했다면 한동안 고개를 들지 못했을 것이다.

추적이 안 된다니.

명령도 내릴 수 없다니.

그런 NPC가 늘어난다면…… 이 세계는 엉망진창으로 변해 버릴 것이다. 페플이라는 가상현실이 완전히 붕괴될지도 모르는 일이다.

모든 NPC가 버그에 걸려 버리면, 이 프리벨리지 권한도 무용지물이 되고 말 것이다.

벨란데르는 프리벨리지 제로의 메뉴를 살피다가 '부동산' 항목을 발견하고 피식 웃었다. 흥미가 생겨 거기로 들어갔더니 이 권한만으로 저택을 구입할 수 있다는 사실을 알게 되었다. 심지어 저택의 상세한 부분까지 결정할 수 있었다.

정원의 형태, 건축 스타일, 저택의 방어 시스템으로는 방어 마법진, 주술진, 진법 등을 자유롭게 선택할 수 있는데, 그 범위가 놀랄 만큼 넓었다. 입맛에 맞추어 저택 하나를 통째로 만들어 낼 수 있었다.

"버그가 널리 퍼져 쓸 수 없기 전에 한번 해 볼까나?"

벨란데르는 반쯤은 장난으로 저택을 주문하기 시작했다. 정원은 장미가 우거진 스타일, 분수대는 꽤 넓어서 첨벙첨벙 뛰어놀 수 있는 것이 마음에 들었다.

복도에 늘어설 청동 갑옷, 벽에 걸 풍경화, 바닥에 깔릴 대리석의 종류, 건물 외벽의 가고일, 뒤뜰의 연못까지 하나하나 선택했다.

"음, 이 정도면 좋겠어."

엘루마 내에서의 위치까지 결정하고 버튼을 누르자, 눈앞으로 무수한 메시지들이 나타났다가 사라졌다.

-시청을 통해 토지 매입을 요청했습니다.

-용병단이 그 과정에 참여했습니다.

-…….

-땅 매입이 끝났습니다.

-건축가 길드에 설계를 요청했습니다.

-석공 길드에서 대리석을 포함한 석재를 운반 중입니다.

-…….

-건물이 완성되었습니다.

-정원사 길드에서 정원 조성을 시작했습니다.

-화가 길드에서 천장화를 그리기 시작했습니다.

-조각가 길드에서 외벽 조각을 시작했습니다.

─마탑에서 파견된 마법사들이 방어 마법진을 설치하고 있습니다.

─무문에서 파견된 무인들이 진법을 설치하고 있습니다.

─호지센에서 파견된 현자들이 주술진을 설치하고 있습니다.

─베룬다크에서 실내장식품을 구입했습니다.

─…….

─집사와 정원사, 요리사, 하인, 하녀가 고용되었습니다.

─저택이 완성되었습니다.

벨란데르는 깜짝 놀랐다. 쇼핑몰에서 물건 구입하듯 이토록 쉽게 저택이 완성될 줄이야.

긴가민가하면서 주문한 저택의 위치로 걸어간 벨란데르는 입을 쩍 벌렸다.

"……진짜잖아."

"주인님을 뵙습니다."

어느새 철제 대문을 연 집사가 걸어 나와 고개를 숙였다.

머리가 허옇게 센 늙은 집사의 얼굴에서는 여유가 흘러넘쳤다.

"이런."

벨란데르는 그저 장난삼아 벌인 행동이 이런 결과로 나타날 줄은 상상도 못 했다.

'아버지에게 혼나겠어.'

그런 마음과 달리, 머리는 공짜로 생긴 이 저택을 어떻게 활용할까 생각하고 있었다. 곧 적절한 용도가 떠올랐다. 스

싱크

코덴 산맥 황량한 지역에서의 만남을 이곳으로 옮기면 사람
들이 다 좋아할 것이다.

"우와!"

바마퉁이었다.

바마퉁뿐 아니라 노바디, 홍길동 그리고 아인슈타인까지
천장에 그려진 대형 벽화를 보고 감탄을 금치 못했다. 미켈
란젤로가 그린 시스티나 성당 벽화, 천장화에 비할 수는 없
지만, 엘루마의 화가 길드에 소속된 NPC들이 쏟아부은 혼
이 거기 담겨 있었다.

벨란데르는 친구들의 반응에 진작 이런 장소를 마련할 걸,
생각했다. 아버지 생각은 사라졌다.

"어떻게 된 거야?"

노바디가 물었다.

"들어가서 이야기하자."

벨란데르는 회의실로 향했다. 커다란 방 중앙에는 거대한
원형의 탁자가 놓여 있었다. 벽에는 중세풍 특유의 대검과
문양이 그려진 방패 등 무기가 걸려 있었다.

노바디와 바마퉁의 입가에 미소가 흘렀다. 아더왕, 원탁의
기사, 엑스칼리버 등을 떠올리는 모양이었다.

벨란데르가 앉자 도넛 형태의 원탁 안쪽의 화로에서 불길이 치솟았다. 화염 마법진이 설치된 화로였다.

"다들 앉아."

"진짜 멋지다."

바마퉁의 반응에 벨란데르는 진짜 왕이라도 된 것처럼 묵례로 답했다.

노바디는 맞은편에, 바마퉁은 그 옆에, 홍길동은 벨란데르 가까운 곳에, 마지막 아인슈타인은 노바디와 홍길동 중간 지점에 자리를 잡았다.

"어디부터 시작해야 할까?"

그렇게 운을 뗀 벨란데르는 그동안 현실에서 해낸 일을 천천히, 또박또박 노바디와 바마퉁에게 들려주었다.

클럽에서 피가 빨려 죽은 여자, 항구로 옮겨진 시체, 클럽 뒷골목에서 발견된 시체 때문에 출동한 경찰, 경찰서 유치장에서의 현란한 격투 그리고 호텔과 인근 도로에서의 액션 신까지. 마지막은 출국하려는 라이언을 공항에서 접촉했을 뿐 아니라 함께 일하기로 했다는 이야기였다.

홍길동은 기회가 있을 때마다 자기가 직접 보았다고 맞장구를 쳤다.

벨란데르는 노바디의 안색을 살폈다. 적잖이 놀란 듯하나 표정의 중심에는 경악만큼이나 강렬한 불편과 실망이 자리 잡고 있었다.

'저럴 만도 하지. 강영준 관장은…… 대사형이니까. 게다가 황철호 아저씨를 해옥에 갇히게 만든 장본인이 셋째 사형이니, 충격이 클 만도 해.'

침묵을 지키며 이번엔 바마퉁을 바라본 벨란데르. 흔들리는 눈빛으로 주위를 살필 뿐, 노바디가 왜 불편해하는지 이해 못 하는 듯했다.

곧 편안해진 노바디의 표정. 정신적 쇼크를 받아들이고 소화시키는 속도는 놀랄 만큼 빨랐다.

'저 녀석은 항상 날 놀라게 해.'

벨란데르는 노바디를 응시했다.

"솔직하게 말해 줘서 고마워."

"뭘."

"이제 내 차례지?"

씩 웃은 노바디는 망량 봉쇄 구역의 변화를 알린 후, 소환진의 원흉인 타크란 추적 상황을 설명했다.

일종의 소거법이었다. 타크란이 있을 만한 장소를 뒤져서 예상 지역에서 후보군을 하나씩 지워 나갔다. 지루하지만 확실한 방법이다.

노바디는 스노빈에 이어 젤란드와 콜마가 섬바디 길드에 들어왔다는 이야기로 마무리했다.

"두 사람이?"

벨란데르는 깜짝 놀랐다. 각자의 목표가 뚜렷한 NPC가 아닌가.

"아주 큰 힘이 돼. 겔란드는 사람들을 하나로 묶는 데 탁월하고, 콜마는 어마어마하게 똑똑해."

자랑스러워하는 노바디.

"이러다가 페플과 현실 모두, 우리가 먹는 거 아니야?"

너스레를 떠는 벨란데르.

그때, 무언가가 날아와 유리창에 부딪혔다. 벽에 설치된 방어 마법진이 발동되었다. 섬광을 터트리며 뿜어낸 마력이 창을 때린 물건을 박살 냈다.

몸을 일으킨 벨란데르는 창으로 달려갔다. 대체 누구 짓일까 생각하던 그는 정원 담벼락 너머 사람들을 발견하고 눈을 동그랗게 떴다.

남루한 옷차림의 사람들이 돌이나 벽돌을 든 채 소리를 지르더니 일제히 던지기 시작했다. 방어 마법진에 의해 튕겨 나가거나 부서졌지만, 그 기세는 놀랄 만큼 강렬했다. 몽둥이를 든 건장한 하인들이 정원을 가로질러 나가자, 그 사람들은 흩어지며 달아났다.

늙은 집사가 다가왔다.

"주인님, 손님이 오셨는데 정말 송구스럽습니다. 다시는 이런 일이 벌어지지 않도록 신경을 쓰겠습니다."

"마땅히 그래야지."

벨란데르는 다 된 밥에 코 빠뜨린 기분이었다.

"또 봐."

노바디가 손을 내밀었다.

그 손을 맞잡는 벨란데르.

"우리가 할 일은 지금 맡은 일에 최선을 다하는 거야. 그렇지?"

"맞아."

"어르신도 당신만의 일을 하고 계셔."

"……고맙다."

노바디는 나쁜 소식을 들을까 싶어 현기명에 대한 이야기를 아예 꺼내지 않았던 것이다.

모임은 끝났다.

벨란데르는 메시지를 보내어 노바디를 남게 했다.

벽에 걸린 풍경화를 보고 있는 노바디 옆으로 벨란데르가 다가섰다. 바마퉁은 던전 플레이를 위해 저택을 나섰고, 홍길동과 아인슈타인은 접속을 끊었다.

"무슨 일이야?"

"실은 겔란드, 콜마 사형들 때문에."

"말해 봐."

벨란데르는 노바디가 이해하기 쉽도록 최대한 풀어서 리뎀션 버그에 대해 설명했다.

버그로 인해 시스템의 통제에서 벗어난다는 개념 자체가 꽤나 난해해서 노바디가 깨닫기 어렵다고 생각했건만, 동그랗게 커진 노바디의 눈은 그 반대임을 보여 주었다.

"두 사람을 검색하고 싶은데."

"왜?"

"일단 해 줘. 근위기사단 비브라탄의 단장 덴토마와 하이엘프 셀레스카르."

"알았어."

벨란데르는 프리벨리지 제로를 활성화시킨 후, 두 사람에 대해 검색 명령을 내렸다.

노바디는 검색 결과가 나올 때까지 아무 말도 하지 않았다.

"없는데."

심장이 떨리는 듯한 느낌.

"역시."

"설마, 버그에 대해 알고 있었던 거야?"

"덴토마와 사부님은 각성자야."

"……각성자?"

"그리고…….."

"그리고?"

"두 사람은 혈문의 일원이야."

"……."

벨란데르는 입을 쩍 벌린 채 아무 말도 못 했다.

유니온의 적이 바로 혈문이다! 천무관을 습격한 몬스터의 배후가 혈문이라는 유니온의 판단은 잘못된 것이지만, 그들

싱크

이 오랫동안 싸워 온 사이라는 점은 분명한 사실이었다.

벨란데르의 눈동자가 흔들렸다. 노바디가 존경해 마지않는 하이엘프가 혈문이라니!

"진작 이야기를 했어야 했는데, 미안하다. 그런데 쉽게 입을 뗄 수가 없었어."

"……그래."

충분히 이해할 수 있었다.

서서히 새로운 진실이 수면 위로 드러났다.

심층기반부 소속 연구원들이 리뎀션이라 이름 붙인 버그는 단순한 버그가 아니었다.

'그건…… 각성이었어.'

벨란데르는 현기증을 느꼈다. 어지럽고 다리가 후들거려, 앞에 노바디만 없었다면 당장 주저앉았을지도 모른다.

현실에서 벌어지는 현상이 페플에서도 일어나는 중이다. 유니온을 이루는 각성자들이 페플에도 나타나고 있다.

룬트란 왕국의 근위기사단을 이끄는 실력자와 모두가 인정하는 하이엘프가 페플의 각성자였다!

그렇다면 타크란 역시 각성자일까?

겔란드와 콜마는 각성 중일까?

고개를 든 벨란데르는 노바디를 바라보았다. 노바디 역시 낯선 진실을 알아차린 듯 복잡한 표정을 짓고 있었다.

"어떻게 할 거야?"

벨란데르가 물었다.

"사실, 사부님으로부터 받은 퀘스트가 있어."

노바디는 '혈문의 문주' 퀘스트 내용을 메시지로 벨란데르에게 보냈다.

"마, 말도 안 돼."

천천히 고개를 흔드는 벨란데르.

노바디는 또 다른 퀘스트를 보여 주었다. 그건 대현자 파르소겐이 맡긴 퀘스트, 바로 죽음의 마탑 칼리고크의 타워마스터 블라크를 죽이라는 퀘스트였다.

벨란데르는 머리를 쥐어뜯고 싶은 충동을 겨우 이겨 냈다. 대체 이 녀석은 뭘 하고 다니는 걸까?

그때, 처음 노바디를 만났을 때, 노바디에게 휘둘려 자신도 모르게 거짓말로 원정대를 만들었던 순간이 떠올랐다.

'이 녀석은 그대로야. 한결같아. 그냥 게이머가 아니었어. 노바디는 여기 페플 사람이야. 노바디에겐 유니온도 혈문도 중요하지 않아. 어쩌면 달라진 건 나야. 페플보다는 현실에 집중하고 있으니까.'

갑자기 마음이 평온해졌다. 머릿속도 맑아졌다.

달라진 건 없다. 처음부터 지금까지 그대로였으니까.

섬바디 인 페플.

섬바디 인 어스.

노바디의 얼굴에서도 복잡다단한 감정이 서서히 사라졌

다. 그 역시 결론에 다다른 것이다.

"달라질 건 없지?"

벨란데르가 물었다.

"맞아, 달라질 건 없어."

노바디가 답했다.

'망량민'들이 거주하는 건물 입구 계단에 앉아서 콜마의 이야기를 듣던 노바디는 눈을 끔벅거렸다.

"신기한 꿈이네요."

노바디는 아무렇지 않은 척했지만 저 예리한 콜마의 눈을 속일 수 있으리라곤 기대하지 않았다.

별일 아닌 것처럼 이것저것 물어본 끝에 반복되는 꿈에 대해 들을 수 있었지만, 진실에 대해서는 어떻게 해야 할지 알수도 없고 아무런 준비도 되어 있지 않았다.

예상대로 콜마는 지혜가 그득한 눈으로 노바디를 바라보고 있었다. 섬바디 길드의 책사는 아이들과 함께 공을 차는 젤란드를 쳐다본 후, 노바디를 응시했다.

"대사형도, 아니 젤란드 장로도 같은 꿈을 꾸고 있습니다."

"그런가요?"

"알고 계신 게 있다면 들려주십시오, 마스터."

정중한 부탁.

한숨을 내쉰 노바디는 주절주절 설명을 시작했다.

'벨란데르를 부를까? 그 녀석이라면 훨씬 더 조리 있게 말을 할 수 있을 텐데.'

그 생각은 곧 접었다. 섬바디 인 페플을 맡은 건 벨란데르가 아니라 바로 자신이다.

설명은 여기서 조금, 저기서 조금…… 중구난방이었다. 노바디가 스스로 생각해도 질문 없이 듣기만 하는 콜마의 진지한 태도가 신기했다. 다행히 중간에 완전히 막히지 않고 설명을 끝낼 수 있었다.

"마스터의 세계에서 벌어지는 일이 여기서도 일어나고 있다는 말씀이군요."

간단하게 정리해 버리는 콜마.

그 침착한 태도에 노바디는 설명을 얼마나 잘했는지 상관없이 콜마가 진실을 알아냈다고 확신했다. 그래서 거기서 멈추지 않고, 유니온과 혈문이라는 조직에 대해서도 알렸다. 콜마의 반응을 보기 위해서였다.

"흐음."

손으로 턱을 쓰다듬는 콜마.

서로 다른 두 세계에 속한 각성자들의 조직. 그 조직 사이의 충돌은 콜마에게도 적잖은 충격이었던 듯, 한동안 생각에 잠겨 있었다.

노바디는 기다렸다.

눈이 반짝이는 콜마.

"솔직하게 말씀해 주셔서 감사합니다. 마스터. 실은 염려스럽군요. 마스터 입장이 곤란해질 수도 있지 않을까요?"

"……책사."

노바디는 안진후가 다양한 경험을 통해 나이를 먹으면 눈앞의 콜마 같은 사람이 될 것 같다고 생각했다. 어떻게 몇 가지 설명으로 전체를 이토록 빨리 꿰뚫을 수 있을까?

"이제까지의 전략, 계획을 송두리째 바꿔야 할 것 같습니다. 아무래도 제게 시간이 좀 필요할 것 같습니다만."

"얼마든지요."

"그리고 겔란드 장로에겐 당분간 비밀로 하는 게 좋겠습니다."

"그러죠."

콜마는 자기 방으로 올라갔다. 들은 이야기를 정리하고, 거기서부터 정교하면서도 통찰력 넘치는 계획을 이끌어 낼 것이다.

그때, 사람들이 목책으로 몰려왔다. 줄잡아 수백 명은 되는 듯했다.

아이들과 뛰어놀던 겔란드가 우뚝 멈춰 서서 목책 너머를 바라보았다. 노바디는 그 옆으로 걸어갔다. 겔란드의 손짓에 아이들은 건물로 피했다.

"저것들은 뭘까요?"

젤란드가 물었다.

"글쎄요."

그 대답에 젤란드는 주위를 둘러보았다. 콜마라면 단번에 돌아가는 상황을 알아낼 수 있을 것이다.

"책사가 안 보이는군요."

"생각할 게 있어서 먼저 올라갔습니다."

노바디는 목책 쪽으로 걸어갔다. 낯이 익은 사람들이 눈에 들어왔다. 망량에게 먹힌 지역, 즉 봉쇄 구역의 이전 건물주들이었다.

"사기꾼!"

한 사람이 외치자, 다른 사람들이 따라서 소리쳤다. 그들은 가져온 돌멩이나 숯덩이 따위를 목책 너머로 던졌다. 경비대원들은 말리는 시늉만 할 뿐이었다.

"악덕 사기꾼 노바디는 물러가라!"

"노바디는 물러가라!"

앞선 남자의 구호에 사람들이 따라서 고함을 질렀다.

"신경 쓸 필요, 전혀 없습니다, 마스터."

"……그럴까요."

노바디는 무겁게 가라앉은 눈으로 몰려와 시위하는 사람들을 바라보았다.

항간에는 소문이 떠돌았다. 노바디가 한 번의 거래로 최소한 1억 골드, 어쩌면 10억 골드에 달하는 거액을 벌어들일 거라는 소문은 순식간에 도시 전체로 퍼져 나갔다.

망량에게 먹힌 구역은 버려진 땅이라는 사실은 적어도 100년은 지속될 것처럼 보였다. 모두가 그렇게 생각했다. 시청도, 마탑도, 무문도, 상단도, 귀족가도 심지어 대신전도 그 의견에 힘을 실었다.

그 구역에 땅과 건물을 가진 주인들은 어떻게든 팔려고 애를 썼지만, 미치지 않고서야 돈을 주고 구입할 사람들이 없었다. 부동산 가격은 10% 이하로 추락했다. 아니, 3%의 돈에도 팔리지 않았다.

그때, 노바디가 나타나 단번에 계약을 맺어 구역 전체를 사 버렸다.

그리고, 기적이 일어났다.

빈민굴에 살던 사람들이 망량이 돌아다니는 봉쇄 구역 안쪽의 건물 하나를 차지한 것이다.

그로 인해 봉쇄 구역의 부동산 가격은 엄청나게 치솟았다. 곧 구역 전체가 회복될 거라는 전망 때문이었다.

노바디에게 땅과 건물을 팔아 버린 사람들은 시청으로 몰려가 불평을 터뜨렸고, 일부는 이곳 목책에서 시위를 벌였다. 그들은 노바디가 불공정한 거래로 부정한 이익을 취했다고 소리를 질러 댔다.

그 소란 때문에 콜마가 내려왔다. 천천히 다가오는 동안 콜마의 머릿속에 이 모든 사실과 그 이상의 통찰이 자연스럽게 떠올랐다.

"음, 곧 마차가 도착하겠군요."

뚱딴지같은 말.

고개를 갸웃거리던 겔란드는 목책 바로 앞에서 시끄럽게 하던 사람들이 둘로 갈라지며, 그 사이로 화려한 마차 한 대가 다가오자 깜짝 놀라 눈을 껌벅거렸다.

"어떻게 알았냐?"

"차근차근 생각하면 알 수 있지요."

그 말에 겔란드는 노바디를 쳐다봤다.

고개를 흔드는 노바디.

겔란드는 그 표정이 무척이나 고마웠다. 자기만 모른다면 스스로 부족한 사고력을 의심했을 것이다.

시청 직원 특유의 옷을 차려입은 사람이 목책 입구로 다가와 섰다. 망량이 무서워 안으로는 들어오지 않았다.

"시민 노바디는 시장님의 서신을 받으시오."

"제가 받겠습니다."

콜마가 앞으로 걸어갔다.

사무관은 노바디가 두 손으로 공손하게 서신을 받아야 한다고 고집을 부렸으나, 콜마의 한마디에 콧대가 주저앉았다.

"그렇다면 직접 들어가서 전달하세요."

콜마 주위에서 어렴풋이 날아다니는 망량이 보였다. 사무관은 기침을 한 후, 마지못해 콜마에게 한 손으로 서신을 건넸다.

콜마는 시장의 문장이 찍힌 서신을 노바디에게로 가져갔다.

"뜯어 보세요, 마스터."

노바디는 봉인을 떼고 편지를 열었다. 반투명 메시지 창이 나타났다.

초대장

오랫동안 저는 노바디 님을 주시해 왔습니다. 하이엘프 셀레스카르 님의 수제자이며 왕세자 저하의 대사형이신 노바디 님을 꼭 한번 뵙고 싶었는데 여의치 않았습니다. 다 제 불찰입니다. 정중하게 노바디 님을 초대합니다. 부디 시청으로 오셔서 그간의 무례를 용서해 주시고, 함께 식사라도 할 수 있기를 바랍니다.

시장 아브롬

노바디는 편지를 콜마에게 건넸다. 콜마는 겔란드와 함께 읽었다.

사무관은 그 행동에 속으로 분개했다. 시장님이 직접 쓰신 서신을 저런 자들에게 보여 주다니.

노바디는 콜마를 바라보았다. 책사로서의 의견을 구한 것이다.

"가시죠. 초대를 받았으니까요. 저도 동행해도 될까요?"

"저 혼자 보내려고 하셨습니까?"

"하하, 그럴 수는 없지요."

콜마는 노바디와 함께 목책 입구로 향했다. 그토록 거칠게 소리치고 돌멩이를 던지던 사람들은 약속이라도 한 것처럼 조용히 뒤로 물러섰다.

노바디는 적대적인 시선 사이로 걸어서 대기하던 시청 의전 마차에 올라탔다. 확실히 진동이 덜 느껴지는, 고급 마차였다.

맞은편에 앉은 사무관은 콜마의 존재가 꽤나 거슬리는 모양이었다.

"시장님은 노바디 님을 초대하셨습니다만."

"난 이 사람 없이는 안 갑니다. 내릴까요?"

단호한 노바디.

"……굳이 그럴 필요는 없습니다."

사무관은 주먹을 꽉 쥐었지만, 명령을 받고 왔기 때문에 참을 수밖에 없었다.

시청까지 가는 동안, 마차 안은 조용했다. 콜마는 눈을 감은 채 생각에 잠겼고, 노바디는 아이처럼 차창 밖을 흥미롭게 바라보았다.

곧 시청에 도착했다.

입구에 아는 사람이 서 있었다. 마차에서 내리는 노바디를 보더니 손을 흔들었다.

"오랜만입니다."

빛의 마탑 투스텔라의 마법사 하비렌이었다. 철저하게 무시당한 기억을 깨끗이 잊어버린 듯 여전히 명랑했다.

노바디는 하비렌이 왜 여기 있는지 궁금했다. 사무관을 쳐다봤지만 그 딱딱한 표정을 보니 대답을 듣기는 어려울 것 같았다.

"섬바디 길드의 책사 콜마입니다."

콜마가 앞으로 나서며 하비렌에게 말을 걸었다.

"책사라고요?"

"마스터를 모시고 있습니다. 하비렌 님도 초대를 받아서 오셨군요."

"맞습니다."

하비렌의 눈이 커졌다. 노바디의 반응은 자신과 비슷했다. 둘 다 시장의 초대를 각각 받고 온 것이다. 저 책사라는 남자는 그걸 금세 알아냈다.

콜마는 하비렌 뒤에 서 있는 또 다른 마법사를 향해 고개를 숙였다.

"엘칸 님이시죠?"

말없이 고개를 끄덕이는 엘칸은 바람의 마탑 페르제피의 3서클 마법사였다. 롭시스 국숫집에서의 경쟁에 참가했다가 보기 좋게 탈락한 사람이기도 했다.

또 다른 마차가 다가와 멈췄다.

마차에는 검과 도가 엇갈린 채 그려져 있었다. 거기서 내린 사람은 태천문의 소문주 바탄이었다. 바탄 뒤에서 그레아트의 무인이자 롭시스 국숫집의 주인인 레온이 내렸다.

레온은 콜마와 노바디를 향해 살짝 웃음을 보였다. 그 웃음은 곧 사라졌다.

바탄의 눈빛이 잠시 노바디에게 머물렀지만, 곧 신경 쓸 필요가 없다고 판단했는지 빛의 마법사에게로 향했다.

"무맹의 젊은 실력자 도각주께서 오셨군요."

하비렌이었다.

"마협의 소마회를 이끄는 하비렌 님이군요."

바탄이 말했다.

두 사람은 잠시 서로를 노려보았다. 마법사와 무인 사이의 자연스러운 갈등이 순간적으로 드러났다.

또 다른 마차 덕분에 긴장은 깨졌다. 금빛의 마차에서는 금현대상단의 소단주 금치운이 내렸다. 머리카락에서 윤기가 나는 금치운은 콜마를 보더니, 표정이 딱딱해졌다.

"안타깝습니다."

금치운은 노바디는 쳐다보지도 않고 콜마를 보며 말했다.

"인연이 아닌 게지요."

"그럴까요?"

차갑게 웃은 금치운은 하비렌과 바탄을 향해 고개를 숙이며 상인 특유의 넉살을 보여 주었다. 그러나 노바디에 대해서는 냉담한 태도로 일관했다.

마지막 마차가 도착했다. 평범한 그 마차에서는 용병대장으로 명성이 높은 인물이 내렸다. 혼자였다.

이방인 프로스.

하비렌, 금치운, 바탄 그리고 노바디까지 가볍게 무시한 그는 시청으로 올라갔다.

"용병대장으로서 대단히 실력이 있는 이방인 프로스입니다. 마스터께서 이루려는 목표로 다가갈수록 부딪칠 일이 많아질 인물입니다."

콜마가 속삭였다.

고개를 끄덕인 노바디는 사무관의 재촉에 못 이기는 척 식사가 준비 중인 곳으로 향했다.

대리석 복도를 걷는 노바디.

"……이 사람들이 모일 거라는 사실, 알고 계셨습니까?"

"그럴 리가요."

여유롭게 대답하는 콜마.

노바디는 왠지 다 알고 있으면서 모르는 척하는 게 아닌가 싶었다.

화려한 방에 도착했다. 빛나는 유리잔, 반짝이는 은제 식기들, 향을 뿜어내는 꽃, 청동 재질에 보석이 박힌 꽃병, 정갈하게 놓여 있는 의자들까지.

어디에선가 감미로운 냄새가 코로 파고들었다.

시장 아브롬이 다가왔다.

"하하, 다들 이렇게 찾아오시니 몸 둘 바를 모르겠군요. 정말 감사합니다. 자, 앉으시지요. 노바디 님이 이쪽입니다."

시장의 오른쪽, 상석이라 할 수 있는 곳으로 노바디가 안내되자, 하비렌과 금치운, 바탄의 눈빛이 달라졌다. 프로스는 처음부터 냉랭한 표정 그대로였다.

곧 음식이 나왔다. 내륙 도시인 엘루마에서는 쉽게 접하기 힘든 신선한 해물 요리도 있었다. 훌륭한 포도주에 훌륭한 요리는 너무나도 잘 어울렸다.

그때, 밖에서 소리가 들렸다. 어렴풋이 '사기꾼, 노바디, 속임수' 등이 섞인 고함이었다.

"이거 손님들을 모셔 놓고 불편한 자리를 만들었군요."

시장이 비서를 쳐다보자, 비서는 황급히 자리를 떴다.

곧 바깥은 조용해졌다.

"무슨 일입니까, 시장님?"

금치운이 물었다.

"별것 아닙니다. 사소한 문제일 뿐이에요."

시장은 슬쩍 노바디 쪽을 바라보았다. 마치 노바디 때문이라는 듯한 몸짓이었다.

하비렌과 바탄까지 물어보자, 시장은 어쩔 수 없다는 투로 문제를 설명했다. 20억 골드의 이익 때문에 눈이 뒤집힌 건물주들의 아우성이라는 게 그 내용이었다. 시장은 너무나 쉽게 이익을 몇 배로 부풀렸다.

그 액수에 하비렌과 바탄은 물론 금치운, 심지어 프로스까지 놀란 듯했다.

"저도 달래느라 애를 썼지만 한낱 시장에게 무슨 힘이 있겠습니까? 노바디 님께서 좀 도와주십시오."

시장이 치고 들어왔다.

노바디는 콜마를 쳐다봤다.

"책사로서 한 말씀 드려도 될까요?"

콜마는 시장을 보고 말했다.

"재미있군. 말하게."

"섬바디 길드는 시장님의 난감한 상황을 십분 이해합니다. 어떻게 도와 드려야 할까요?"

콜마의 말에 시장의 눈이 번들거렸다.

"음, 그렇게 말하니 마음이 한결 편하군. 시청의 전문가들이 모여서 의논한 결과, 위로금이 공평하게 나뉘면 불평은 줄어들 거라는 의견에 이르렀소. 예상 이익의 3할이면 될 것 같은데, 그냥 분배하면 문제가 커질 소지가 있으니 시청을 통해서 나눠 주는 게 뒤탈이 없을 것 같소."

시장은 노골적으로 의도를 드러냈다.

사람들의 시선이 일제히 노바디 쪽으로 쏟아졌다.

'불쌍하게 됐군.'

20억 골드의 3할이면…… 무려 6억 골드에 이른다. 시장은 공평하게 분배한다는 명목으로 노바디에게 6억 골드를 빼앗을 작정이었다. 시장의 요구를 거부했다가는 시청의 하부 조직을 통해 다양한 방식으로 피해를 입을 터였다.

"좋은 제안입니다."

콜마의 말에 사람들은 깜짝 놀랐다. 노바디도 그들 중 하나였다.

시장의 눈이 반짝거렸다.

'이놈 봐라. 멍청한 걸까, 아니면 다른 속셈이 있는 놈일까?'

"그렇게 생각해 주니 고맙소."

"오늘 당장 왕세자 저하께 말씀드리고 조치를 취하겠습니다."

"……왕세자 저하께?"

시장은 자신도 모르게 등을 세웠다.

"다들 알다시피 마스터는 왕세자 저하의 대사형이십니다. 왕세자 저하께선 마스터의 일거수일투족을 다 알고 싶어 하십니다. 사소한 일도 자기에게 꼭 알려 달라고 말씀하셔서요. 아마 저하께서도 기뻐하실 겁니다."

"험험."

시장은 불편한 듯 연거푸 기침했다. 왕세자에게 이 사실이 알려지면…… 시장 자리가 날아갈지도 모른다. 6억 골드 먹으려다 배가 터질 수도 있었다.

"아, 제 생각이 짧았군요. 왕세자 저하께 바로 말씀드리는 것보다 차근차근 준비해서 알려 드리는 게 제대로 된 절차 같습니다만."

콜마는 시장에게 빠져나갈 구멍을 제공했다.

시장의 얼굴이 붉게 물들었다. 한 방 먹은 것이다.

"그, 그게 좋겠소."

"왕세자 저하께서는 마협, 무맹, 총상회 그리고 용병련에 대해서도 관심이 많으십니다. 무엇이든 제게 말씀하시면 저하께 알리겠습니다."

콜마의 말에 각 조직에서 나온 사람들은 활짝 웃었고, 시장은 사색이 되었다.

시장이 노바디를 초대하면서 이들 조직의 사람들을 한자리로 부른 이유는, 노바디를 본보기로 삼아 그 조직에서도 돈을 거두기 위해서였다. 콜마는 왕세자 론투엘이라는 방벽을 그들에게도 제공할 수 있다는 사실을 은근슬쩍 알린 것이다.

이제 시장은 그동안 주머니를 두둑하게 만들어 줬던 방법으로 돈을 쓸어 담지는 못할 터였다.

사람들은 노바디를 향해, 콜마를 향해 고맙다는 눈빛을 보냈다. 그건 곧 오늘 일로 그들이 섬바디 길드에 은혜를 입었으며, 빚을 졌다는 뜻이었다.

노바디는 그 자리에 앉아 많은 것을 배웠다.

콜마의 심계는 상상을 초월했다. 시장의 계략 따위는 생각도 못 했다. 몇 마디 말로 여기 모인 실력자들의 인정을 받아내는 과정 또한 그저 바라볼 뿐이었다.

만찬은 끝났다.

봉쇄 구역으로 돌아가는 길.

"어떻게 하면 진실을 꿰뚫어 볼 수 있을까요?"

"간단합니다."

"간단해요?"

노바디는 어이가 없어 웃음이 터졌다.

"어떤 일이 생기면 그 원인을 살피고, 그 일로 인해 달라질 부분을 살피면 됩니다."

"……."

노바디는 입을 다물었다. 이 순간, 젤란드의 심정을 이해할 수 있을 것 같았다.

"진짭니다, 마스터."

"……알았어요."

"거짓말이 아니에요."

"알았다니까요."

노바디는 아예 눈을 감아 버렸다.

콜마의 웃음이 들렸다.

가면은 익명성을 보장한다. 그와 더불어 적절한 형태의 감정도 자아낸다.

주용석은 지하실 한구석에 놓인 커넥터 앞으로 걸어갔다. 얼핏 보면 관처럼 생긴 그 커넥터의 뚜껑이 저절로 열렸다.

벽에는 갖가지 종류의 가면이 달려 있었다.

표정이 강조된 티베트 가면, 나무와 가죽을 엮어서 만든 인디언 가면, 만지면 찢어질 듯한 면 재질의 요괴 가면, 미케네의 황금 가면 모조품도 질서 있게 걸려 있었다.

손에 든 하얀 가면, 일본 고전극인 '노'에서 오랫동안 사용되었던 원숭이 가면을 컬렉션 한쪽에 건 주용석은 뒤로 물러나 그동안 끈질기게 수집한 결과물을 흐뭇한 시선으로 바라보았다. 그는 독특한 형태와 분위기의 가면을 보면 액수와 상관없이 손에 넣어야 직성이 풀렸다.

"가 볼까."

커넥터에 올라탄 주용석은 현실을 떠나 페플로 향했다.

룩소르 사냥터.

몬스터가 득시글대는 울창한 숲을 주용석은 자유롭게 걸어

다닐 수 있었다. 몸에서 뿜어내는 죽음의 기운, 테네파르 인 스푸모 덕분이었다. 웬만한 몬스터들은 접근조차 하지 않았 다. 먼저 공격하기 전까지 기습을 받을 가능성은 거의 없다.

지하 석실로 내려가는 입구.

어설픈 방어 마법진이 설치되어 있다. 가볍게 우회한 주용 석은 어렵지 않게 지하 소환진으로 내려갔다.

주용석을 본 타크란의 눈이 휘둥그레졌다.

'멍청한 NPC 자식.'

주용석은 저 뱀파이어를 볼 때마다 구역질이 났다. 그 앞 에서 감정을 드러낼 순 없지만, 언젠가 일이 끝나면 제대로 대접을 해 줄 생각이었다.

타크란의 표정에서 두려움이 느껴졌다.

'이제 좀 낫군.'

주용석은 귀면을 사랑했다. 그가 노력을 아끼지 않고 수집 한 가면의 괴기스러운 부분을 하나로 응집한 가면이었기 때 문이다. 이 가면을 쓰면 앞에 선 사람들 대부분에게서 공포 라는 향기로운 감정을 맡을 수 있다.

감옥을 본 순간, 눈에 힘이 들어갔다.

"제물이 적군."

"곧 채워 넣을 계획입니다."

"서둘러."

"……알겠습니다."

고개를 숙였지만 눈엔 힘이 들어가 있다.

'뱀파이어 새끼, 지금 죽여 버릴까? 그럴 순 없지. 이 녀석 덕분에 일이 쉬워졌으니까.'

"힘을 내도록. 이번 일이 끝나면 자넨 절대 섭섭하지 않은 보상을 받게 될 테니까."

"감사합니다."

놈의 눈에 열망이 떠오른다. 각성자가 되고 싶은, 선택받은 자가 되려는 강렬한 욕망.

속았다는 사실을 알게 되면 어떤 표정을 지을까?

그 표정을 확인한 다음, 죽여 버릴 생각이었다. 떠올리기만 해도 짜릿하다.

시선이 느껴졌다.

감옥에 갇힌 제물 중 하나.

NPC 여자!

'눈이 살아 있군.'

갈증이 느껴졌지만 참았다. 저 소중한 제물을 허기 따위로 죽여 버릴 수는 없다.

밖으로 나온 주용석은 접속을 끊었다.

주용석이 지하실에서 올라오자 이상범이 옆으로 다가왔

다. 지나치게 가까이 가지 않으려 애를 쓰느라 자세가 엉거주춤했다.

"프로페서 프랑켄슈타인에게서 연락이 왔습니다."

쪽지를 내미는 이상범.

거기에는 암호가 적혀 있었다. 이상범이 아무리 봐도 내용을 알 리 없는 복잡한 기호였다.

쪽지를 휙 읽고 구겨 버린 후 죽음의 기운, 테네파르 인스푸모로 없애 버린 주용석.

이상범은 그 단순한 행동을 경이로운 시선으로 바라보았다. 자신은 기껏해야 손에 죽음의 힘을 씌우거나, 단검 형태로만 만들 수 있을 뿐이었다.

'나도 언젠가는 저렇게 자유자재로 사용할 수 있겠지?'

그런 마음이 담긴 눈빛이었다.

"다른 소식은?"

"그게, 라이언 님이 출국하지 않았습니다."

"……뭐?"

주용석이 인상을 쓰자, 테네파르 인스푸모가 출렁거렸다. 거기 닿은 탁자는 지글지글 끓더니 녹아내렸다. 이상범이 미리 피하지 않았다면 한쪽 팔을 잃었을 터였다.

"확인 결과, 출국 수속을 밟지 않았습니다."

"그러면 대체 어디에 있지?"

으르렁거리는 주용석.

싱크

"······찾는 중입니다."

"좋아."

심호흡으로 마음을 고르자, 죽음의 기운은 서서히 축소되어 몸 내부로 스며들었다.

사소한 지시 몇 가지를 비서에게 내린 주용석은 다크 워킹을 펼쳤다. 테네파르 인스푸모를 이용하여 공간을 가로지르는 그 스킬은 매우 유용했다. 현섬에 비해 사용 가능한 횟수가 부족하지만, 현섬과 달리 얼마든지 보충이 가능해서 좋았다.

그가 도착한 곳은 가로등이 띄엄띄엄 있어서 어둡고 한적한 도로였다.

자동차 한 대가 서 있었다.

어둠에서 나타난 주용석이 다가가자 한 사람이 차에서 내렸다. 사람은 아니지만 멀리서 보면 사람을 닮은 로봇은 뒷문을 열고 밖으로 나왔다.

"거기 있어."

프랑켄슈타인의 명령에 로봇 슬레이브는 멈췄다.

지팡이를 짚으며 걸어가는 프랑켄슈타인.

"멋졌습니다, 교수님."

주용석이 말했다.

"가져왔나?"

프랑켄슈타인은 유니온의 핵심이라 할 수 있는 15인회 앞에서 백정현과 천무관을 포함한 일련의 사건에 대한 분석을 브리핑했다. 지나친 긴장은 오히려 역효과를 낸다는 내용이었다.

적절한 근거와 매끈한 화술이 결합되자, 15인회는 그 의견에 힘을 실었다.

주용석은 그 진술의 대가로 물건 하나를 가져왔다. 주머니에서 꺼낸 엄지손톱만 한 돌을 앞으로 던지자, 놀랍게도 그 돌은 수평으로 미끄러지듯 움직였다. 마치 투명한 테이블 위를 미끄러지는 듯한 형태였다.

프랑켄슈타인은 그 돌을 잡았다. 질감도 있고 무게도 느껴지지만, 공중에 놓으면 그대로 떠 있다.

"그라비티움이 확실하군. 또 보세."

돌을 안주머니에 찔러 넣은 교수의 입가에 미소가 퍼졌다. 로고스 길드의 늙은 각성자는 차를 몰고 떠났다.

살기를 억지로 참는 주용석.

'버러지 같은 늙은이.'

주용석은 다시 다크 워킹을 펼쳤다.

얼굴이 하얗게 질린 주용석을 본 이상범은 즉시 냉장고에서 혈액 팩을 가져왔다.

싱크

주용석은 입으로 물어뜯은 후, 피를 마셨다. 팩 세 개를 해치운 후에야 안색이 돌아왔다.

다크 워킹은 테네파르 인스푸모를 지나치게 소비하기 때문에 이처럼 갑자기 힘이 고갈될 가능성이 높았다. 그에 비해 현섬은 내공을 이용하기에 다크 워킹보다는 안전했다.

"괜찮으십니까?"

"오정인은?"

"도착해서 감찰관님을 기다리고 있습니다."

"하나 더."

"넵!"

이상범은 혈액 팩을 하나 더 가져왔다.

오정인이 기다리는 게스트 룸으로 걸어가면서 팩 하나의 피를 다 마신 주용석은 문을 벌컥 열었다.

오정인은 소파에 앉아 핸드폰으로 게임을 하고 있었다. 가죽 옷에 가죽 부츠, 해골 귀걸이에 문신을 새긴 오정인은 어찌 보면 매우 섹시하고, 달리 보면 무서운 여자였다.

"늦었군."

"감찰관님이야말로 늦으셨죠."

여전히 게임에 열중인 오정인.

"따라와."

"먼저 주셔야죠."

블랙 길드에서 잔뼈가 굵은 각성자답게 오정인은 호락호

락하지 않았다.

주용석은 이상범이 건넨 가방을 오정인에게 내밀었다.

가방을 연 오정인의 눈이 커졌다. 오른쪽에는 반짝이는 다이아몬드들이 놓여 있고, 왼쪽에는 적두 오백 개가 든 유리병이 열 개 차곡차곡 채워져 있었다.

"정확하네요."

가방을 받은 오정인이 몸을 일으켰다.

주용석은 오정인을 데리고 옆방으로 향했다. 거기엔 관이 하나 놓여 있었다.

오정인은 숨을 몰아쉰 후, 관에 하얀 손가락을 내려놓았다. 검은 연기가 나오더니 관 위로 퍼져 나갔다. 눈이 위로 뒤집혀 흰자위가 드러난 오정인의 몸이 경련을 일으켰다.

흩어진 죽음의 기운은 다시 모여들어 손안으로 스며들었다. 관에서 눈을 뗀 오정인은 준비된 종이에 그림을 그리기 시작했다. 관에 손을 댄 사람들의 얼굴을 사진처럼 정확하게 그려 내는 데 걸린 시간은 30분 정도였다.

오정인은 그 종이를 주용석에게 건넸다.

"수고하세요. 필요하면 또 부르세요."

"그러지."

주용석은 종이를 이상범에게 주었다.

'블랙 길드는 다 좋은데 하나같이 충성심이 부족해. 라이언 같은 녀석은 드물지. 그런 녀석이 뒤를 받치면 무슨 일을

싱크

벌여도 든든할 텐데.'

이상범은 사진이라고 해도 좋을 만큼 사실적인 종이를 기초로 누가 관에 있던 시체를 클럽 뒷골목에 버렸는지 검색을 시작했다.

빨간색 신호등.

주용석은 선글라스를 끼고 옆에 서 있는 스포츠카를 바라보았다.

신나게 음악을 듣는 남자.

바로 고형덕이라는 형사였다.

주용석은 그를 향해 손을 흔들었다. 기분이 좋은지 고형덕도 손을 흔들어 주었다.

누가 뒤에 있을까?

어디까지 알고 있을까?

주용석은 당장 손을 쓰고 싶은 충동을 겨우 억눌렀다.

'신나게 즐겨. 곧 저승사자가 찾아갈 테니까.'

신호가 바뀌자, 스포츠카는 총알처럼 튀어 나갔다.

주용석은 천천히 좌회전했다.

소마회

"이 남자, 본 적 있어."

술집 주인이 내뱉은 가뭄의 단비 같은 말.

은혜를 갚기 위해 어디든 쉬지 않고 달려가는 남자의 눈에 하마터면 눈물이 맺힐 뻔했다. 드디어 은인에게 조그만 보답이라도 할 수 있게 된 것이다.

아니다! 아직은 모른다. 몇 번이나 본 적 있다는 이야기를 들었지만 확인해 보니, 은인이 찾는 사람이 아닐지도 모른다 싶었다.

남자는 조심스럽게 확인하고 또 확인했다. 집을 빌려줬다는 주인을 찾아서 그림을 보여 주자 바로 반응이 나왔다. 근처 빵 가게 점원도 그림 속 사내를 알아보았다.

세 명의 의견이 일치했다.

남자는 흥분을 감추며 봉쇄 지역으로 달렸다. 이 기쁜 소식을 조금이라도 일찍 전하기 위해서였다.

삐걱대는 나무 계단.

조심스럽게 아래로 내려온 노바디의 눈이 커졌다. 지하실 바닥에는 마법진이 그려져 있었다. 마법진은 완성과는 거리가 멀었다.

"내려오세요."

노바디의 말을 듣고 그를 따라 천천히 지하실로 들어선 콜마는 저 복잡한 기하학적 형태를 머릿속에 저장된 수천 종류의 문양과 비교하기 시작했다.

의식적인 명령 따위는 필요 없다. 무엇을 보든 콜마의 의식은 기존의 자료를 기초로 갖가지 방식으로 분석할 터였다.

"마스터."

"듣고 있어요."

"아무래도 호지센의 회주가 여기로 와야 할 것 같습니다."

"스노빈 말인가요?"

"마법사는 인정하지 않겠지만, 현자의 주술진은 마법진에 큰 영향을 끼쳐 왔습니다. 물론 그 반대도 마찬가지고요. 저 마법진에는 주술진 특유의 형태가 숨겨져 있습니다. 호지센의 회주라면 그게 무엇인지 알아낼 수 있을 겁니다."

"알겠습니다."

노바디는 1층을 살피는 겔란드에게 콜마를 부탁한 다음, 봉쇄 구역으로 향했다. 천야장 퍼브를 위해 주술진을 만들고 있는 스노빈을 데려오려면 직접 가지 않을 수 없었다.

"자넨 머리만큼 손도 느리구먼."

천야장이 말했다.

몸을 움찔거리며, 스노빈은 속으로 노바디를 욕했다. 자신만 남겨 두고 가다니.

천야장을 비롯해 셀 수도 없이 많은 망량들에게 둘러싸인 채 혼자 이 커다란 주술진을 완성시킨다면 그 자체로 기적일 것이다.

망량들은 스노빈이 요구하면 무엇이든 들어주는 성실한 일꾼이지만, 정교한 작업은 스노빈의 몫이었다.

노바디가 들어왔다.

스노빈은 눈물이 나도록 반가웠다.

노바디가 스노빈을 데려가야 한다고 말하자, 천야장이 대뜸 퉁을 놓았다.

"그 아이는 여기 있어야 하네."

"예살란을 찾고 싶지 않습니까?"

"……."

천야장은 얼굴이 붉으락푸르락해졌지만, 아무 말도 하지 않았다.

노바디와 함께 망량의 세계에서 벗어나 봉쇄 구역으로 나온 스노빈은 안도의 한숨을 내쉬었다.

"답답해서 죽는 줄 알았다. 너, 정말 대단하다. 난 천야장 앞에서는 숨도 제대로 못 쉬겠던데."

"갈 데가 있어."

"어디?"

"책사가 널 데려오래. 눈 감아."

"설마?"

스노빈이 눈을 감기도 전, 노바디가 현섬을 펼쳐 사라졌다. 스노빈의 비명이 어렴풋이 남았다.

노바디는 집 옆쪽 구덩이에서 먹은 것을 게워 내는 스노빈을 지켜보았다.

"그런 눈빛으로 쳐다보지 마."

"어떤 눈빛?"

"내려다보는 듯한 시선."

"그렇게 안 봐."

"체력이 약하다고 생각하잖아."

"와, 벌써 대현자가 된 거야?"

노바디가 농을 걸었다.

소매로 입가를 닦은 스노빈은 노바디의 재촉을 못 이기고 지하실로 내려갔다.

마법진을 살피던 콜마와 겔란드가 스노빈을 보고는 활짝 웃었다. 이렇게 빨리 온 걸 보면, 공간 이동술 현섭으로 인한 부작용으로 고생했다는 뜻이었다.

스노빈의 눈이 마법진에 고정되었다.

"……이건 오행소환진의 변형입니다."

현자 집단 호지센의 회주는 금세 마법진의 정체를 알아냈다.

"역시."

콜마 역시 어느 정도는 짐작하고 있었다.

노바디는 스노빈이 손바닥으로 마법진을 쓰다듬는 모습을 잠자코 지켜보았다.

"한 번 소환진을 발동하는 데 최소한 일곱 명의 제물이 필요합니다. 지속 시간을 늘리려면 훨씬 더 많은 제물이 필요하겠지요. 아무나 제물이 될 수는 없습니다. 음양오행의 기운을 타고난 제물이어야 합니다."

스노빈은 홀린 듯 중얼거렸다.

그 순간, 콜마의 눈이 반짝거렸다.

"회주 덕분에 잘하면 타크란을 잡을 수도 있을 것 같습니다, 마스터."

"어떻게요?"

노바디는 콜마 앞에 있으면 숙제도 못 하고 교실에 앉은 학생이 된 기분이었다.

"소환진이 엘루마 어딘가에 있으니, 타크란은 또 다른 제물을 납치할 가능성이 매우 높습니다. 음양오행의 기운을 가지고 태어난 사람들, 즉 제물이 될 수 있는 사람들을 미리 찾아내어 그들 주위에서 지켜보면 타크란을 먼저 발견할 수도 있지 않겠습니까?"

"……."

그 말에 노바디와 겔란드는 물론 스노빈까지 깜짝 놀랐다. 지식을 현실적 지혜로 엮어 내는 속도와 정확성에 기절초풍할 뻔했다.

특히 스노빈은 갑자기 책사 자리에 앉아 버린 콜마의 능력을 내심 탐탁잖게 생각하고 있었다. 콜마보다는 자신이 책사 자리에 어울린다고 자부했던 것이다.

그러나 소환진의 형태로 숨겨진 진실을 어느 정도 알고 있었으면서도 보다 명확한 정보를 위해 자신을 부른 그 판단은 감탄할 만했다. 일곱 명의 제물 이야기에 탐경을 떠올린 부분은…… 왜 콜마가 책사여야 하는지 확실히 보여 주었다.

"탐경을 당장 구입하겠습니다, 마스터."

"……그렇게 하세요."

노바디는 흥분한 얼굴로 계단을 딛고 올라가는 콜마를 바라볼 뿐이었다.

"탐경은 음양오행의 기운을 감지하는 도구입니다."

스노빈이 말했다.

그제야 동시에 고개를 끄덕이는 노바디와 젤란드.

노바디는 젤란드와 같은 레벨이라는 사실이 조금은 속상했다. 물론 이런 생각을 젤란드에게 들켜선 안 된다.

그다음 날부터 포르자의 사람들은 탐경을 들고 돌아다니며 잠재력이 탁월한 제물 후보자들을 찾기 시작했다.

햇살이 아름다운 오후.

아이들은 깔깔 웃으며 건물 앞에서 놀고 있었다.

망량은 가끔 흐릿한 그림자의 형태로 나타났지만 결코 아이들을 건드리지 않았다. 사내아이들은 술래잡기를 하는 중이었고, 여자아이들은 흙이 푹신한 곳에서 소꿉놀이를 즐기고 있었다.

보고 있는 사람의 마음까지 따뜻해지는 광경.

노바디는 건물 입구 계단에 앉아 구김살 없이 즐거워하는 아이들을 바라보며 빙긋 웃고 있었다.

다가와 옆에 앉는 콜마.

"아이들은 참 적응이 빠릅니다, 마스터."

"그래서 다행이에요."

고개를 끄덕이는 노바디.

겔란드가 스노빈과 함께 오더니 노바디 옆에 자리를 잡았다. 두 사람도 곧 아이들을 보며 흐뭇한 미소를 지었다.

그때, 목책을 뛰어넘는 사람이 눈에 띄었다.

노바디가 몸을 일으켰다.

"불로 달려드는 나방 같군."

겔란드였다.

옷차림으로 보아 이방인, 즉 게이머가 분명했다.

그 사내는 아직 어둠에 덮여 있는 곳, 즉 봉쇄 구역의 중심지로 질주했지만 그 용기는 곧 꺾였다. 빙령들이 떼를 지어 달려든 것이다.

몸을 일으킨 남자는 도살장으로 끌려가는 가축처럼, 버려진 건물로 걸어가기 시작했다.

"결과가 뻔한데, 쯧쯧."

혀를 차는 겔란드.

"요즘엔 이방인들 사이에 여기 봉쇄 구역 내부에 보물이 숨겨져 있다는 소문이 도는 모양입니다."

원래 노바디와 스스럼없이 말을 주고받았던 스노빈은 겔란드와 콜마의 눈치를 살폈다. 겔란드, 콜마가 노바디를 마스터라 부르며 말을 높였기 때문에 그 앞에서 이전처럼 행동할 수는 없었다. 물론 두 사람이 없으면 편하게 말했다.

"아무래도 대책을 세워야겠습니다, 마스터."

콜마였다.

"어떤 대책?"

겔란드가 물었다.

"이방인이든 이곳 사람이든, 망량이 지배하는 곳으로 가는 걸 막을 생각은 없지만, 혹시라도 사람들이 살고 있는 여기로 접근하면 아이들이 위험할지도 모릅니다. 기문진을 설치하는 게 어떨까요?"

콜마는 노바디를 응시했다.

노바디의 눈이 커졌다. 기문진이 무엇인지는 알고 있다. 4년 동안 방에 갇혀 있을 때 읽고 또 읽은 무협 소설에 나오는 기문진은 방어에 효과적인 장치였다.

"주술진과 기문진을 결합하는 건 어떻겠습니까?"

스노빈이 조심스럽게 물었다.

"아, 그거 좋은 생각이오, 회주."

콜마가 크게 반겼다.

노바디가 아무 말도 하지 않았음에도 이미 콜마, 스노빈은 이곳에 거주하는 사람들의 안전을 위해 설치할 기문주술진의 형태와 위력을 논의하기 시작했다.

두 사람은 흥분해서 떠들었지만 겔란드, 노바디는 한두 마디 정도만 이해할 수 있었다.

"저는 올라가서 포르자를 만나 보겠습니다."

겔란드는 건물 안으로 들어갔다.

곧 콜마, 스노빈은 기문주술진에 필요한 물건을 구입하기 위해 목책 너머로 사라졌다.

해가 서쪽으로 기울었다. 그림자는 길어졌다. 엄마들이 정성껏 준비하는 음식 냄새가 열린 창으로 퍼져 나갔다.

엄마들이 창밖으로 고개를 내밀었다.

"저녁 먹자!"

아이들은 약속이라도 한 것처럼 집으로, 건물로 달려왔다. 그중 하나, 베키가 노바디 앞에 섰다.

"오빠도 같이 먹어요."

"먼저 먹으렴."

노바디는 그 마음 씀씀이가 정말 예뻐 뭐라도 주고 싶지만 꾹 참았다. 다른 아이들도 있기 때문에 무언가를 주려면 모두에게 주어야 한다는 콜마의 충고가 떠오른 것이다.

몸을 일으킨 노바디를 향해 망량들이 몰려들었다. 언제부터인지 망량을 쉽게 볼 수 있게 되었다. 스노빈 말로는 그 기운에 익숙해졌기 때문이란다. 종오, 빙일, 화삼, 금사, 토이, 목삼 등 이젠 외형만 봐도 이름을 부를 수 있을 만큼 친해져서인지도 모른다.

망량에 대해 알면 알수록 불쌍한 마음이 커졌다.

이들은 생전에 품은 마음, 깊은 감정에 얽매여 지박령이
되었다. 한이 풀려야 영원한 휴식을 취할 수 있다는데, 노바
디는 당장은 어려워도 언젠가 시간을 내어 이들의 소원을 들
어주고 싶었다.

'난 겨우 4년이었지만…… 이 사람들은 수백 년이었어. 그
긴 시간을 어떻게 버텼을까?'

가슴이 아픈 노바디는 3갑자의 내공을 쏟아부어 분신을
만들어 냈다.

일곱 명의 분신이 나타나자 망량들은 소리 없이 환호했다.
저들에게 사람의 몸은…… 재미있는 놀이터이자 장난감이었
다. 노바디는 하루에 한두 번 이런 식으로 심심해하는 망량
들에게 몸을 빌려주었다.

바로 그때, 목책 입구에 한 사람이 공간을 뚫고 나타났다.
누가 뒤에서 밀기라도 한 것처럼 앞으로 처박힌 남자는 빛의
마탑 투스텔라의 하비렌이었다.

하비렌을 본 경비대원들이 미치광이를 본 사람처럼 옆으
로 물러섰다.

"하하하, 오늘도 열심히 근무를 서는군요. 당신들 덕분에
엘루마의 치안은 오늘도 제대로 유지되고 있습니다. 그럼."

옷에 묻은 먼지를 털어 내면서 목책 안으로 들어선 하비렌

은 노바디를 발견하고는 활짝 웃었다.

분신을 들락날락하며 놀던 망량들이 신선하고 새로운 장난감을 발견하고는 하비렌을 향해 몰려갔다. 분신을 풀어 버린 노바디는 천천히 그 뒤를 따랐다.

하비렌은 빛의 갑옷 테보리를 불러냈다. 새하얀 갑옷이 몸을 감싸자 망량은 얼씬도 못했다. 갑옷이 뿜어내는 빛의 힘에 어둠은 밀려난 것이다.

"하하, 반갑습니다."

"여긴 제 사유지입니다만."

그 말을 가볍게 무시한 하비렌은 말끔해진 건물을 보며 감탄을 터트렸다.

"누구도 해낼 수 없는 일입니다. 저건 기적이에요, 기적!"

노바디는 팔짱을 꼈다.

스노빈에게서 하비렌이 어떤 사람인지 들었다. 투스텔라의 차기 마스터 물망에 오를 만큼 능력 있는 마법사가 하비렌인데, 어디로 튈지 모르는 엉뚱한 성격 탓에 과소평가된 인물이기도 했다.

"무슨 일이죠?"

"부탁이 있습니다."

"듣고 있습니다."

"제게 현섬을 가르쳐 주십시오."

"⋯⋯."

할 말을 잃은 노바디.

"진심입니다. 전 당신이 펼치는 현섬을 보고…… 아, 참으로 아름답구나 느꼈습니다. 나도 저렇게 현섬을 펼치고 싶다, 그런 욕망에 잠도 설치고 있습니다. 그러니 제발 그 완벽한 공간 이동술을 제게도 알려 주십시오."

내버려 두면 무릎까지 꿇을 기세.

이곳 페플은 권위, 서열, 계급이 굉장히 중요한 세계였다. 실제로 귀족, 서민, 노예의 구분이 있는 곳이니 현실에서는 상상하기 힘든 차별이 정상인 세상인 셈이다.

자존심 센 젊은 마법사가 스킬 하나를 위해 이방인에게 필사적으로 부탁을 할 줄은 상상도 못 했다.

노바디는 웃음을 터트렸다.

"제가 도움이 될지 모르겠지만, 최선을 다해서 도와 드리겠습니다."

"감사합니다, 정말 감사합니다."

허리까지 굽히는 하비렌.

노바디는 하비렌이 배운 현섬에 대해서, 무엇이 문제인지 물었다. 하비렌이 자세히 설명하자, 노바디는 몇 가지 조언을 해 주었다. 그게 자신이 할 수 있는 전부였다. 나머지는 하비렌의 몫이다.

"자, 이제 말씀해 보십시오, 왜 저를 찾아왔는지."

노바디는 웃음기를 지웠다.

"어떻게 아셨습니까?"

하비렌 역시 진지해졌다.

"투스텔라의 후계자가 현섬 때문에 절 직접 찾아올 리는 없으니까요."

"겸사겸사였습니다. 아무래도 당신과 저는 첫 단추부터 잘못됐습니다. 사실, 우리는 운명적으로 친해질 수밖에 없습니다. 어떻게 보면 여기서 당신과 가장 닮은 게 바로 저니까요."

"그런가요?"

대체 어디가 닮았다는 것일까.

"전 이곳 사람 같지 않다는 이야기를 참 많이 듣고 자랐습니다. 이방인이라는 오해도 숱하게 받았고요. 당신은 그 반대가 아닙니까?"

이방인은 대부분 경박하고 제멋대로이며 즉흥적으로 결정하여 행동하기를 즐긴다. 이방인 특유의 성향이 하비렌에겐 타고난 성격이었다.

"그렇게 생각할 수도 있네요."

고개를 끄덕이는 노바디.

"지금 이곳으로 소마회가 오고 있습니다."

목소리를 낮춘 하비렌.

"소마회라면?"

"8대마탑이 결성한 마협의 마법사 중에서도 저처럼 잘생기고 매력적이며 능력까지 출중한 젊은 마법사들의 모임이 바로 소마회랍니다."

"……그래서요?"

노바디는 하비렌이 신기했다. 어떻게 저런 말을 대놓고 할 수 있을까? 진짜 천재인 안진후조차도 할 수 없는 말과 행동이었다.

"소마회는 당신을 원합니다."

하비렌이 노바디의 눈을 정면으로 응시하며 말했다.

노바디는 가만히 있었다.

"당신은 이방인이되 이방인답지 않습니다. 오히려 셀레스카르 님의 제자가 되었을 뿐 아니라 왕세자 저하의 대사형이기도 합니다. 그러니 소마회의 일원이 되기에도 충분하다고 생각합…… 아, 이런! 당신은 마법사가 아니군요. 뭐, 상관없습니다. 젊고 잘생기고 매력적인 사람이라면 누구나 소마회에 들어올 수 있으니까요. 게다가 당신이라면 마법도 금방 배울 것 같습니다."

진실과 농담을 자유롭게 오가는 하비렌.

노바디는 왜 하비렌에 대한 평가가 박한지 알 것 같았다. 하비렌을 상대하려면 이쪽도 정신을 살짝 풀어 놓아야 할 것이다.

마차 한 대가 목책 근처로 다가와 섰다. 거기서 내린 사람들의 기세에 경비대원들은 자신도 모르게 긴장했다.

하비렌의 사제 올룬이 앞서 목책을 통과해 달려왔다. 은색의 머리카락에 석양의 햇살이 부서지며 반짝거렸다.

"대사형!"

"왔구나."

태연한 하비렌.

"같이 오기로 했잖아요. 대체 먼저 와서 뭐라고 한 거예요?"

올룬은 하비렌을 한쪽으로 데려가며 속삭였다.

"부탁 하나를 했고, 제안 하나를 했지."

"부탁? 제안?"

올룬은 듣고 싶지 않았다. 대사형은 언제 어디서든 사고를 칠 수 있다. 막아 봐야 소용이 없다. 그걸 알면서도 계속 조마조마 초조해하는 자신이 싫었다.

새까만 머리카락에 새까만 옷을 갖춘 젊은 마법사가 다가오자, 망량들이 멀리 달아났다.

노바디는 깜짝 놀랐다.

'망량들이 무서워서 도망치다니…….'

흑발의 마법사는 외모상으로는 호감이 가는 남자였다. 어떤 일이 벌어져도 저 미소는 사라지지 않을 것 같달까.

"소개하겠습니다. 이쪽은 어둠과 죽음을 지배하는 마탑 칼리고크의 쿠라프, 그리고 이쪽은 섬바디 길드의 마스터 노바디."

하비렌이었다.

노바디는 칼리고크라는 말에 적잖이 놀랐다. 대현자 파르소겐에게 받은 퀘스트가 생각났다. 칼리고크의 타워 마스터 블라크를 죽여야 퀘스트는 완수된다.

"쿠라프입니다."

"노바딥니다."

악수를 나누는 두 사람.

"쿠라프는 타워 마스터 블라크 님의 셋째 제자이기도 합니다."

하비렌이 덧붙였다.

'난, 이 사람의 사부를 죽여야 해. 그러면 이 사람과는 원수가 되겠지.'

감정적으로 흥분된 상태에서 받아들인 퀘스트의 무게가 느껴졌다. 그렇다고 후회하진 않는다. 대현자 파르소겐의 말이 사실이 아니라면, 거절하면 그만이다.

"전 타후아라고 해요. 플라도르 마탑 소속이고요. 만나서 반가워요."

불꽃이 새겨진 로브를 입은 여자가 다가와 손을 내밀었다. 놀랄 만한 미녀의 어깨 위에는 로브의 불꽃과 닮은 진짜 불꽃이 둥실 떠 있었다.

"노바딥니다."

그 손을 잡자, 어깨의 불꽃이 빠르게 퍼지며 타후아는 물론 노바디까지 에워쌌다. 그러나 화염은 옷을 태우지도, 피부를 파괴하지도 않았다.

"차분하고 단순한 성격이네요, 그렇죠?"

불꽃이 사라지자, 타후아가 물었다.

"뭐, 비슷합니다."

"마음에 들어요."

빙긋 웃는 타후아.

그 뒤에는 본 적 있는 남자가 서 있었다. 롭시스 국숫집에서 아레스, 마누게트 등과 함께 국수를 먹었던 사람이었다. 물론 엘칸은 중간에 포기했었다.

"바람의 마법사 엘칸입니다."

"참고로 엘칸은 세상이 알아주는 바람둥이랍니다. 혹시 아끼는 여자가 있다면 엘칸에겐 보여 주지 마세요."

하비렌의 말에 엘칸은 활짝 웃을 뿐이었다.

마지막은 덩치가 곰 같은 사내였다.

"바트란의 슈다르요."

"노바딥니다."

노바디는 소마회를 찬찬히 살폈다. 몸에 서린 기품만으로도 이들이 8대마탑의 미래라는 사실을 알 것 같았다. 이들이 힘을 합친다면 무엇이든 다 해낼 수 있을 것이다.

"자, 어때? 내기에서 졌지?"

하비렌이 쿠라프를 보며 말했다.

"내 눈으로 직접 확인하기 전까진 내기의 결과를 뭐라고

속단할 수는 없지."

차가운 쿠라프.

"저길 봐. 망량이 돌아다니고 있잖아. 한데 저 건물 안에 있는 사람들은 멀쩡해. 우리야 충분히 망량이 몸 내부로 파고들지 못하도록 막아 낼 수 있지만, 저기서 내려다보는 꼬마들에겐 불가능한 일이야."

"……."

말없이 건물을 올려다보는 어둠의 마법사.

"넌 망량에게 먹힌 구역은 하늘이 무너져도, 세상이 뒤집혀도 회복할 수 없다고 단언했어. 유일한 방법은 시간이라고 장담했었지. 난 아니라고 했고. 자, 봐. 두 눈 똑똑히 뜨고."

"저길 가 봐도 되겠소?"

하비렌을 무시한 쿠라프는 노바디를 보며 손가락으로 어둠이 내린 중심지를 가리켰다.

어깨를 으쓱 올리는 노바디.

성큼성큼 걸어간 쿠라프는 암흑 너머로 사라졌다. 지켜보던 타후아, 엘칸 그리고 슈다르까지 그쪽으로 움직였다. 하비렌과 올룬만 노바디 앞에 남았다.

멀리서 건물 부서지는 소리가 요란하게 들렸다.

"……죄송합니다."

올룬이었다.

장난치기를 좋아하는 사형, 뒤치다꺼리하는 사제.

노바디는 피식 웃었다.

버려진 건물 하나가 와르르 무너졌다.

"정말 죄송합니다."

또 올룬이었다.

"새벽이 되면 원래대로 돌아갑니다. 망량에게 먹힌 지역
은…… 부숴도 부서지지 않습니다."

"아, 다행입니다."

안심하는 올룬.

조용해졌다. 불길한 침묵이었다.

쿠라프가 어둠을 뚫고 나타났다. 그 뒤로 타후아, 엘칸,
슈다르가 천천히 다가왔다.

옷이 찢어져 엉망이 된 쿠라프의 뺨에 난 깊은 상처에는
구더기들이 달라붙어 있었다. 구더기가 꿈틀거리는 곳에서
새살이 빠르게 돋아났다.

노바디 앞에 선 쿠라프의 입가에서 미소가 사라진 순간,
검은 안개가 어둠의 마법사를 뒤덮었다.

쿠라프는 그 자리에서 사라졌다.

목책에서 가까운, 사람들이 살고 있는 건물에서 비명이 들
렸다.

노바디는 즉시 현섬을 펼쳤다.

베키의 허리를 팔로 감싼 채 들어 올린 쿠라프.

엄마는 바들바들 떨고 있었다.

히죽 웃은 쿠라프의 몸을 죽음의 힘, 테네파르 인스푸모가 감쌌다. 다시 사라져 버린 쿠라프와 베키.

노바디는 하비렌이 있는 곳으로 돌아갔다. 과연 거기 쿠라프가 서 있었다.

'테네파르 인스푸모를 이용하여 공간을 이동하는 기술이다! 현섬만큼 빨라.'

"다크 워킹으로 사라지다니, 대체 뭘 하는 거야? 그 꼬마 숙녀는 누구야?"

하비렌이 물었다.

하비렌을 무시한 쿠라프는 노바디만 응시했다.

"왜 망량이 이 하찮은 것을 건드리지 않는 거지? 두령을 제압했나? 복종의 맹세라도 받아 낸 거냐? 아니, 아니. 너 같은 이방인이 복종의 맹세라니…… 드래곤이 아닌 이상은 불가능한 일이지. 이유를 밝혀라."

"하찮은 것?"

노바디의 눈썹이 꿈틀거렸다.

"무척 아끼는 모양이군. 잘됐어. 그래야 협박이 제대로 통하니까."

쿠라프는 베키의 목을 감싸 쥐었다. 살짝 힘만 줘도 연약한 목뼈는 부러질 것이다.

머릿속 시뮬레이션. 현섬으로 놈의 배후로 가는 데 걸리는 시간과 놈이 베키를 죽이는 데 필요한 시간. 몇 번을 생각해도 부족하다.

'운에 맡길 수는 없어.'

노바디는 섣불리 움직일 수 없었다.

그때, 누구도 예상치 못한 일이 벌어졌다.

하비렌이 쿠라프의 배후에 나타나 목에 단검을 들이댄 것이다.

"잊었나 본데, 여긴 빛의 도시야. 나를 앞에 두고 이런 짓을 해? 죽고 싶어서 환장한 모양이야, 너."

"……현섬에 익숙해졌군."

"훌륭한 선생을 찾았거든."

빛의 마법사인 하비렌이 무공이라 할 수 있는 현섬을 익힌 이유는 바로 다크 워킹 때문이었다.

"장난 좀 쳤는데, 너무 진지했나?"

쿠라프는 특유의 밝은 미소를 지으며 베키를 풀어 주었다. 노바디는 베키를 안자마자 현섬으로 엄마가 있는 곳으로 이동했다가 곧 돌아왔다.

쿠라프를 바라보는 노바디의 눈에 살기가 넘쳤다.

'그 사부에 그 제자로군. 파르소겐의 말이 옳았어.'

"내기에서 졌지?"

하비렌이 끼어들었다.

"……그래."

인정하는 쿠라프.

"그럼, 무엇이든 한 가지 소원을 들어줘야겠지?"

"내가 할 수 있는 일이라면."

"노바디 님이 원하는 소원을 들어줘. 그게 내 소원이야."

"……뭐?"

쿠라프는 눈살을 찌푸렸다.

"자, 노바디 님, 소원을 말씀하세요. 그러면 허언은 절대 하지 않는 저 죽음의 마법사가 이뤄 줄 겁니다."

하비렌은 즐겁게 말했다. 쿠라프의 난처한 표정이 그에겐 기쁨의 원천이었다.

노바디가 입을 열었다.

"너, 자살해라."

"…….."

쿠라프는 물론 하비렌, 타후아 등도 할 말을 잃었다.

주먹을 꽉 쥔 채 노바디를 쏘아보는 쿠라프는 당장이라도 마법을 퍼부을 것 같았다.

일촉즉발의 위기.

노바디의 입가에 미소가 천천히 퍼져 나갔다.

"장난 좀 쳤는데, 너무 진지했나요?"

"하하하, 역시 노바디 님입니다."

깔깔 웃어 대는 하비렌.

쿠라프는 벌레 씹은 얼굴로 봉쇄 구역을 떠났다.

어둠 깔린 거리를 달리는 마차 안.

"소마회, 어떠셨습니까?"

콜마가 물었다.

"하나같이 대단한 사람들이었습니다."

노바디는 솔직하게 답했다.

다크 워킹이라는 공간 이동술을 보여 준 쿠라프는 물론 조언 몇 마디에 현섬을 완성시켜 버린 하비렌 모두 천재 마법사였다. 그들에 대해 알고 싶어서 찾아간 노바디에게 스노빈은 침을 튀기며 그들 각자의 성격, 특기, 현재 상황을 들려주었다.

만약 페플, 특히 룬트란 왕국에서 그들이 차지한 위치를 미리 알았다면 그처럼 단호하게, 조금은 건방지게 밀고 나가지 못했을지도 모른다.

"칼리고크의 마법사와 충돌이 있었다고 들었습니다만."

"문제가 될까요?"

"죽음의 마법사는 사소한 일도 잊지 않습니다."

"……경솔했을까요?"

노바디는 조심스러웠다. 쿠라프가 앙심을 품고 베키를 노린다면 누구도 막지 못할 것이다.

"뱀은 약을 올릴수록 위험해집니다. 단번에 대가리를 잘라 내고 부숴야 죽일 수 있지요."

어마어마한 내용의 말이 콜마의 입에서 흘러나왔다. 그런
이야기를 내뱉고도 콜마의 표정은 평온 그 자체였다.

"제 눈엔 책사께서 더 위험해 보입니다."

"그런가요?"

슬쩍 웃는 콜마. 눈은 여전히 고요한 호수처럼 노바디에게
고정되어 있었다.

노바디는 마치 콜마가 자신의 마음을 들여다보는 듯한 느
낌을 받았다. 그럴 리 없는데도 괜히 조바심으로 입술이 바
싹 말랐다.

"쿠라프는 해서는 안 될 짓을 저질렀습니다. 그렇다고 모
두가 보는 앞에서 똑같은 방식으로 앙갚음을 하는 것, 마스
터답지 않습니다. 그 이유가 궁금합니다만."

차분한 콜마.

"……잠시 이성을 잃은 모양입니다."

"마스터, 책사에겐 아무것도 숨겨선 안 됩니다. 만약 절 믿
지 못하신다면 이 자리에서 책사의 지위를 내려놓겠습니다."

흥분과는 거리가 먼 목소리로 노바디를 몰아붙이는 콜마
는 창밖을 내다보고 있었다.

노바디는 그냥 넘어갈 수 없음을 깨닫고, 진실을 털어놓았
다. 대현자 파르소겐이 들려준 이야기에 흥분한 나머지 칼리
고크 마탑의 타워 마스터 블라크를 죽이겠다고 약속했다는

내용이었다.

"음, 아주 잘하셨습니다."

"……네?"

노바디는 귀를 의심했다. 가볍게 결정했다고 질책을 받을 줄 알았건만.

"그 약속으로 대현자 파르소겐은 마스터의 우군이 되었습니다. 호지센의 회주 스노빈의 능력도 대단하지만, 아직은 파르소겐에 비할 바가 아닙니다. 섬바디 길드가 앞으로 성장하려면 파르소겐 같은 인물의 도움이 절대적으로 필요하니까요."

"아."

콜마의 관점은 남달랐다.

"마스터, 한 가지 조언을 드려도 될까요?"

사람 좋은 미소를 머금은 콜마가 속삭였다.

"얼마든지요."

"마스터는 길드 내에서 군주와 같습니다. 군주는 구름 위의 존재! 어떤 경우에도 전체 모습이 드러나선 안 됩니다. 군주는 어떤 경우에도 당황해선 안 됩니다. 감정을 내비쳐선 안 된다는 뜻입니다. 만약 군주가 당황한다면, 그건 당황해야 할 필요가 있을 때뿐입니다. 심지어 저 역시도 마스터의 속내를 모두 알아선 안 됩니다."

그 말에 노바디는 황당했다.

"그러면 왜 조금 전에는 책사 자리를 내놓겠다고 하셨습니까?"

"첫 번째 가르침을 위해서 시늉을 했을 뿐입니다. 설마 제가 이제야 겨우 발견한 제 자리를 그토록 쉽게 포기할 거라고 생각하셨습니까?"

눈을 크게 뜨고 반문하는 콜마.

노바디는 고개를 흔들었다. 옛날의 육사형이 그리웠다. 지혜롭고 따뜻하며 솔직한 육사형은 어디로 갔을까.

"받아 주십시오."

콜마가 어느새 꺼낸 책을 두 손으로 내밀었다.

"책이네요."

"국왕 전하와 왕세자 저하 외에는 누구도 지녀서도 안 되고, 읽어서도 안 되는 제왕학의 고전 《군주지도》입니다. 빨리 외우시고 태워 버리십시오."

"읽어서 곤란한 책이라면 받지 않겠습니다."

조선 시대에도 세자만 배울 수 있는 책에 손을 댔다는 이유로 역모로 몰려 죽임을 당한 사람들이 많았다.

"꼭대기까지 올라가고 싶지 않으십니까?"

실망의 눈빛.

노바디는 낡은 책을 받아 인벤토리에 넣었다. 암기한 후 태워 버리면 콜마 외엔 누구도 모를 것이다.

"그건 그렇고, 대체 어디로 가는 겁니까?"

노바디는 화제를 바꿨다. 오늘의 콜마는 왠지 모르게 부담스럽게 다가왔다.

"앞으로 더 불편해질지도 모릅니다, 마스터."

노바디의 생각을 꿰뚫어 보는 콜마.

"……책사."

"지금 여기에 머무는 일은 쉽습니다. 가만히 있으면 되니까요. 허나, 앞으로 나아가려면 불편은 물론 고통, 때로는 죽음까지 감수해야 합니다. 멀리 가려고 할수록 포기해야 할 게 많아집니다."

"제 생각이 짧았습니다."

꿈을 꾸는 건 쉽다. 문제는 그 꿈을 진지하게 생각하면서 이루려고 할 때다.

"어디로 가는지 알려 드리기 전, 한 가지 더 여쭙겠습니다. 실종 사건의 범인 타크란을 찾는 또 다른 이유를 제게 알려 주십시오."

콜마의 입에서 던져지는 질문은 그 어떤 검보다 날카로웠다.

고민 끝에 노바디는 결정을 내렸다. 소환진에 대해 설명하면 놀랄 만큼 똑똑한 콜마는 페플에서 현실, 즉 이계로 이동할 수 있음을 추측해 낼 것이다.

"책사께선 알 필요가 없습니다."

"아, 그렇군요."

승복하는 콜마.

마차가 멈췄다.

먼저 내린 콜마가 노바디를 기다렸다.

"타크란이 어디 있는지 알고 있을 만한 사람을 만나러 가는 길입니다."

입이 쩍 벌어진 노바디.

홍길동이 포르자가 이끄는 사람들을 동원하여 타크란의 행방을 찾고 있지만, 아직은 이렇다 할 단서조차 발견하지 못했다. 그 때문에 마음이 급해지곤 했는데, 콜마가 해결책을 쥐고 있을 줄이야.

콜마가 먼저 걸었다.

노바디는 그 뒤를 따랐다.

술집으로 들어간 콜마는 주인과 눈빛을 교환한 후, 지하 술 창고로 내려갔다. 쌓여 있는 술통 사이의 벽을 밀자 어두컴컴한 통로가 나타났다. 한참을 걸어가니 건장한 사내들이 지키는 철문이 보였다.

콜마가 패를 보여 주자 사내들은 좌우로 물러섰다.

그런 문을 네 개나 통과하자, 공기 중에 섞인 악취가 코를 찔러 댔다.

갑자기 통로가 커졌다. 벽에 박혀 있는 야명석이 발하는 빛 덕분에 아주 환하지는 않지만 그런대로 사물을 구분할 수는 있었다.

거대한 홀 곳곳에 통로의 출입구가 있었다. 동굴 같은 통로는 줄잡아 수십 개나 되는 듯했다. 홀 중앙으로 검은 강이 흘렀는데, 멀리서 보면 고인 물 같지만 다가가면 꽤 물살이 빠른 강이었다.

천막이 여기저기 세워져 있고, 좌판을 앞에 두고 물건을 파는 상인들도 많았다. 그 사이로 오가는 사람들은 대부분 가면을 쓰고 있었다. 자세히 보니 상인들도 곰, 사자 등 동물 가면이나 콤포 같은 몬스터의 탈을 쓴 채 물건을 팔고 있었다.

"저 위쪽이 엘루마의 낮이라면…… 여긴 밤입니다, 마스터."

"……대체 뭘 파는 겁니까?"

"직접 보십시오."

콜마는 준비한 가면을 꺼내어 썼다. 노바디의 경우엔 가면이 따로 필요 없었다.

노바디는 다가갈수록 악취가 심해진다는 사실을 알아차렸다.

검붉은 나무판 위에 놓인 곰 대가리에는 벌레가 꿈틀거리고 있었다. 그 옆에는 펄떡펄떡 뛰는 돼지 심장이 놓인 쟁반도 있었다.

큰 유리병에 머리가 세 개인 새빨간 전갈 수백 마리가 들어 있었다. 노바디를 본 전갈 가면을 쓴 상인은 그중 한 마리를 꺼내어 입에 넣고 오도독오도독 씹었다.

"벤도프의 오독전갈이 한 병에 3만 골드! 이보다 더 싸게 살 수는 없어요!"

하얀 뱀을 팔뚝에 감고 호객 행위를 하는 상인도 있었다.

압권은…… 사람의 팔이나 다리, 심지어 머리를 쌓아 놓고 파는 곳이었다.

"이, 이게 대체……?"

어안이 벙벙한 노바디.

"저 위쪽에서는 시체의 몸을 열어 내부를 살피는 행위, 즉 해부가 불법입니다. 몸을 알아야 병을 고칠 수 있는데도 신전의 권력과 전통을 수호하는 왕궁의 의지 때문에 의사들은 사람의 몸이 어떻게 생겼는지도 모르고 치료를 하는 게 현실입니다. 만약 이 암시장이 존재하지 않았다면 평균수명이 10년…… 아니, 20년은 줄어들었을 겁니다. 국왕 전하 역시 이런 곳에서 시체를 구입하여 연구를 거듭한 진정한 마법사, 현자 덕분에 비교적 질병에서 자유로운 겁니다."

진지한 설명에 노바디는 허준을 떠올렸다.

허준은 스승 유의태의 시신을 열어 내부를 살폈다고 알려진 조선 시대 최고의 명의였다. 실제로 그런 일을 했는지 아닌지는 모르지만, 당시에도 시체를 훼손하는 일은 쉽지 않았던 것이다.

악취를 참고 콜마를 따라가는 노바디의 눈에…… 이곳은 지옥처럼 보였다. 돈을 받고 시체를 파는 상인들은 악마 같았다. 돈을 주고 시체를 사 가는 사람들 역시 정상적으로 보이진 않았다.

"절 보고 도망치는 외팔이가 있을 겁니다. 마스터께서 잡아 주십시오."

"알겠습니다."

대답을 하기 무섭게 쌓여 있는 시체 사이에 앉아 있던 사내가 콜마를 보더니 도망치기 시작했다. 오른쪽 팔이 부자연스러웠다. 빨리 뛰느라 의수가 빠지자 소매 아래쪽이 허전했다.

노바디는 금세 따라잡았다. 화결과 중결, 흡결의 효과적인 사용으로 속도가 빨라졌던 것이다.

"이거 놔!"

거칠게 저항하는 외팔이.

노바디는 목덜미를 가볍게 때렸다. 고통이 몸을 내달리자 고분고분해졌다.

콜마가 다가왔다.

"에레탄."

"아, 콜마 님이셨군요. 이곳엔 어쩐 일이십니까? 지난번에 구입하신 눈알 때문입니까?"

도망치다가 잡히자 태도를 바꾼 외팔이 에레탄.

피식 웃은 콜마는 이곳에 온 이유를 간략하게 설명했다.

뱀파이어 일족 루비로스의 일원인 타크란이 젊은 여자들을 납치했다는 내용을 들은 에레탄의 눈빛이 흔들렸다.

고개를 흔드는 에레탄.

"아무리 콜마 님이 직접 오셔도 동족을 팔아넘길 수는 없지요."

그 말에 노바디는 깜짝 놀랐다. 이 외팔이가 뱀파이어였다니. 게다가 암시장에서 시체를 매매하는 상인이라니. 뱀파이어에 대한 고정관념이 깨졌다.

"하지만 30만 골드라면 뭐, 실마리 정도는 말씀드릴 수도 있지요."

에레탄은 능글맞게 웃었다.

30만 골드! 거금이지만 타크란의 행방을 알아낼 수만 있다면 얼마든지 쓸 수 있는 돈이기도 했다.

노바디가 나서려는 찰나, 콜마가 가로막았다.

"신세를 갚을 때가 된 것 같군."

"……신세라고요?"

"그래."

"콜마 님, 제가 지난번에 도와 드렸잖아요."

"난 자네를 살려 줬지. 목숨의 은인이 직접 찾아왔는데도 이럴 건가?"

"휴우, 알겠습니다. 이번이 마지막입니다."

"내 약속하지."

거래에 능숙한 콜마가 활짝 웃자, 에레탄은 구시렁거린 후 본격적으로 설명을 시작했다.

"사실, 루비로스 일족도 타크란을 찾는 중입니다. 족장이 얼마나 열이 뻗쳤는지 참살령을 내렸을 뿐 아니라 타크란의 목에 현상금도 걸어 놨습니다. 듣기로는 동족까지 죽였다고 하더라고요. 아무튼 잡히면 처형당할 겁니다."

"버림받은 건가?"

뱀파이어는 일족 전체를 중시한다. 필요하다면 한둘쯤은 쉽게 버린다.

"이번 경우는 좀 다릅니다. 타크란이 루비로스 일족을 버렸다고 해야 하니까요. 타크란에겐 여동생이 있는데, 이방인에게 죽어 버린 모양입니다. 거기에 분노한 타크란은 복수 때문에 미쳐 날뛰고 있는 거지요."

에레탄의 설명에 노바디는 깜짝 놀랐다. 타크란의 여동생을 죽인 이방인은…… 바로 자신이다. 따라서 타크란의 복수 대상은 바로 자신이었다.

"타크란 혼자 이방인에게 복수할 방법은 없을 텐데."

콜마는 예리했다. 죽여도 되살아나는 이방인은 피하는 게 상책이다.

"타크란 뒤에 누군가 있다는 소문을 들었습니다. 가문이 몰락했는데도 갑자기 강해졌으니까요."

"타크란은 어디 있을까?"

콜마는 이곳에 온 목적을 입에 올렸다.

"둘 중 하나입니다."

"자세히."

"망량에 먹힌 곳 아니면 룩소르 사냥터 어딘가에 숨어 있을 겁니다. 다른 곳에선 이렇게나 오랫동안 들키지 않고 버틸 수 없으니까요."

콜마는 노바디를 쳐다봤다.

두 사람의 의견은 일치했다.

천야장 퍼브가 두령으로 군림하는 봉쇄 구역에 타크란이 있을 리는 없다. 그렇다면 룩소르 사냥터뿐이다. 거기라면 이방인들이 몬스터를 사냥할 뿐, 깊이 숨어 버린 뱀파이어를 찾지는 않을 터였다.

그때, 뿔 나팔 소리가 들렸다. 바닥으로 깔리며 무겁게 퍼지는 경고 음에 상인들과 손님들이 즉시 반응했다.

에레탄은 욕을 퍼부으며 힘들여 암시장으로 가져온 시체를 검은 강으로 밀어 넣었다. 다른 상인들도 마찬가지였다.

"무슨 일입니까?"

노바디가 물었다.

"재수 없는 반짝이 놈들, 아니, 신전기사단입니다. 암시장에서 사람의 몸은 물론 각종 장물이 유통되지 못하도록 단속하기 위해 이곳까지 찾아온 거지요."

콜마가 답했다.

사람들은 벽에 뚫린 통로들로 흩어졌다. 신성력을 몸에 두른 성기사들이 눈에 띄는 모든 것을 파괴하며 다가오고 있었다. 노바디는 그 강력한 전진을 눈여겨보았다.

"아까 왜 놀라셨습니까?"

콜마가 물었다.

노바디는 콜마의 눈을 응시했다. 그 순간, 신전기사단보다 콜마가 더 무섭다는 사실을 깨달았다. 이 사람에겐 숨겨도 소용없다.

"……타크란의 여동생을 죽인 게 바로 접니다."

"……."

할 말을 잃은 콜마.

노바디는 잠시 고민에 잠겼지만, 곧 결단을 내렸다. 이처럼 똑똑한 사람을 그냥 둘 수는 없다. 노바디는 타크란이 무슨 짓을 벌이는지 알려 주었다.

"그 소환진을 통하면 이계로 갈 수 있습니까?"

"……타크란은 이미 몬스터를 이계로 보냈습니다. 아! 카람과 안투크는 룩소르 사냥터에 출몰하는 몬스터입니다! 이 제야 알아차리다니!"

머리를 쥐어뜯는 노바디.

"자세한 이야기는 나가서 하는 게 좋을 것 같습니다. 신전 기사단에 붙잡히면 어떠한 변명도 통하지 않을 테니까요."

"그러죠."

노바디는 콜마와 함께 가까운 통로로 달렸다.

"콜마 님!"

소리치는 에레탄.

"정보 수집에 일가견이 있는 놈입니다."

콜마의 말.

그 뜻을 알아차린 노바디는 에레탄이 달려온 순간, 두 사람의 손을 잡고 현섬을 펼쳤다.

비명과 혼란이 가득한 홀은 사라졌다. 대신 조용하고 축축한 통로가 나타났다.

현섬의 후유증으로 콜마는 허리를 굽힌 채 구토를 했고, 에레탄은 고통으로 바닥을 뒹굴었다. 그래도 신전기사단에 잡혀 대신전에 갇혔다가 공개적으로 재판을 받는 것보다는 나은 형편이었다.

겨우 몸을 추스른 에레탄이 노바디를 향해 고개를 숙였다.

"고맙습니다. 이 신세는 절대 잊지 않……."

말을 맺지 못하는 외팔이 뱀파이어.

"그 신세, 내가 갚을 기회를 주지."

콜마였다.

"신세요? 기회라고요?"

미심쩍어하는 에레탄.

콜마는 의미심장하게 웃었다.

봉쇄 구역 습격 사건

녹색의 대리석 계단 위로 하얀 대신전이 하늘의 절반을 차지하며 솟아나 있었다.

청동 말을 탄 초대 교주 스베린의 동상이 대신전 내부로 들어가는 입구 위에 서 있었고, 양옆에는 드래곤을 닮은 와이번이 날개를 펼친 채 당장이라도 날아갈 듯 생동감 넘치는 자세로 앉아 있었다.

오랜만에 들어온 페플.

오랜만에 찾아온 신전.

감동의 여운을 즐기던 규문의 시야로 반투명 창이 떠올랐다. 내용을 보기도 전에 누가 보냈는지 알 수 있었다.

-대체 뭘 하는 거야? 거기서 어두워질 때까지 멍 때릴래?

비록 목소리는 들리지 않았지만, 앙칼진 얼굴과 할퀼 듯한 음성이 머릿속으로 파고드는 느낌.

―들어가는 중이야.

―서둘러. 시간 없어.

―오케이.

규문은 전혀 화가 나지 않았다. 공지우가 얼마나 궁지에 몰려 있는지 알고 있어서였다.

공지우의 추천으로 유니온 아카데미에 들어간 두 사람 중 하나는 능력을 망각해 버렸고 그로 인해 유니온 전체가 뒤집어졌다. 또 한 사람은 지나치게 강력한 힘으로 의심을 받고 있었다. 눈에 띌 만한 성과를 내지 않으면 공지우가 공들여 쌓은 탑은 무너지고 말 터였다.

섬세한 조각이 압권인 대신전 외벽을 아쉬워하며 뒤로한 규문은 서늘한 공기가 감도는 안쪽으로 걸어갔다. 얇고 넓적한 절구 같은 곳 앞에 선 그는 인벤토리에서 무려 10만 골드에 달하는 보석 '엘루마의 눈물'을 꺼냈다.

"아깝다."

규문은 엄지만 한 루비가 박힌 목걸이를 절구통, 즉 봉헌 석반에 내려놓았다.

'하나, 둘, 셋.'

속으로 수를 세는 규문.

정확히 '아홉'일 때, 중신관이 서둘러 내려오더니 봉헌 석

싱크

반 앞에서 기다리는 규문 앞으로 달려왔다.

"이렇게 신실할 수가!"

"성기사 규문이라고 합니다."

"요새 보기 힘든 이방인이로군요. 당신의 소원은 신께서 반드시 이루어 주실 겁니다."

중신관은 대리석 절구통 안에 있던 목걸이를 통이 넓은 소매 안으로 재빨리 챙겼다.

"저, 부탁이 있습니다, 중신관님."

"무엇이든 말씀하세요. 제가 들어 드릴 수 있는 것이라면 뭐든 해 드리겠습니다."

"제게 대신전을 살펴볼 수 있는 기회를 주십시오."

"음."

중신관은 고민에 잠겼다.

시그나 대신전은 크게 둘로 나뉜 구조였다. 이방인을 비롯해 누구나 들어와 신께 기도할 수 있는 곳과, 대신전에 속한 신관과 거기서 일하는 사람들만 출입할 수 있는 공간은 분리되어 있었다.

다시 뜬 반투명 창.

ー뭘 기다리고 있어? 하나 더 줘 버려.

또 공지우였다.

한숨을 내쉰 규문은 인벤토리에서 20만 골드나 되는 '룩소르의 심장'을 꺼내어 대리석 쟁반에 내려놓았다.

눈이 휘둥그레진 중신관의 손끝이 떨렸다.

"하하, 당신은 아주 운이 좋군요. 마침 소수의 사람들에게만 개방하는 행사가 진행 중입니다. 저를 따라오세요."

어느새 보석을 챙긴 중신관이 안쪽으로, 외부인의 출입이 금지된 공간으로 앞장섰다.

규문은 말없이 뒤따랐다.

현재 유니온은 전력을 다하여 엘루마 인근 지역을 뒤지고 있었다. 목표는 대규모 마법진이었다. 공개적으로 밝히진 않았지만 각성자들은 천무관 사태와 그 마법진이 관련이 있다고 생각했다.

'소환진이라는 거지.'

원래 엘루마는 모네타 길드가 맡은 도시였지만, 유니온은 그 관계를 가볍게 무시하고 다른 길드, 즉 프리벨리지, 현문, 로고스 그리고 블랙 길드 사람들까지 투입했다. 그들은 엘루마는 물론 인근 지역을 이 잡듯 훑고 있었다.

중신관은 경전보다 보석을 좋아하는 게 분명했지만, 일 처리엔 빈틈이 없었다. 수석 평신관 직책인 청년을 규문 옆에 붙인 것이다. 자신의 이름을 시그람이라 밝힌 수석 평신관은 과묵한 태도로 규문을 좇아다녔다.

수백 년이나 된 대신전 곳곳에는 세월의 흔적이 켜켜이 쌓여 있었다. 마치 이탈리아 피렌체 두오모 성당 같은 곳으로 들어온 느낌이었다.

싱크

-지하로 내려갔어?

공지우였다.

-도움이 필요해.

-알았어.

잠시 후, 펑! 굉음이 들렸다. 그와 함께 대신전이 지진이라도 일어난 것처럼 흔들렸다. 바깥에서 한바탕 소란이 일어난 모양이었다.

규문은 무슨 일이 벌어졌는지 알고 있었다. 공지우가 시그나 대신전을 향해 마법을 퍼붓고 있을 것이다.

"성기사님, 아무래도 오늘의 일정은 여기서 끝내야 할 것 같습니다."

마음이 급한 시그람.

"어쩔 수 없네요."

규문은 순순히 시그람을 따라가다가 사람들이 갑자기 많아지자 슬쩍 빠져나와 텅 빈 복도로 내달렸다.

율오의 광보를 펼치자 순식간에 모퉁이 너머로 사라질 수 있었다. 율오의 광보는 그가 익힌 보법이었다.

주위를 살핀 규문은 하급 신관조차도 접근할 수 없다고 알려진 대신전 지하로 내려갔다. 낡고 이끼가 껴 미끄럽기까지 한 나선형 계단을 통해 내려가 숨겨진 소환진을 기대하며 여기저기 기웃거렸다.

대부분 빈방이었다. 그중에는 깡마른 사람이 앉아 있는 방도 몇 개 있었다. 꽤 오랫동안 지켜봐도 미동조차 하지 않아서 살아 있는지조차 확신하기 어려웠다.

'아! 은퇴한 대신관들!'

규문은 성기사로의 전직 퀘스트를 수행하면서 대신전의 진정한 힘은 지하 깊숙한 곳에서 신과의 교감을 추구하는 대신관들이라는 사실을 얼핏 들은 적이 있었다. 그들의 존재로 인해 외형적으로는 훨씬 강한 마탑이나 무문조차도 대신전을 함부로 무시할 수 없었다.

아무리 찾아봐도 마법진이 있을 만한 장소는 보이지 않았다. 숨겨진 공간이 있을까?

한숨을 내쉬는데, 뒤에 누군가 서 있다는 느낌을 받았다. 재빨리 돌아선 규문.

아무도 없었다.

다시 뒤에서 느껴지는 인기척.

돌아섰으나…… 마찬가지였다.

그때, 뒤에서 차분하고 듣기만 해도 마음이 가라앉는 듯한 음성이 들렸다. 인자한 할아버지의 목소리 같았다.

"길을 잃은 겐가?"

"……."

화들짝 놀라 뒤로 물러서다가 넘어지고 만 규문.

각성 이후로 페플 접속의 횟수가 뜸해졌지만, 그래도 성기사 특유의 감지력은 그대로일 텐데.

도저히 믿을 수가 없었다.

'은퇴 대신관이다!'

"여긴 늙은이들뿐이라네. 자네처럼 힘이 넘치는 사람에겐 어울리지 않지."

"그, 그렇군요."

조심스럽게 일어서는 규문 앞으로 노인이 다가왔다. 규문은 피해야 한다는 생각만 했을 뿐, 너무나 쉽게 노인에게 손목을 잡혔다.

마치 맥박을 재는 듯 눈을 지그시 감은 노인.

"여기엔 마법진 따위는 없네. 이 늙은이가 보장하지."

"……."

경악한 규문은 겨우 손을 빼내어 위로, 밖으로 달렸다. 나선형 계단으로 접어드는데, 이미 위쪽에 노신관이 서 있었다.

"훔친 게 없으니 한 번은 봐주겠네. 허나, 다음엔 처벌을 받아야 할 거야."

그렇게 말한 노신관은 그 자리에서 서서히 사라지더니, 은색의 빛무리만 남았다.

숨을 헐떡거리며 지하를 빠져나오자 공지우가 보낸 메시지 창이 한꺼번에 시야를 가렸다. 수십 개나 되는 메시지가 중첩되어 씩씩거리며 다가오는 시그람의 분노한 표정이 잘 보이지 않았다.

"당신, 여기서 뭘 하는 겁니까?"

소리치는 시그람.

규문은 길을 잃었다는 변명을 늘어놓으며 대신전에서 쫓겨났다. 아마도 두 번 다시 내부로 들어갈 수는 없을 것이다.

대리석 계단 아래쪽, 테페오 광장에 면한 곳에 서 있는 공지우의 시선이 느껴졌다. 공지우는 이곳 페플에서 황금빛 머리카락이 허리까지 내려오는 엘프 레이첼이었다.

규문은 서둘러 거기로 뛰어갔다.

"왜 답이 없었어?"

"지하 깊은 곳으로 내려가니까 메시지가 오지 않았어."

"그보다, 찾았어?"

떨리는 레이첼의 목소리.

"아니. 대신전 지하엔 없었어. 어쩌면 지하에 있을지도 몰라. 원래 오래된 도시 지하엔 미로 같은 게 있잖아."

"블랙 길드와 로고스 길드가 거길 뒤지고 있어."

차갑게 대꾸하는 레이첼.

"아, 그래?"

규문은 어깨를 으쓱 올렸다. 도와주고 싶지만 실마리라도 있어야 소환진을 찾아낼 수 있을 것이다.

현재 각 길드의 시그마 팀, 그러니까 페플에서 정보를 수집하고 아이템을 입수하는 사람들은 모조리 여기 엘루마에 있다고 해도 과언이 아니다. 블랙 길드의 경우, 오메가 팀을 제외한 알파 팀, 델타 팀, 베타 팀 그리고 엡실론 팀까지 모조리 페플에 투입했다는 소문도 있었다.

그들 모두 소환진을 찾고 있었다.

누가 찾아낼지 몰라도 아주 운이 좋아야 할 것이다.

"오늘 밤, 바젠 후작가로 가 봐야겠어."

"거긴 왜?"

바젠 후작가는 엘루마를 대표하는 두 귀족 가문 중 하나였다.

"왜라니?"

레이첼이 눈살을 찌푸렸다.

"설마, 거길 가서 소환진을 찾아보려고?"

"당연하지."

"그랬다가 잡히면…… 꽤 손해가 클 텐데. 캐릭터가 감옥에 갇힐 수도 있어. 아주 오랫동안."

각성자라고 해서 페플에서 특별한 힘을 마음대로 사용할 수 있는 건 아니다. 각성자 역시 사냥이나 퀘스트를 통해 캐릭터를 성장시켜야 했던 것이다.

"지금 이것저것 가릴 처지가 아니야. 싫으면 나 혼자라도 갈 테니까 넌 아무 걱정 말고 발 닦고 잠이나 자."

"알았어. 같이 가면 되잖아."

규문은 일이 제대로 터질 때까지 밤이든 낮이든 레이첼에게 끌려다닐 거라는 불길한 예감에 사로잡혔다. 누구든 하루라도 빨리 소환진을 찾아내길 바랄 뿐이었다.

학교는 거의 다닌 적이 없다. 태어난 순간부터 푹신푹신한 돈방석에 앉았다는 이유로 특별한 교육을 받았다.

커다랗고 깔끔한 방 중앙의 침대에서 혼자 일어나고, 열 명이 앉아도 될 만한 대리석 식탁에서 혼자 식사를 했고, 집으로 찾아온 각 분야의 전문가로부터 엄격한 방식으로 배워야 했다. 때가 되면 유치원에 가고 때가 되면 학교에 입학하여 또래의 아이들과 부딪치는 평범한 삶은 누려 본 적이 없었다.

다행히 재벌 3세에게도 주어지는 사교 모임은 존재했다.

배혜진은 거기서 안진후를 처음 봤다. 보석처럼 반짝반짝 빛나는 아이에게서 시선을 떼지 못했다. 갖고 싶다는 생각이 저절로 솟아났다.

자연스럽게 가까워졌다.

안진후 역시 적극적이고 예쁜 배혜진을 밀어내지 않았다. 다들 멋진 커플이 탄생할 거라고, 페플 그룹과 CRS 그룹의 미래가 밝다고 입을 모았다.

그러다가 갑자기 일이 터졌고, 둘은 헤어졌다. 배혜진은 자신의 실수를 뼈저리게 후회했지만 한 번도 사과하지 않았다. 말 몇 마디로 해결할 수 있는 잘못이 아니었기에.

호텔 스위트룸 베란다.

"내가 왜 그랬을까?"

배혜진은 어둠에 잠긴 도시를 내려다보며 속삭였다.

밤이 깊어 가는 도시는 오히려 달맞이꽃처럼 소박한 아름다움을 뽐내고 있었다.

충동적으로 손에 쥔 핸드폰의 단축키를 꾹 눌렀다. 신호음이 들렸다. 얼른 끊어 버린 배혜진. 무슨 낯짝으로 안진후에게 연락을 했을까?

그때, 스위트룸으로 최현석이 들어왔다.

"준비 다 됐습니다."

최현석은 이곳 현실에선 전혀 눈길을 끌지 않는, 평범해서 직접 보고도 금세 잊어버릴 유형이었다. 그러나 저 단단한 머리에 든 두뇌는 대단히 비상해서 쓸 만했다.

"투입 인원은?"

"대략 삼백쉰 명. 서울 외곽 별장 일곱 군데에서 대기 중입니다. 그런데 정말 거기에 있을까요?"

"다른 길드 놈들, 그리고 모네타 소속 각성자들은 엘루마를 샅샅이 뒤지고 있지만, 거긴 아무것도 없어. 오랫동안 엘루마를 맡은 우리는 그걸 알아. 만약 소환진이 엘루마에 있다면…… 딱 한 군데밖에 없어."

일리가 있는 말에 최현석은 고개를 끄덕였지만, 눈빛은 오히려 딱딱해진 느낌.

"노바디 때문은 아니겠지요?"

"글쎄."

배혜진은 빙긋 웃으며 최현석의 표정을 살폈다.

최현석이라는 이름보다 페플에서의 이름 공명이 더 잘 어울리는 저 녀석은 어디까지 알고 있을까?

노바디, 즉 김현이 로고스 길드의 감시대원 조은석을 살해한 황철호의 사제라는 사실을 알고도 모르는 척하는 걸까?

어느 쪽이든 상관없다.

명령을 내리면 계획은 실행될 것이다.

배혜진은 그 순간 망설였다. 대규모 인원이 동원된 만큼 준비 과정에 소요된 금액은 물론 부적 구입비, 수고비로 사용된 돈만 해도 수억 원에 달한다. 실패하면 그 모두를 날려 버리는 셈이다.

아니, 사실 돈은 큰 문제가 되지 않는다. 그러나 유니온과 모네타 길드의 허락을 받지 않고 계획을 세웠을 뿐 아니라 은밀히 실행했다는 사실이 알려지면 현재의 자리가 흔들릴지도 모른다.

소환진을 찾아낸다면 유야무야 넘어가겠지만 실패라도 한다면 타격을 입을 테고, 결과적으로 혼수상태인 할머니를 주위 사람들이 가만두지 않을 것이다. 생명 유지 장치를 강제로 떼어 낼지도 모른다.

사채의 여왕이라 불렸던 할머니.

그 앞에서 죽는시늉까지 하던 사람들은 이제 할머니의 재산을 빼앗기 위해 수단과 방법을 가리지 않았다. 안타깝게도 그들 중엔 가족도 포함되어 있었다.

더 강해져야 한다.

더 높이 올라가야 한다.

그래야 할머니를 지킬 수 있다.

"지금 멈춰도 됩니다. 누구도 뭐라고 할 수 없을 겁니다."

최현석이었다.

그 말에 자극을 받은 배혜진이 결단을 내렸다.

"시작한다."

"알겠습니다."

최현석은 스위트룸 밖으로 나갔다.

서울 외곽의 별장.

수십 명의 사람들이 거실, 방에 흩어진 채로 접속을 준비하고 있었다. 그들 사이에는 치킨, 족발 등 야식의 흔적이 더럽게 남아 있었다. 대부분 헬멧형 커넥터를 쓰고 있었다. 소수만 콕핏형 커넥터로 페플에 접속할 예정이었다.

"명령이 떨어졌다!"

문석훈이 외쳤다.

환호가 터졌다.

출발 신호에 반응한 스프린터처럼 다들 앞을 다퉈 페플로 들어갔다.

문석훈은 방으로 들어가 콕핏형 커넥터에 올라탔다.

"시발 년, 이번엔 또 무슨 일인지 모르겠다."

섬광이 터진 순간, 유통업계의 강자로 군림하는 재벌 2세 문석훈은 샤일록으로 바뀌었다.

최현석이 스위트룸으로 들어가자, 배혜진은 이제 막 통화를 끝냈는지 귀에 댔던 핸드폰을 내렸다.

"삼백여든일곱 명, 접속 완료했습니다. 현재 봉쇄 구역으로 이동 중입니다."

"눈에 띄지 않도록 조치를 취했어?"

"당연하죠."

최현석은 배혜진이 누구와 통화했는지, 왜 전화를 걸었는지 알고 싶었지만 꾹 참았다. 오만하고 제멋대로지만 특유의 센스는 재벌가의 일원답게 예리했다. 의심할 여지도 줘선 곤란해진다.

"들어가자."

"네, 마스터."

복도로 나온 최현석은 옆방으로 향했다. 거기 자신의 커넥터가 설치되어 있었다.

소리도 없이 뚜껑이 열린 콕핏형 커넥터를 바라본 그는 대포폰을 꺼내어 미리 적어 놓은 문자를 전송했다.

"자, 어떤 일이 벌어질지 지켜볼까."

최현석은 기분 좋게 페플로 접속했다. 콤플렉스인 작은 키는 페플에선 아무 문제가 되지 않는다. 훤칠한 미남 공명으로 바뀐 것이다.

횃불이 밝히는 빛의 범위 안에서 묵직한 존재감을 드러내다가 어둠 너머로 사라지는 목책.

추적추적 내리는 빗소리가 서글픈 음악처럼 들렸다.

그 사이로 난 문에는 경비대원 두 사람이 졸면서 지키고 있었다. 망량에 먹힌 구역에서 일어난 기적을 보기 위해 몰려들었던 사람들도 대부분 돌아가 버려, 황량한 분위기를 자아내고 있었다.

배혜진, 아니 아레스는 천천히 입구로 걸어갔다. 하얀 손이 위로 올라갔다. 그 손끝을 향해 쏟아지는 시선이 느껴진다. 손이 내려가는 순간, 수백 명의 사람들이 100미터 달리기 선수처럼 튀어 나가며 목책을 뛰어넘었다.

"······뭐야?"

"야, 너희 뭐야?"

경비대원이 소리쳤지만 세븐 길드가 주도하는 보물찾기 퀘스트가 중단될 리는 없다.

아레스도 목책을 뛰어넘어 어둠이 깔린 곳으로 달리기 시작했다.

바깥에서 들려오는 고함에 눈을 뜬 겔란드. 복도로 나오자 옆방에서 콜마가 문을 열고 안경을 손에 든 채 뛰어나왔다.

"대사형?"

"아이들부터 대피시켜. 그리고 마스터를 불러."

"알겠습니다."

겔란드는 양날도끼 중거추를 챙겨 건물 입구로 내려갔다.

그사이 콜마는 가방에서 수정구를 꺼냈다. 수정구를 쥐고 노바디를 떠올렸지만, 아무런 반응이 없었다. 대신 수정구가 빛을 뿜었다. 숨을 깊이 들이마신 콜마는 빛나는 수정구를 들여다보며 말했다.

"마스터, 정체불명의 무리가 봉쇄 구역을 공격하고 있습니다. 적어도 수백 명이 동원되었습니다. 도움을 요청합니다."

수정구를 침대로 던져 버린 콜마는 붕대를 챙겨 건물 입구로 달렸다.

⁕

핸드폰에서 소리가 났다.

잠결에 손을 뻗은 김현은 핸드폰으로 와 있는 문자를 보자마자 소파에서 벌떡 일어났다. 두 통이나 와 있었는데, 두 번째 문자는 음성 메시지 알림이었고 바로 콜마에게서 온 것이었다.

"어?"

사방이 어두웠다. 소파 옆에 항상 켜 두는 스탠드조차 꺼져 있었다.

첫 번째 문자를 읽었다.

발신자 제한 문자

─ 이 문자를 보는 즉시 페폴로 접속하는 게 좋을 거야. 수백 명의 게이머들이 봉쇄 구역으로 침입할 테니까. 서둘러.

눈살을 찌푸린 김현은 두 번째 문자를 통해 음성 메시지를 확인했다.

최근 들어 목책으로 구분된 봉쇄 지역 내부로 침입하는 이방인의 수가 늘어나는 바람에 한순간도 마음을 놓을 수 없었다. 그래서 생각해 낸 게 수정구를 이용한 메시지 연결 시스템이었다.

콜마나 젤란드가 수정구로 노바디를 부르면, 자동적으로 현실의 핸드폰으로 문자가 오도록 설정한 것이다. 물론 안진후의 도움이 컸지만, 편법은 아니었다. 보통의 게이머에겐 필요 없는 기능일 뿐이었다.

이상하다고 생각하며 음성 메시지를 듣는데, 쭈뼛쭈뼛 머리카락이 곤두섰다.

핸드폰 조명으로 콕핏형 커넥터로 가서 전원 버튼을 눌렀지만 아무런 반응이 없었다. 거실을 통해 베란다로 나온 순간, 무슨 일이 벌어졌는지 알 수 있었다.

아파트 단지 전체가 깜깜했다.

가로등도 꺼져 있었다.

대규모 정전!

당장 현섭으로 안진후 집으로 이동하려는데, 마음이 꺼림칙했다. 이유는 알 수 없지만, 시간이 부족하다는 직감이 그를 괴롭혔다.

직감!

김현은 무언가에 홀린 것처럼 직감대로 움직였다. 안진후 집으로 이동하는 대신, 페플로 현섭을 펼쳤다. 물론 그 전에 안진후의 핸드폰으로 문자 한 통을 보냈다.

싱크

、대부분 짙은 어둠이 내려앉은 봉쇄 구역의 중앙으로 달렸
지만, 일부는 말끔하게 치워진 건물, 빈민굴에 살다가 이주
한 사람들의 거처로 돌진했다.

고함을 지르며 달려가던 선봉의 몇 사람은 갑자기 짙은 안
개가 밀려올 뿐 아니라 가파른 협곡 사이로 급류가 콸콸 흐
르는 경사진 벼랑에 서 있는 자신을 발견했다. 앞의 상황도
모르고 달려드는 게이머들에게 밀려 아래로 추락한 그들은
비명을 남기며 죽었다.

"정지!"

공명이 소리쳤다.

가늘게 뜬 눈으로 주위를 살핀 공명은 입을 크게 벌렸다.

'오행과 팔괘를 기반으로 설치된 기문진이야!'

"뒤로 물러나도록."

공명의 지시에 게이머들은 순순히 따랐다. 그들 역시 무언
가 이상하다는 사실을 알아차린 것이다.

기문진에는 생문과 사문이 존재한다. 사문은 들어서면 죽
는 자리, 생문은 그 반대였다. 그 기문진에는 팔문도 존재했
는데, 어딜 선택해도 사문처럼 죽거나 최소 전투가 불가능한
상태로 만드는 문이었다.

공명은 인벤토리에서 태극소음경을 꺼냈다. 손바닥만 한

청동거울로, 특별한 성질석이 내부에 박혀 있어서 그 어떠한 기문진에서도 생문을 찾아내는 아이템이었다.

"음?"

깜짝 놀란 공명.

기문진은 환경을 바꾼다. 평지를 절벽으로 만들고, 땅을 늪지대로 착각하게 만든다. 그런데 왜 기문진 내부에 이토록 위험한 주술진이 추가되어 있을까?

'이런! 기문진과 주술진이 결합됐어. 누가 만들었는지 몰라도 천재적이야. 태극소음경이라면 생로를 찾아낼 수 있겠지만 시간이 좀 걸리겠어. 그래 봐야 몇 분이겠지만.'

공명은 등으로 쏟아지는 시선을 느끼며 태극소음경을 앞세워 조금씩 전진했다. 어느새 생문이 보였다. 저곳으로 빠져나가면 이 괴상한 진을 해체할 수도 있을 것이다.

그때, 윙 소리가 나며 공기가 둘로 갈라졌다.

오싹한 기분에 뒤로 몸을 날린 공명.

퍽.

서 있던 곳으로 거대한 양날도끼가 박혔다.

"더 다가오면 죽는다."

겔란드였다.

겔란드를 노려본 공명은 뒤로 물러서며 손짓으로 명령했다. 따라오던 게이머들이 겔란드를 향해 돌진했다.

붕!

싱크

허공을 수평으로 가른 중거추는 한 번에 다섯 명을 날려 버렸다. 생로에서 벗어난 게이머들은 늪에 빠져 질식하거나 급류에 휘말려 익사했다.

뒤에 있던 궁술사들이 화살을 날렸다.

풍차처럼 회전하는 중거추가 비처럼 쏟아지는 화살을 튕겨 냈다. 그중 하나가 허벅지에 박혔는데, 겔란드는 간지럽다면서 화살을 뽑아서 던졌다. 피 묻은 화살은 궁술사의 오른쪽 눈에 깊이 박혔다.

뒤에서 천천히 날아온 붕대가 겔란드의 허벅지를 휘감았다.

'조력자가 있군.'

공명은 눈살을 찌푸렸다.

붕대술은 대부분의 게이머가 경멸하는 기초 스킬에 불과하지만, 대성할 경우 그 어떤 치료술보다 쓰임새도 좋고 효과도 커진다. 무엇보다 유지비가 다른 치료술에 비해 훨씬 적게 든다.

겔란드를 쓰러뜨리려 달려들었다가 목숨을 잃거나 다쳐서 로그아웃한 게이머가 벌써 서른 명에 육박했다. 이대로라면 주술진이 혼합된 기문진 돌파는 불가능할 것이다.

그때, 공명은 압도적인 힘을 느끼고 바닥에 납작 드러누웠다.

검 한 자루가 앞으로 날아가 겔란드를 노렸다. 중거추로

검을 막는 순간, 폭발이 일어나 젤란드와 싸우던 게이머들을 날려 버렸다.

젤란드는 피를 흘리며 한 걸음 뒤로 물러섰다. 붕대가 날아와 어깨, 손바닥, 옆구리를 감았지만 피로 물든 붕대로는 역부족일 만큼 상처가 위중했다.

검은 다시 뒤로 날아갔다.

"퀘르야!"

"우와, 진짜 대단하다."

게이머들이 수군거렸다.

그 검을 쥔 사람은 바로 아레스였다.

아레스가 앞으로 다가오자, 게이머들은 뒤로 물러섰다. 명검 퀘르의 공격 범위 내에 들어갔다가는 간단히 죽을 테고, 그러면 이번 보물찾기 퀘스트로 받을 수 있는 돈이 반 토막 날지도 몰랐다.

게이머들은 짭짤한 보상을 기대하며 낡은 석상, 오래된 초상화나 풍경화, 잠긴 상자, 고대의 대형 마법진 등을 찾는 퀘스트에 기쁜 마음으로 참가했던 것이다.

일찍 죽어도 최소 30만 원, 가치 있는 보물을 발견하면 거기에 보너스가 붙는다. 이번 퀘스트에 투입된 돈이 무려 3억 원이 넘는다는 소리가 있으니 운만 좋다면 수백만 원의 목돈을 퀘스트 한 번으로 거머쥘 수 있다는 뜻이었다.

게이머들은 세븐 길드를 이끄는 마스터 아레스의 능력을

싱크

실제로 볼 수 있다는 생각에 퀘스트가 진행 중이라는 사실조차 잠시 잊었다.

김현은 눈을 비볐다.

한두 명이 아니었다. 수백 명이 봉쇄 구역으로 들어와 난동을 부리는 중이었다.

엘프 종족을 택한 게이머 하나가 김현을 스치듯 지나가며 말했다.

"거기서 뭐 해? 옷은 또 그게 뭐야?"

경멸의 시선만 남기고 어둠 너머로 달려가는 게이머.

김현은 자신의 몸을 살폈다. 트레이닝복 차림에 맨발이었다. 비가 스며들어 물컹물컹한 흙이 발가락 사이로 파고드는 중이었다.

인벤토리를 열어 용현갑을 꺼내어 착용했다. 망량을 상대하는 동안 용현갑을 잃어버릴까 싶어서 인벤토리 깊숙이 넣어 둔 터였다.

거무튀튀한 갑옷이 차르르 소리를 내며 몸을 감싸자 포근한 느낌이 들었지만, 얼굴과 발은 여전히 무방비 상태였다. 별 기능이 없는 부츠를 꺼내 신고, 얼굴에는…… 진흙을 발랐다. 누구에게도 이 얼굴을 보여 주고 싶지 않았다.

그래도 부족했다.

'미안하지만 어쩔 수 없지.'

김현은 지나가던 게이머를 쓰러뜨렸다. 이유는 단 하나, 그 유저가 도깨비 가면을 쓰고 있었기 때문이다.

가면을 쓴 김현은 일행인 것처럼 달렸다.

저 앞에 사람들이 모여 있었다.

건물 앞을 겔란드가 막아섰고, 그 뒤에서 콜마가 붕대를 날려 겔란드를 돕고 있었다.

겔란드 앞에는 눈에 익은 여자가 서 있었다. 그 여자의 손에는 역시 익숙한 검이 들려 있었다.

"누구도 다치게 할 생각은 없어. 비켜선다면 아무도 다치지 않을 거야."

아레스가 말했다.

"와라."

중거추를 고쳐 잡는 겔란드. 용병 시절에도 절대 포기를 몰랐던 고집쟁이였다.

"원망 마."

아레스가 자세를 취하자, 명검 퀘르가 길어졌다. 1미터도 되지 않던 길이는 어느새 2미터를 넘어섰고, 양손으로 쥐어도 될 만큼 자루도 늘어났으며, 예리한 날은 톱니처럼 구불구불해졌다.

'츠바이한더!'

공명은 속으로 깜짝 놀랐다.

명검 퀘르가 변형 가능하다는 사실은 잘 알고 있었지만, 아레스가 퀘르를 중세 독일식 양손검인 츠바이한더처럼 사용할 수 있으리라곤 상상도 못 했다.

오른손으로 퀘르의 뒤쪽을 꽉 움켜쥔 아레스는 왼손으로 자루 앞쪽, 날에 가까운 부분을 가볍게 잡으며 자세를 낮췄다. 마치 기다란 창을 쥐고 공격하려는 사람 같았다.

젤란드도 무게중심을 아래로 내리며 중거추를 양손으로 들어 올렸다.

"안 피하면 죽어."

아레스의 말이 끝나기가 무섭게, 퀘르는 두 손 위에서 맹렬하게 회전했다. 윙윙, 공기마저 빨아들이는지 기문주술진이 만들어 낸 짙은 안개가 길어진 검 주위로 소용돌이쳤다.

퀘르는 마치 보이지 않는 활에 의해 발사된 것처럼, 어마어마한 힘을 품고 앞으로 날아갔다.

굳게 버티는 젤란드 역시 거기 깃든 거력을 알아차렸다. 그래도 피할 생각은 없다. 이곳이 뚫리면 저 건물에 사는 사람들이 위험해진다.

'끝인가?'

퀘르가 젤란드와 아레스의 중간 지점에 도달한 순간, 김현이 본능적으로 앞으로 나오며 땅을 발로 굴렀다.

쾅!

땅거죽이 거미줄처럼 갈라지고 지진이라도 일어난 것처럼 흔들려, 서 있던 사람들이 비틀거렸다. 아레스와 겔란드 역시 마찬가지였다.

땅을 터트리며 빠르게 퍼져 나간 타각의 충격력이 퀘르를 덮쳤다. 퀘르는 여전히 날아가고 있었지만 방향은 틀어져, 겔란드의 왼팔을 긁으며 스치듯 지나 버리고도 기세가 죽지 않아 건물 오른쪽 1층을 꿰뚫었다.

피를 흘리며 쓰러진 겔란드.

직접 달려와 피를 뿜어내는 팔과 어깨에 붕대를 감는 콜마.

환호하는 게이머들.

눈살을 찌푸린 채 왜 땅이 흔들렸는지, 퀘르의 궤도가 바뀐 이유를 찾는 아레스.

김현은 그 순간 이성을 잃었다.

쾅쾅!

양쪽 발로 펼쳐진 타각은 거기 모여 있던 게이머 수십 명을 날려 버렸다. 생로에서 벗어나 사문으로 추락한 게이머들은 고통으로 발악하다가 죽거나 접속을 끊었다.

김현의 시야로 나타난 반투명한 메시지들.

–지혜가 올랐습니다.

–힘이 올랐습니다.

–레벨이 올랐습니다.

그 한 번의 공격으로 레벨은 단번에 수십 개나 뛰어올랐다. 더불어 속성도 가파르게 증가했다.

메시지 창들을 무시하고 맹렬한 속도로 다가간 김현의 주먹이 아레스의 턱으로 파고들었다. 놀란 아레스는 뒤로 물러났지만 권풍에 피부가 찢어졌고, 피가 뚝뚝 흘러내렸다.

수라부월공의 절초들이 이어졌다.

맹부단월로 내리친 손날에 내리던 빗줄기가 둘로 갈라졌다. 비어초목은 물기를 머금은 진흙을 사방으로 흩어 버렸다. 몸을 띄웠다가 강맹하게 내려치는 동령고송은 깊이 1미터나 되는 구덩이를 만들 만큼 위력적이었다.

아레스는 '거스트 런'으로 겨우 피할 뿐이었다.

다행히 명검 퀘르가 돌아오자 상황은 역전되었다. 퀘르는 원래 형태로 회복되어 있었다.

아레스가 휘두른 퀘르의 검 면을 향해 주먹을 내지른 김현은 뒤로 나가떨어졌다. 그 충격으로 팔뚝을 감싼 용현갑이 부서져 아래로 조각조각 떨어졌다.

다행히 내공이 주입되자 흙에 박혔던 파편까지 다시 원래 위치로 돌아왔다. 용현갑은 처음 입었을 때처럼 묵색으로 빛났다. 하지만 오른팔은 뼈가 부러졌는지 고통이 점점 커지고 있었다.

그제야 정신을 차린 김현은 아레스를 노려보았다.

"넌 뭐지?"

아레스가 물었다.

김현은 아무 말도 하지 않고 머리를 굴렸다. 어떻게 해야 이놈들을 쫓아낼 수 있을까?

그런 생각을 하면서 인벤터리에서 꺼낸 회복약을 마셨다. 오른팔의 통증은 서서히 가라앉았다.

아레스는 공명을 바라보았다. 공명은 고개를 저었다. 그 역시 갑자기 나타난 사람에 대해서는 아는 바가 없었다.

"죽고 싶지 않으면 비켜."

아레스는 다시 한 번 자세를 잡았다. 츠바이한더, 즉 창처럼 긴 양손검으로 형태가 변했다.

두 손 위에서 서서히 회전하는 퀘르.

그 공격을 가만히 서 있다가 받아 낼 자신은 없다. 김현은 분신을 만들며 앞으로 돌진했다. 하나가 둘, 둘이 넷, 넷은 여덟이 되었다.

'어떻게 된 거지? 분신을 일곱이나 만들었는데도 별로 힘들지 않네.'

아레스는 눈살을 찌푸렸다. 즉시 명검 퀘르를 접근전에 유용한 형태로 바꾸었다.

'대체 이 도깨비 자식은 뭐야?'

아레스는 할 말이 없었다.

분신임을 알고 있는데도 너무나 예리한 공격이 사방에서 쏟아졌다. 회피술 중에서도 상급에 속하는 스킬, 거스트 런을 연거푸 펼쳤는데도 저 검은 갑옷을 입은 사람을 완전히 떨쳐 내지 못했다.

분신은 매우 유용한 스킬이다.

그래서 마법사는 물론 용병이나 무인도 분신 스킬을 익히지만, 실전에서는 대부분 무용지물이었다.

분신은 생성될 때 부여된 명령을 따라서 움직이는데, 공방이 변화무쌍한 전투에서는 내공이나 마력만 소모할 뿐 도움이 되지 않았던 것이다.

분신이 위력을 발휘하는 건 식사나 수면 같은 일상적인 면이었다. 잠이 부족하여 생명력이 하락할 경우, 분신을 만들어 잠을 재우면 된다. 식사도 마찬가지였다.

'저 녀석의 분신은…… 차원이 달라. 분신 하나하나가 스스로 판단하고 움직이고 있어. 어떻게 저럴 수 있지? 도플갱어인가? 아니야. 도플갱어는 한꺼번에 분신을 많이 만들지 못해.'

그 순간, 아레스를 에워싼 분신들이 약속이라도 한 것처럼 발로 땅을 굴렀다.

사방에서 몰려드는 타각의 기운.

아레스는 명검 퀘르를 휘둘러 그 격렬한 힘을 흩어 버렸지만, 빈틈을 보이고 말았다. 복부로 주먹이 박혔다. 어깨로 손날이 떨어졌다.

뒤로 밀려 나간 아레스의 입가로 피가 흘러내렸다. 빙글빙글 저 멀리 날아가 버린 명검 퀘르는 땅에 푹 박혔다. 게이머

중 하나가 욕심이 생겨 검을 잡은 순간, 퀘르에서 뿜어져 나온 열기에 몸이 타 버렸다.

아레스가 손을 뻗었다. 꿈틀거리며 뽑힌 퀘르가 허공으로 날아왔다.

'저 녀석을 없애려면 전력을 다해야 돼. 휴우, 내 생명력으로는 대략 1분 정도가 고작이야. 1분 안에 승부를 끝내야 해.'

명검 퀘르는 무궁무진한 위력을 보장하지만 초당 생명력을 1%나 먹어 치운다. 따라서 생명력 100%인 상태에서 잡아도 최장 사용 시간은 1분 40초뿐이고, 죽지 않으려면 1분 이내에 싸움을 결정지어야 한다.

그 때문에 아레스는 퀘르의 힘을 온전히 끄집어내는 대신, 잠깐잠깐 일시적으로 사용했던 것이다.

'시작해 볼까.'

아레스가 퀘르에게 자신의 생명력을 온전히 맡긴 순간, 검에서 이글거리는 빛이 뿜어져 나왔다.

그저 검을 한 번 휘둘렀을 뿐인데 가까이 있던 분신 셋의 몸이 분리되며 사라졌다. 나머지 분신은 해체되었다.

아레스는 본체를 노렸다. 저놈만 없애면 앞을 막을 자는 아무도 없다.

월등히 빨라진 상대의 속도. 따라잡기가 어려울 정도였다.

'이 녀석, 퀘르의 약점을 알고 있어.'

아레스는 마음이 급해졌다.

1분 안에 놈을 잡지 못하면 오히려 이쪽이 위험해진다. 공격 패턴이 달라졌다. 타깃을 목표로 하는 핀 포인트 공격이 영역 공격으로 바뀐 것이다. 그럼에도 저 먹빛 갑옷을 입은 놈은 교묘하게 퀘르의 위력을 살짝살짝 피해 버렸다.

30초가 흘렀다.

기문주술진은 파괴되었다. 사문조차도 퀘르의 거력에 붕괴된 것이다.

퀘스트에 참가한 게이머들은 뒤로 물러섰다. 몇 명은 앞에 있다가 검풍에 휘말려 죽고 말았다.

45초가 넘어가자 아레스는 단 한 번의 공격으로 끝내겠다고 결심했다.

퀘르를 바로 앞 땅에 깊이 꽂은 아레스가 무려 10갑자나 되는 내공을 쏟아붓자, 바닥이 흔들렸다. 잠시 후, 지표를 뚫고 회색의 돌이 공중으로 올라왔는데, 자기들끼리 부딪쳐 퀘르를 닮은 석검 백 자루가 만들어졌다.

그 검들은 마치 살아 있는 것처럼 상대를 에워쌌다. 아무리 빨라도, 최고의 보법으로 인정받는 공륜허보를 펼친다고 해도 달아나기 힘든 검망이 상대를 덮어 버렸다.

콰콰쾅!

백 자루의 석검이 폭발하며 사방으로 파편을 뿜어냈다. 누구도 피할 수 없는 수만 개의 돌 조각들은 공간 자체를 찢어 버릴 만큼 위력적이었다.

공격 범위에서 벗어나 있던 아레스조차 무사할 수 없었다. 돌 조각에 뺨이 찢어졌고, 피가 흘렀다.

　"……끝났어."

　숨을 헐떡이는 아레스.

　목책 근처까지 물러났던 게이머들이 박수 치며 환호했다. 누구든 소속된 조직의 리더가 저토록 강력하다면 진심으로 기뻐할 것이다.

　갑자기 소리가 뚝 끊겼다.

　무거운 적막.

　아레스는 천천히 몸을 돌렸다.

　그 녀석이 서 있었다. 검은 갑옷 곳곳이 부서졌고 쓰고 있던 도깨비 가면도 군데군데 금이 갔지만, 너무나도 쉽게 퀘르 내부에 숨겨져 있던 천쇄석검술을 피해 버린 것이다.

　"어, 어떻게……?"

　아레스는 더 이상 공격할 힘이 없었다. 그저 이유를 알고 싶을 뿐이었다.

　"현섬."

　"……."

　아레스는 할 말을 잃었다.

　이 녀석은 마지막 순간까지 현섬이라는 결정적인 스킬을 숨겼다. 저 독특하면서도 위력적인 분신술을 앞세워, 마치 분신술이 자기가 가진 최고의 스킬인 것처럼 꾸민 것이다.

싱크

상대의 전술에 당했다.

아레스는 고개를 흔들었다. 그 순간, 반투명 메시지 창이
나타났다.

**궁명 : 봉쇄 지역 중앙으로 갔던 게이머들이 전멸했습니다. 오늘
은 물러나야 할 것 같습니다.**

이를 악문 아레스. 이대로 실패할 수는 없다. 실패해서는
안 된다.

김현의 주먹이 명치로 파고들었다.

아레스는 그 순간 죽었고, 강제로 페플에서 쫓겨났다.

김현의 시야에 아까보다 훨씬 많은 창들이 연이어 나타났
다.

-레벨이 올랐습니다.

레벨 80대에 이른 김현은 반가운 메시지 창을 볼 수 있었
다.

-내공이 4갑자에 이르렀습니다.

이토록 빨리 4갑자가 될 줄은 상상도 못 했다. 김현으로서
싸웠기 때문일까?

아레스는 또 검을 잃었다.

두 번째였다.

첫 번째는 롭시스 국숫집에서, 오늘이 두 번째인데 같은

사람에게 빼앗긴 셈이었다.

그때, 목책을 뛰어넘어 두 사람이 달려왔다.

"음, 조금 늦었나요?"

엘프 레이첼이었다. 그 옆에는 성기사 규문이 서 있었다.

레이첼과 규문은 김현 앞으로 걸어 나갔다. 서로 다른 형태의 단검을 양손에 각각 쥔 레이첼과 왼손에 방패, 오른손에 롱소드를 든 규문은 전투 자세를 취했다.

눈살을 찌푸린 김현. 레벨은 올랐지만 몸은 엉망진창이었다. 내공의 그릇은 커졌어도 거기는 바닥이 드러나 있었다. 퀘르를 잡고 싸울까? 그랬다가 죽어 버리면?

'어쩌지? 밖으로 나가 버릴 수도 없고. 대체 왜 이렇게 안 오는 거야? 아! 드디어 왔군.'

김현은 고개를 들어 비 내리는 하늘을 올려다보았다.

레이첼과 규문도, 뒤에서 지켜보던 게이머들도 의심 없이 까만 하늘로 시선을 옮겼다.

무언가 허연 것이 날아왔다.

빠르게 다가온 건 날개 달린 사람이었다. 통통한 몸을 가진 드워프는 날개를 접으며 김현 바로 옆에 착지했다. 드워프의 발에 매달려 있던 엘프는 사뿐히 내려섰다.

"야, 너 미쳤지?"

벨란데르가 김현에게 속삭였다.

"정전이었어."

겨우 대답한 김현.

"……아무리 그래도 그렇지."

어이가 없는 벨란데르.

"이젠 괜찮아. 우리가 왔으니까."

바마퉁이었다.

긴장이 풀린 김현이 비틀거렸다. 겨우 붙어 있던 용현갑 조각 몇 개가 땅으로 굴러떨어졌다. 자잘한 상처가 무수히 많았다. 목과 옆구리는 조금만 깊게 돌 조각이 파고들었더라도 위험한 곳이었다.

레이첼은 그 틈을 놓치지 않고 단검을 앞으로 던졌다.

날아온 단검은 바마퉁의 추영이 튕겨 냈다.

김현의 상태를 염려하던 바마퉁은 그 비열한 기습에 이성을 잃었다. 아니, 마음의 끈을 일부러 놓아 버렸다.

추영은 길게 뻗어 나가 레이첼의 발목을 잡아서 던져 버렸다. 수십 미터나 날아간 레이첼의 황금빛 머리카락이 너풀거리며 추락 속도를 늦추었다.

그사이, 벨란데르는 불의 정령 슈뢰딩거를 소환했다. 꾸준히 가스 불의 힘을 흡수했던 슈뢰딩거는 날렵한 표범을 거쳐 맹렬한 암사자처럼 성장했다.

슈뢰딩거가 화염을 뿜자, 규문은 신성력이 주입된 방패로 겨우 버텨 냈다.

'보통이 아닌걸. 방심했다가는 당하겠어.'

규문은 성기사 특유의 방어력을 보여 주며 조금씩 전진을 시작했다.

본격적인 전투가 시작되려는 순간, 검은 해일이 몰려왔다. 놀란 게이머들은 목책 너머로 달아나려 했지만 그 파도가 훨씬 빨랐다. 허락을 받은 장소, 사람들이 거주하는 건물을 제외한 모든 곳이 흑해에 잠겼다.

누구도 앞을 볼 수 없었다.

아무것도 들리지 않았다.

바다는 삼켜 버린 것들의 생명력을 빠르게 흡수했다. 레벨이 낮은 게이머들이 먼저 사망했고, 강제로 접속이 끊겼다. 망량은 바닷속 물고기처럼 자유롭게 헤엄치며 오감을 빼앗겨 자기가 어디 있는지도 모르는 이방인들의 피와 살을 빨았다.

빙령은 쉽게 이방인 내부로 파고들 수 있었다. 천야장 퍼브가 뿜어낸 증오의 바다 덕분이었다.

게이머들은 생생한 꿈을 꾸었다. 바로 빙령의 생전 기억 일부였다. 화령은 이방인을 태웠고, 목령은 뿌리로 옥죄었으며, 금령은 뾰족한 침으로 내부를 유린했다.

"자네는 누군가?"

검은 형체가 어렴풋이 보였다.

김현은 그 목소리를 알아차렸다.

"노바딥니다."

"자네가? 이상하군. 그 녀석 같은데, 또 그 녀석은 아닌 것 같단 말이야."

천야장 퍼브는 김현 주위를 맴돌았다. 먹잇감을 살피는 범고래의 행동 같았다.

몰려오는 두려움.

천야장을 설득하지 못하면 죽고 말 것이다.

김현은 급히 설명했다, 어떻게 이곳으로 들어왔는지. 천야장은 그저 듣기만 했다. 압축된 이야기는 곧 끝났다.

"흥미롭군."

"그렇습니까?"

김현은 천야장이 이계, 커넥터, 가상현실 등의 개념을 어디까지 이해하고 있는지 확신할 수 없었다. 어쩌면 자기 식으로 해석했는지도 모른다.

"자넨 밖으로, 자네의 세계로 나가고 싶겠지?"

"봉쇄 구역으로 들어온 이방인들을 밖으로 쫓아낸 후에 나갈 생각입니다."

"이방인들은 모두 죽었네. 정확하게 말한다면, 자기 세계로 추방된 셈이지."

"……그런가요?"

김현은 도와주러 왔다가 죽어 버린 벨란데르, 바마통의 황당해하는 표정을 잠시 떠올렸다. 입가에 미소가 스쳤다.

"한 가지 약속을 한다면 자네를 보내 주겠네."

"듣고 있습니다."

"이계라는 곳, 구경하고 싶네."

"……."

생각도 못 한 요구였다.

"자네가 이곳으로 올 수 있다면, 내가 그곳으로 갈 수도 있지 않겠나?"

"알겠습니다."

"가능하다는 건가?"

"스노빈의 작업이 끝나면, 어르신께 이계를 보여 드리겠습니다. 하지만 제게도 약속을 해 주셔야 합니다."

"무슨 약속?"

"보기만 하셔야 합니다."

"하하, 알겠네."

그 순간, 김현 주위를 감싸던 검은 바다가 물러갔다. 휴우, 숨을 내쉰 김현은 즉시 페플을 떠났다.

커넥터 밖으로 나온 배혜진은 소파에 털썩 주저앉았다.

이번 퀘스트가 이런 식으로 끝날 줄은 상상도 못 했다. 대체 그 녀석은 누굴까?

노바디? 얼굴 크기로 볼 때 노바디는 아니었다!

정보통인 최현석조차 예상 못 한 놈이 갑자기 튀어나왔다.

"……그 엘프, 안진후였어."

배혜진이 중얼거렸다.

그때, 핸드폰 벨이 울렸다.

슬쩍 화면을 본 배혜진의 눈이 커졌다. 안진후였다.

손을 뻗었지만 결국 받지 않았다. 받을 수 없었다.

"지금은 아니야."

배혜진은 호텔 전화로 공지우에게 연락했다. 오늘 일을 의논하고, 마무리 짓기 위해서였다.

쥐고 있던 컵이 박살 났다. 최현석은 손에 박힌 유리 조각을 하나씩 뽑아내면서 이를 갈았다.

"역시 센스는 무시할 수 없어. 모네타 길드 소속 각성자를 둘이나 부를 줄이야."

공지우, 조규문이 나타날 줄은 상상도 못 했다.

두 사람의 참가로 그 퀘스트는 복용자 배혜진이 마음대로 게이머를 동원하여 벌인 행동이 아니라 각성자가 참여한…… 외부적으로는 주도한 계획으로 보일 것이다.

배혜진이 공개적으로 실패하여 망신을 당하면 세븐 길드의 마스터 자리 역시 흔들릴 것이다. 유니온은 그 자리를 누군가 똑똑하고 믿을 만한 사람에게 맡겨야 할 텐데, 최현석이 보기에는 바로 자신이 적임자였다.

화장실로 가서 손을 씻은 최현석. 따가운 통증에 오히려 살아 있다는 쾌감이 느껴졌다.

"기회는 또 오겠지."

마음을 가라앉힌 최현석은 복도로 나갔다.

당신, 낚였어

"이 시간에 가도 될까?"

박용준이 조심스럽게 물었다.

"당연히 되지."

안진후는 빠르게 올라가는 택시미터기를 힐끔 쳐다봤다. 통장에 있는 돈만 생각해도 요금은 신경 쓰지 않아도 되지만, 사람 심리란 게 참으로 괴상해서 왜 저리 빨리 돈이 올라가는지 생각하게 만든다.

가로등 불빛이 빛과 어둠을 나눴다. 창밖을 쳐다보던 안진후는 문자를 받고 폐플로 들어갔을 때 그 난장판 가운데 피를 흘리며 서 있던 김현을 떠올렸다.

"미친놈."

"뭐?"

박용준이었다.

"아무것도 아냐."

아무리 정전이라고 해도 맨몸으로 거길 들어가다니. 만약 죽기라도 했다면? 상상만으로도 등골이 서늘했다.

택시는 아파트 단지 앞에 섰다.

서늘한 공기가 낙엽을 휩쓸고 지나가는 동안, 두 사람은 차에서 내려 아파트로 걸어갔다. 엘리베이터를 탈 때까지 둘 다 입을 다물었다.

"김현 어머니는 주무실 텐데."

박용준이 중얼거렸다.

피식 웃은 안진후는 김현에게 전화를 걸었다. 엘리베이터에서 내리자 김현이 현관문을 열었다. 두 사람은 최대한 조용히 김현 방으로 들어갔다. 방문이 닫혔다.

소파 옆에 놓인 스탠드에서 흘러나오는 빛은 마치 어두운 바다에 우뚝 선 등대 같았다.

김현은 녹색 회복약을 마시고 있었다. 살점이 파헤쳐진 듯한 상처가 희미한 흔적으로 남아 있었다.

"이 자식아!"

안진후가 김현의 멱살을 잡았다. 놀란 박용준은 어쩔 줄 몰랐다.

김현은 그 손을 뿌리치지 않았다. 대신 가만히 서서 친구를 바라볼 뿐이었다.

"너, 죽을 뻔했어!"

소리 죽인 음성이 파르르 떨렸다.

"너와 용준이가 날 살렸어."

김현이 한 말.

안진후는 뒤로 물러섰다. 눈에 눈물이 맺혀 있었다. 얼른 소매로 닦으며 돌아서는 안진후.

"앞으론 안 그럴게."

김현의 목소리에는 묘한 힘이 담겨 있었다. 별 내용이 아닌데도 가슴 뭉클하게 만드는 느낌.

"한 번만 더 그래 봐. 죽여 버릴 거야."

안진후는 소파에 털썩 앉았다.

그제야 숨을 쉬는 박용준.

김현은 의자를 가져와 앉은 후, 무슨 일이 벌어졌는지 자세히 설명했다. 안진후, 박용준은 조용히 듣기만 했다. 말솜씨가 별로 없지만 김현의 설명에는 현장감이 듬뿍 담겨 있었다. 안진후와 박용준은 자신도 모르게 손을 움켜쥐었다.

이야기는 끝났다.

"세븐 길드가 왜 봉쇄 구역을 노린 거야?"

안진후가 물었다.

"아마도 소환진 위치를 찾으려는 모양이야."

천천히 고개를 끄덕인 안진후는 이후의 계획이 궁금했다.

"앞으론 어떻게 할 건데?"

"좋은 생각이 있긴 해."

김현은 평소의 그답지 않게 약간은 영악한 표정을 지었다. 그리고 아이디어를 설명했다.

갑자기 박수를 쳤다가 얼른 멈추는 안진후. 그만큼 아이디어가 마음에 들었던 것이다. 박용준도 깜짝 놀랄 만큼 좋은 계획이었다.

"그 회복약, 한 병 줄래?"

"어디 아파?"

"그런 건 아냐. 페플 아이템이 여기서 얼마나 효과적인지, 얼마나 지속되는지 알아보고 싶어서."

김현은 인벤토리에서 회복약 세 병을 꺼내어 안진후에게 건넸다.

"땡큐."

두고 갈까 봐 회복약 세 병을 모두 방문 옆에 두는, 지나치게 진지한 안진후.

박용준과 김현이 동시에 웃음을 터트렸다.

그때, 들리는 노크 소리.

김현이 문을 열었다.

쟁반을 든 엄마가 서 있었다. 사과가 담긴 접시와 주스 세 잔이 쟁반에 놓여 있었다.

"조금만 기다려. 곧 아침 같이 먹을 테니까."

엄마는 하품을 하며 밖으로 나갔다.

"우리가 시끄럽게 떠들었나 봐."

박용준이 속삭였다.

"이왕 이렇게 된 거, 다 같이 아침 먹자."

김현이었다.

"난 그러려고 왔는데."

뻔뻔한 안진후.

또 박용준, 김현이 깔깔 웃었다.

사르락거리는 커튼.

천장에서 일렁거리는 그림자.

눈을 뜬 겔란드는 몸을 일으키려다 달려드는 고통에 신음을 흘렸다.

팔과 가슴, 옆구리에 감긴 붕대에서 약초 냄새가 났다. 손에 걸리는 담요는 푹신했지만 누워 있는 침대는 허리가 아플 만큼 딱딱했다.

어젯밤이 기억났다.

꽉 움켜쥐는 주먹, 힘줄이 도드라지는 팔뚝 그리고 찌푸려진 얼굴.

겔란드는 콜마와 스노빈이 공을 들여 만든 기문주술진의

생문을 막으려 했었다. 몰려든 이방인들은 기문주술진에 휘말려 애를 먹었는데, 늦게 나타난 젊은 이방인 여자의 실력은 상상을 초월했다.

창처럼 변하는 그 검!

몸이 떨렸다. 공포를 느낀 것이다.

더 놀라운 건, 이방인을 막는 또 다른 이방인의 등장이었다.

삐걱, 문 열리는 소리가 들렸다. 마룻바닥이 비틀리는 소음이 발소리처럼 다가왔다.

"대사형, 일어나셨군요."

콜마의 목소리는 언제 들어도 모닥불의 온기가 느껴진다.

"장로라고 해야지."

'장로'라는 호칭이 마음에 들지 않지만, 콜마의 설득에 넘어가고 말았다.

"머리는 멀쩡하군요. 다행입니다."

"어젯밤, 누구였지?"

콜마는 그 질문의 뜻을 즉시 알아차렸다.

"마스터였습니다."

"……그렇지?"

그 이방인의 얼굴은 노바디와 달랐다. 그러나 몸으로 펼치는 수라부월공은 노바디의 것이었다. 분신술과 현섬까지 고려한다면 그 이방인은 분명히 노바디였다.

콜마는 의자를 가져와 옆에 앉았다. 몸이 의자를 누르자 바닥이 삐걱 소리를 냈다.

"이제부터 들려 드릴 이야기가 있습니다."

"좀 겁이 나는걸."

젤란드는 마른침을 삼켰다. 콜마가 저토록 진지한 걸 본 적이 있었나?

콜마의 설명이 시작되었다.

점점 입이 벌어지고 얼굴에서 핏기가 빠지는 젤란드.

이야기는 끝났다.

"넌 그걸 알고도 멀쩡하구나."

"그렇게 보일 뿐입니다, 장로님."

"난 아무래도 소화하기 힘들 것 같다."

"혼란은 이해의 출발점이니까요."

콜마는 가져온 컵을 들어 올렸다. 회복을 도와주는 약초 즙이 가득 들어 있었다.

젤란드는 그 나무 컵을 받아 단숨에 마셨다.

"그건 그렇고 이방인들, 다시 올까?"

젤란드는 놈들이 몰려들면 막을 방법이 없음을 잘 알았다.

"제정신이라면 올 리가 없습니다."

콜마는 젤란드를 부축해 일으켰다. 이를 악문 젤란드는 콜마의 도움을 받아 창가로 걸어갔다. 창문 너머 광경을 본 젤란드는 할 말을 잃었다.

검은 물이 건물을 에워싼 채 일렁거렸다. 빈민들이 들어와 사는 이 건물을 제외한 봉쇄 구역 전체가 끈적끈적한 어둠에 뒤덮여 있었다.

"테네파르 인스푸모의 변형인 마레, 즉 흑해입니다. 이방 인은 들어오지 못합니다."

그 신중한 콜마가 단언했다.

"다행이군."

"저쪽은 불행일 겁니다."

콜마는 마레의 끝자락을 가리켰다.

천야장 퍼브가 뿜어낸 어둠의 바다는 목책을 삼키고 그 밖으로 영역을 확장하고 있었다. 마법사들이 어떻게든 막으려 다양한 마법을 쏟아붓고 있지만, 벌써 열 채가 넘는 건물들이 망량에게 먹혀 버렸다.

"어떻게 된 거지?"

"제 생각엔, 이방인들의 힘을 천야장이 역이용한 것 같습니다."

"……그렇군."

겔란드는 긴장이 풀렸다. 적어도 당분간은 안전하기 때문이다.

콜마가 겔란드를 침대로 데려가 눕혔다.

"푹 쉬세요."

눈을 감은 겔란드는 곧 잠이 들었다.

겔란드의 몸 상태를 살핀 후, 콜마는 창가로 걸어갔다. 넘실대는 마레가 저 아래에 있었다.

'여기는 이제 안전해. 문제는 저 바깥이겠지. 테네파르 인스푸모가 확장되고 있으니 이 근처에 건물을 소유한 사람들은 물론 상단, 귀족 그리고 시장까지 민감해지겠지. 목책을 새로 만들겠지만, 그렇다고 해서 마레의 확장을 멈출 수는 없어. 그들이 어떻게 나올지는 뻔해. 문제는 우리의 대응이야. 마스터께 맡겨야겠어. 이번 일로 그 역량을 어느 정도는 가늠해 볼 수 있겠지.'

콜마는 팔짱을 낀 채 그다음의 계획을 궁리하기 시작했다.

스노빈은 이마의 땀을 훔쳤다. 그동안의 노력이 시야에 잡혔다.

반운이혼진.

해와 달 그리고 각 행성들의 운행에 맞춰 천천히 쌓아 올린 주술진은 마지막 단계만 남겨 놓고 있었다.

"잠시 쉬는 게 좋겠군."

천야장 퍼브였다. 그가 보기에도 지금의 스노빈에게는 휴식이 필요했다.

비틀거리며 망량의 공간에서 나온 스노빈은 계단으로 접

어들었다.

　바깥은 깜깜했지만 '화삼'이 따라와 빛을 밝혀 발을 헛디딜 염려는 없었다. 공기에서 묻어나는 냉기도 화삼이 뿜어내는 열기에 다가오지 못했다.

　종령과 빙령이 주위를 맴돌았다. 마치 보이지 않는 얼음 조각들이 피부를 스치며 날아다니는 느낌.

　다행히 익숙해져서 조금도 무섭지 않았다. 오히려 친근한 느낌마저 든다. 가끔은 곁에 있는 망량의 생전 기억이 마음으로 젖어 들기도 한다.

　화삼은 천야장 퍼브를 위해 목탄을 생산하는 숯쟁이였다. 나무를 베어다가 가마에 넣고 숯을 만드는 과정은 그에게 희열 그 자체였다. 삶을 그 작업에 쏟아부었지만 하루아침에 배신자로 몰렸고, 거기서 목숨이 끝나고 말았다.

　천야장 퍼브가 이끄는 사람들은 대부분 억울하게 죽었다. 그 한이 그들을 망량으로 만든 것이다.

　죽음의 바다, 마레를 벗어난 스노빈은 눈부신 햇살을 손으로 가렸다. 이곳은 낮이었다.

　화삼은 원래 있던 곳으로 돌아갔다.

　물끄러미 그 모습을 지켜보던 스노빈은 뛰어노는 아이들을 지나쳐 건물 지하실로 내려갔다. 어젯밤 여기서 벌어진 일은 이미 알고 있었다.

　널찍한 지하실 바닥에는 이방인들이 두고 간 칼, 도끼, 방패, 팔찌, 목걸이, 반지, 투구 등 값진 물건들이 놓여 있었다. 그중 몇 개만 슬쩍 가져도 단단히 한몫 챙길 수 있을 텐데도 노바디의 도움을 받아 건물에 입주한 사람들은 지하실로 옮겨 놓았을 뿐 단 하나도 건드리지 않았다.

스노빈이 손을 뻗어 새하얀 반지 하나를 어루만지며 속삭였다. 입에서 흘러나온 주술이 반지를 에워싸자 거기서 환한 빛이 흘러나왔다.

"음, 이놈은 빛의 마탑 투스텔라에서 만들어졌군."

그런 식으로 물건의 가치와 제작된 곳, 시기를 하나씩 알아 나가는 현자.

콜마가 다가왔다.

눈인사를 주고받는 두 사람.

콜마도 분류 작업을 돕기 시작했다. 콜마는 주술이 아니라 예리한 안목으로 물건의 가치를 알아보았다.

"휴우."

한숨을 내쉬는 스노빈.

방패의 테두리를 꼼꼼히 살피던 콜마가 고개를 들어 현자를 바라보았다. 그 시선을 느낀 스노빈이 피를 토하듯 말했다.

"이건 원래 우리 것이었습니다. 여기 있는 무기와 마법 물품 모두 이 땅에 속한 사람들, 우리 선조들이 피땀 흘려 만들어 낸 겁니다."

"우리 선조들이 몬스터에게 빼앗긴 것을 이방인이 대신 찾아온 것이지요."

콜마는 차분했다.

"이방인의 위세는 점점 커질 겁니다. 우려하지 않을 수 없습니다. 여기 있는 물품만 봐도…… 이방인이 얼마나 강한지 알 수 있습니다."

"진심을 말씀하세요."

부드럽게 말하는 콜마.

그 말을 듣는 순간, 스노빈은 미처 알지 못했던 '진심'을 깨달았다. 콜마는 젊은 시절의 대현자 파르소겐 같은, 묘한 재능의 소유자였다.

"노바디를, 섬바디 길드의 마스터를 어디까지 신뢰할 수 있을까요? 그가 좋은 사람이라는 건 분명하지만, 그래도 이방인입니다. 결국에는 이방인 편에 서지 않겠습니까?"

"두렵나요?"

스노빈은 입을 꾹 다물었다. 긍정을 뜻하는 침묵이었다.

빙긋 웃은 콜마가 말을 이었다.

"나는 마스터가 이방인이라서 오히려 다행이라고 생각합니다."

"……무슨 뜻입니까?"

"마스터는 이방인이기에 선입견이 없어요. 차별도 없고, 따라서 출신이나 계급도 따지지 않지요. 가문, 계급, 마탑이나 무문 같은 조직에서 완전히 자유로운 분이십니다."

싱크

"그, 그건 그렇지만."

"하이엘프 셀레스카르, 왕세자 론투엘, 녹색날개 엘프 일족의 아로간타르, 뮤카멘 백작가의 체리, 데프 상단의 트로만, 암연 용병대의 핀토, 시그나 대신전의 테르툰 그리고 전직 용병이자 태천문의 무공을 전수받은 겔란드 장로, 한낱 촌부에 불과한 나, 마지막으로 현자 집단 호지센의 회주를 동시에 품을 만한 사람이 룬트란 왕국에 있을 것 같습니까?"

"……."

스노빈의 눈이 부풀듯 커졌다. 콜마의 설명에 담긴 거대한 시야 때문이었다.

콜마는 노바디를 통해 하이엘프, 왕족, 엘프 일족의 후계자, 귀족, 상단, 용병대, 무문, 신전 그리고 현자를 포함한 거대한 세계의 형성을 바라보고 있었다.

"회주의 고충은 잘 알고 있어요. 나 역시 같은 고민을 할 수밖에 없으니까요."

"그렇습니까?"

"바로 그 때문에 책사의 자리를 스스로 맡았습니다. 마스터께서 올바른 길로 가도록 겔란드 장로가 앞에서 끌면, 나는 뒤에서 밀 수 있기 때문입니다."

"아!"

스노빈은 감탄하지 않을 수 없었다. 이 서생은 어디까지 내다보고 있을까? 왜 이런 인물이 지금까지 알려지지 않았을까 싶었다.

"혹시 요즘 이상한 꿈을 꾸고 있지 않습니까?"

콜마가 물었다.

"설마……?"

"맞습니다."

"……보통 꿈은 아니라고 생각했습니다만."

"만약 마스터께 충성을 맹세하신다면, 꿈과 관련된 진실을 알려 드리겠습니다."

콜마는 더없이 진지했다.

"맹세, 쉬운 요구는 아니군요."

스노빈은 자신의 위치를 잊지 않았다. 호지센의 회주는 수백 명에 달하는 현자들을 이끄는 자리였다.

"책사로서 나는 맹약하는 사람에게만 그 진실을 알릴 생각입니다."

"중요한가 봅니다."

"이제까지 내가 배워 왔고, 궁리하여 알아낸 어떤 것보다도 중요합니다."

그 단언에 스노빈은 호기심이 동했다. 만약 이 맹세가 호지센에 해가 된다면 회주 자리, 던져 버리면 그만이다.

"맹세합니다."

"의외로 결단이 빠르군요."

"지금 그 진실을 듣지 못하면 아마도 오늘부터 잠자기는 틀렸을 겁니다."

"하하, 맞는 말입니다."

"자, 이제 알려 주십시오."

콜마는 머릿속에 차곡차곡 정리된 진실을 하나씩 풀어 놓기 시작했다.

스노빈의 눈이 커졌고, 입은 쩍 벌어졌다.

김현은 오후 늦게 일어났다.

화장실에 가서 오줌을 누고 물을 마신 후 베란다로 나가서 여전히 파릇파릇한 상추를 어루만졌다. 식탁에는 엄마의 정성이 듬뿍 담긴 점심이 차려져 있었다. 상추를 따다가 쌈을 먹은 후, 샤워했다.

햇살에 잘 마른 옷을 뽀송뽀송한 몸에 걸치자, 날아갈 듯 기분이 좋아졌다.

"들어가 볼까."

커넥터 앞에 선 김현.

뚜껑을 열고 커넥터 안에 앉아서 접속하려는 순간, 지난밤 페플에서 벌어진 일이 한꺼번에 떠올랐다. 어떻게 그 사건을 잊고 편히 잘 수 있었을까?

"휴우."

김현은 섬광이 터지기 전 눈을 감았다.

"비켜!"

노바디가 처음 들은 건 고함이었다.

몸을 돌린 노바디는 다가오는 짐마차를 보고는 재빨리 옆으로 피했다.

통나무가 실린 짐마차는 달그락거리며 노바디를 스치듯 지나갔다. 그 뒤로도 목재를 실은 짐마차들이 줄을 지어 다가오고 있었다.

목적지는 봉쇄 구역이었다.

노바디는 짐마차를 따라서 걸었고, 곧 무슨 일이 벌어졌는지 알 수 있었다.

목책이 새로 만들어지고 있었다!

건장한 인부들이 통나무의 한쪽을 날카롭게 깎았고, 일부는 땅을 파고 나머지는 통나무를 구덩이에 박는 작업을 진행하고 있었다.

이미 세워진 목책에는 마법사, 신관 들이 달라붙어 망량이 외부로 나오지 못하도록 막는 방어 마법진과 신성 마법을 설치하는 중이었다. 그들의 목적은 단 하나, 망량을 목책 안에 가두는 것이다.

노바디는 목책 너머에서 일렁이는 검은 바다를 바라보았다. 이방인들을 모조리 쓸어버린 저 새까만 기운은 조금씩 영역을 늘리고 있었다.

"노바디야."

"저 사람이?"

"진짜라니까."

속삭이는 소리가 조금씩 퍼져 나갔다.

공사 소음이 뚝 끊겼다. 인부들은 물론 마법사, 신관 그리고 염려 가득한 얼굴로 현장을 살피던 귀족과 상인 들까지 노바디를 쳐다보고 있었다.

노바디가 앞으로 걸어가자 사람들은 둘로 나뉘어 길을 텄다. 그들의 얼굴에서 약간의 호기심과 거대한 두려움을 감지한 노바디는 성큼성큼 봉쇄 구역으로 들어섰다.

검은 바다 마레는 마치 기다린 것처럼 갈라져 노바디를 환영하는 것 같았다.

"멍청하게 가만히 서 있을 거야? 어서 일해!"

거친 명령이 뒤에서 들렸다.

노바디는 좁은 터널을 걷는 기분이었다. 몽글몽글한 검은 벽은 살아 있는 동물의 피부 같았다. 손을 뻗어 만지려 하자, 안으로 쑥 들어가 버렸다.

마레 안에서 자유롭게 헤엄치며 돌아다니는 망량들이 눈에 띄었다.

평소보다 또렷했으며, 놀랍게도 생전의 모습에 가까웠다. 보기만 해도 심장이 덜컥 내려앉는 해골이나 구더기가 득시글대는 상처는 더 이상 없었다.

위를 올려다본 노바디는 탄성을 터트렸다.

'물고기들이 몰려다니는 아쿠아리움 수중 터널 같아.'

터널은 끝났다.

아이들은 평소처럼 건물 앞에서 뛰어놀고 있었지만, 언제든지 안으로 달아날 수 있을 만큼 가까운 곳에 있었다. 창문에서는 아이들을 살피는 부모의 시선이 느껴졌다. 그중 일부는 노바디를 향해 의심의 눈초리를 뿌리고 있었다.

'그럴 만도 해.'

노바디는 건물로 들어섰다.

콜마와 겔란드가 그를 기다리고 있었다.

"장로도, 회주도 알고 있습니다."

콜마가 말했다.

노바디는 그 뜻을 즉시 알아차렸다. 어젯밤 일뿐 아니라 이곳 페플과 현실 사이의 관계에 대해서…… 각성에 대해서 이야기를 한 것이다.

콜마는 그 어떤 진실도 씹어서 소화시킬 수 있는 사람이었다. 그에 비해 겔란드는 여전히 혼란스러운지 표정이 어둡고 눈빛이 흔들렸다.

"복잡할 건 없습니다. 그냥 절 여기 사람으로 생각하시면 됩니다."

"……알겠습니다."

겔란드가 마지못해 고개를 끄덕였다.

콜마가 노바디를 한쪽으로 데려갔다.

"사람들이 불안해하고 있습니다."

"저도 느꼈습니다."

"마스터께서 직접 만나셔야 합니다."

"……제가요?"

노바디는 그 일에 콜마가 적격이라고 생각했기에 적잖이 놀랐다. 누구보다도 말을 잘할 뿐 아니라 사람의 마음도 꿰뚫는 콜마라면 그들이 마음을 놓을 텐데.

"한두 마디면 됩니다. 그리고 그들을 살펴보세요, 마스터의 말이 얼마나 위력 있는지."

콜마는 부드럽지만 단호했다. 협상의 여지는 없다, 그 일을 맡을 사람은 마스터다. 콜마는 목소리뿐 아니라 온몸으로 뜻을 전하고 있었다.

"자신 없는데요."

"마스터."

"말씀하세요, 책사."

"마스터는 자신감으로 똘똘 뭉친 사람입니다. 마스터께서 할 수 없는 일은 세상 누구도 할 수 없습니다."

"설마요."

"저보다 똑똑한 사람을 본 적 있으신가요?"

"없습니다."

"그러면 절 믿으세요. 제가 보기에 마스터는 그런 분이니까요. 자, 남자답게 밖으로 나가서 사람들을 만나세요. 마스터가 모든 걸 설명할 필요는 없어요. 그저, 사람들이 무엇을 원하는지 생각하시고 말씀하세요. 그러면 됩니다."

최면에 걸리면 이런 느낌일까.

노바디는 갑자기 가슴이 부풀어 오르는 것만 같았다. 사람들 앞에서 말문이 막혔을 때의 당혹스러움이 아니라, 그들을 안심시킨 후의 흐뭇함이 뭉게구름처럼 솟아올랐다. 자신이 아니면 누구도 할 수 없다는 확신과 함께.

혼자 4년 가까이 방에 처박혀 있었기에 누군가와 터놓고 대화를 하는 게 그리 쉽지 않았다. 특히 어른과는 어떤 이야기를 해야 할지 감을 잡기 어려웠다.

노바디에겐 기적 같은 일이 벌어졌다. 사람들 앞에 섰고, 평소처럼 말문이 막혔다. 거기까지는 예상 가능한 일이었다. 반전은 그다음에 일어났다.

사람들이 말하기 시작했다.

노바디는 콜마의 조언대로 그들의 얼굴에서 무엇이 필요한지 찾아내어 입으로 돌려주기만 하면 되었다. '괜찮습니다.', '문제는 해결됐습니다.', '제가 책임지겠습니다.' 같은 대답에 염려와 슬픔은 태양 앞 안개처럼 사라졌다.

노바디는 자기가 내뱉은 별것 아닌 말에 이런 변화가 가능하다는 사실에 깜짝 놀랐다. 마법보다 더 경이로운, 진정한 마법이랄까.

차원이 다른 경험이 이어졌다.

노바디는 그들이 자신을 얼마나 신뢰하는지, 얼마나 의지하는지 느낄 수 있었다. 신기하면서도 짜릿한 순간이 이어졌다. 저 사람들은 자신을 올려다보고 있었다. 이렇게 같이 서 있는데도 그들의 눈은 우러러보고 있었다.

건물을 한 바퀴 돌자 콜마가 다가왔다.

"어떠셨습니까?"

"책사는 정말 대단한 분이에요."

"느끼셨군요."

"네."

"더 무거워질 겁니다."

"제가 버텨 낼 수 있을까요?"

"마스터께서 버텨 낼 수 없으면……."

"세상 누구도 버텨 낼 수 없다는 건가요?"

"잘 아시네요."

"아무래도 제가 책사를 잘못 본 모양입니다. 올곧고 지혜로운 분인 줄 알았는데, 사기도 아주 잘 치십니다."

"사기라니요? 절대 아닙니다. 전 벨란데르와 바마퉁을 통해 마스터께서 시간이 느리게 흐르는 만계에서 얼마나 오랫

동안 수련을 하셨는지 알고 있습니다. 무엇이 마스터로 하여
금 그토록 철저하게, 그토록 끈질기게 수련하게 만들었는지
저는 알지 못하지만, 한 가지는 확실합니다. 마스터만큼 의
지가 굳은 사람은 세상에 거의 없습니다."

"……."

노바디는 할 말을 잃었다. 콜마가 디월드 뎁스 파이브에서
의 일까지 알고 있을 줄이야.

벨란데르와 바마퉁이 콜마에게 직접 그 이야기를 했을 리
는 없다. 두 사람 사이의 대화를 통해 알아낸 몇 가지 단편적
인 사실을 조합하여 진실을 찾아낸 것이리라.

'무언가를 숨기고 싶다면 이 사람 앞에서는 아예 입을 다
무는 게 낫겠다.'

"아, 체리언 공녀께서 마스터를 뵙고 싶다는 전갈을 보내
왔습니다. 그걸 깜빡 잊었습니다."

"체리가요?"

"당장은 하실 일도 없으니, 던전으로 가 보세요."

"……그럴까요?"

노바디는 체리를 떠올렸다. 만약 체리가 현실로 나온다면
하루가 멀다 하고 연예 기획사 관계자로부터 명함을 받을 것
이다.

마레를 거슬러 목책이 만들어지는 곳으로 나오자, 또 한
번 공사가 중단되었다. 멀쩡하게 걸어서 나오는 노바디를 바

라보는 그들의 눈에는 공포가 어려 있었다.

키가 크고 복장이 화려한 남자가 다가왔다. 50대 후반이나 60대 초반으로 뚱뚱한 사람이었다.

"자네가 노바디인가?"

대뜸 하대하는 사내.

노바디는 그를 물끄러미 쳐다보았다.

"나는 코티스 바젠이라고 하네."

"바젠 후작?"

"……."

눈살을 찌푸린 늙은 귀족이 가느다란 눈으로 노바디를 쏘아보았다.

"당신은 내가 누구인지 알고 있소. 내 위치가 어떤지도 알고 있고. 그러니 말조심하는게 좋을 거요."

노바디는 자기가 이토록 능숙하고 노련하게 말할 거라고는 상상도 못 했다.

"하하하, 과연 배포가 왕세자 저하의 대사형답군요."

껄껄 웃는 귀족.

어느새 제법 많은 사람들이 바젠 후작 뒤로 몰려와 있었다. 그들의 시선에는 적의가 가득 담겨 있었다. 여차하면 무기를 뽑을 것 같은 분위기였다.

"여기 있는 사람들이 누군지 아시오? 바로 망량이 뿜어낸 독기로 건물을 잃은 사람들이라오. 그뿐 아니라 이번 재앙으로 피해를 본 상인도 아주 많소."

바젠 후작이 말하자, 기다린 것처럼 뒤에 선 사람들이 맹렬하게 소리를 질러 댔다.

그중 한 사람이 돌멩이를 던졌다. 제법 강력한 힘이 깃든 돌팔매질이었다.

탕.

노바디는 가볍게 타각을 펼쳤다. 의외로 위력적인 기운이 뻗어 나가 날아오는 돌을 멀리까지 튕겨 냈을 뿐 아니라, 바젠 후작과 뒤에 있는 사람들을 뒤흔들었다.

'아, 내공이 4갑자로 올랐지.'

어깨를 올렸으나 노바디는 사과할 마음은 조금도 없었다.

깜짝 놀란 바젠 후작이 눈을 껌벅거렸다. 그러나 곧 정신을 차리고 이곳에 온 이유를 밝혔다.

그 이야기를 듣던 노바디는 기가 막혔다.

'이 사람들은 크게 오해하고 있어. 내가 망량을 수족처럼 부린다고? 땅을 차지하려고? 그래서 저렇게 화가 나서 쏘아보는구나.'

그제야 사람들이 분노한 이유를 알 수 있었다.

진실을 설명해도 그들에겐 통하지 않았다. 다들 노바디가 이번 재앙의 원흉이라고 믿어 의심치 않았던 것이다.

노바디는 뒤를, 햇살 아래에서 물결치듯 일렁이는 마레를 바라보았다. 콜마는 이런 사태를 전혀 몰랐을까? 아니다! 그토록 현명한 책사라면 바깥 세계가 어떻게 반응할지 이미 세세한 부분까지 알고 있을 것이다.

'왜 아무 말도 안 했을까?'

질문을 던지는 순간, 답이 튀어나왔다. 이번 일을 자신에게 맡긴 것이다.

콜마는 도와주지 않는다. 스스로 해결해야 한다. 그 사실을 깨닫자, 흥분은 오히려 가라앉았다.

정신이 번쩍 들었다. 이번 일은 일종의 테스트였다! 콜마에게 칭찬을 받기 위해서는 어떻게 해야 할까?

노바디는 생각을 거듭하면서 바젠 후작과 그 뒤에 서 있는 사람들을 바라보았다. 조금 전 몇 마디 말로 위로하고 안심시켰던 부모들과는 전혀 다른 표정이었지만, 묘하게 비슷한 구석이 있었다.

두려움.

분노라는 가면 뒤에 공포가 숨어 있었다.

'뭐가 두렵지?'

노바디는 굉장한 결론에 이르렀다.

그들은 진심으로 노바디가 망량을 이용했다고, 그럴 만한 힘이 있다고 믿고 있었다. 그들은 노바디가 그 힘을 파괴적으로 이용할까 봐 무서워하고 있었다.

그들은 공포에 질려 있지만, 진심으로 저 사람들이 찾는 것은 희망이었다.

"좋습니다. 진실을 알려 드리죠."

노바디는 한숨을 내쉬었다. 그리고 말을 이었다. 사람들이 집중하도록 잠시 기다린 것이다.

"실은 제가 망량을 설득하여 막고 있습니다. 여러분도 아시다시피 저 독한 힘을 뿜어낸 망량은 어마어마하게 강합니다. 제가 아무리 이방인이라고 해도 그토록 강력한 망량을 마음대로 움직일 수는 없어요. 하지만 제가 만약 중간에서 막지 않았다면, 저 검은 바다는 지금보다 열 배는 더 늘어났을 겁니다."

바젠 후작의 얼굴이 새하얗게 질렸다. 뒤에 서 있는 사람들 중에 일부는 다리에 힘이 풀려 주저앉기까지 했다.

바젠 후작은 과연 노련했다. 금세 놀란 마음을 가라앉힌 후, 예리한 말투로 물었다.

"그걸 말씀이라고 하시오? 도저히 믿을 수 없소."

겨우 정신을 차린 사람들도 맞장구를 쳤다.

"그렇다면 따라오십시오. 망량을 이끄는 두령을 만나게 해 드리겠습니다. 최선을 다하겠지만, 안전을 보장할 수는 없습니다. 두령 앞에서는 저도 무서우니까요. 실은 수십 번이나 죽었습니다. 제가 얼마나 많이 죽었는지는 경비대원들이 알려 줄 겁니다. 그러니까, 용기 있는 분만 따라오세요."

아무도 나서지 않았다.

바젠 후작이 눈을 부라려도 결과는 같았다.

노바디는 그들이 무엇을 원하는지 알 수 있었다. 차분하게 들여다보기만 했는데도 마음이 읽혔다.

　"여러분의 뜻을 저도 잘 압니다. 저도 최선을 다하고 있습니다만, 두령이 워낙 까다로워서요. 그래서 도움이 필요합니다. 여러분이 도와주시면 검은 바다의 확장을 막을 수 있을지도 모릅니다."

　"말씀해 보시오."

　바젠 후작이었다.

　노바디는 속으로 웃었다.

　'당신, 낚였어.'

　더없이 진지한 태도를 취한 노바디.

　"두령은 지금 몹시 화가 난 상태입니다. 이방인의 대규모 습격 때문입니다. 그리고 제가 추측하기론 이방인이 죽으며 망량에게 흡수된 힘 때문에 검은 바다가 늘어나고 있습니다. 그러니 봉쇄 구역에 이방인의 출입을 금지해야 합니다. 특히 습격을 계획한 세븐 길드에 대한 엄격한 처벌이 있어야 할 겁니다."

　"일단, 시장님께 보고하겠소."

　바젠 후작은 고분고분했다. 더 이상 자기 뜻을 고수하지 않았다.

　"그리고 두령의 노기를 누그러뜨릴 수 있는 제물이 필요할 것 같습니다. 제가 알기로 두령은 금을 매우 좋아합니다만,

다른 보석도 거부하진 않을 겁니다. 서둘러야 합니다. 두령이 폭발하면…… 상상하기도 싫은 끔찍한 일이 벌어질지도 모릅니다."

"끔찍한 일이라니요?"

"도시의 절반이 검은 바다에 삼켜질 가능성도 완전히 배제할 순 없습니다."

"……."

패닉에 빠진 사람들. 바젠 후작도 예외는 아니었다. 빛의 도시 엘루마를 뒤덮은 검은 바다를 떠올린 늙은 귀족은 몸까지 떨고 있었다.

"시간이 없습니다."

"아, 알겠소. 당장 시장님께 말씀을 전하겠소."

바젠 후작은 황급히 마차 쪽으로 달렸다. 나머지 사람들도 그 뒤를 따랐다.

마차가 먼지를 뿌리며 시야에서 사라지자, 노바디는 참았던 웃음을 터트렸다.

그들은 희망을 원하면서도 공포라는 답을 정한 채 이곳으로 왔다. 만약 그들에게 정답을 들려주지 않았다면 이토록 쉽게 돌아가진 않았을 것이다.

그 순간, 노바디는 몸이 떨었다.

'혹시 나도 답을 정해 놓지 않았을까? 나도 내 마음에 품은 답 외에 다른 이야기는 무시하고 살지 않았을까? 확실히

지난 4년 동안은 그렇게 살아왔어.'

노바디는 콜마가 왜 그토록 지혜로운지 조금은 알 것 같았다. 콜마는 답을 미리 정하지 않는다. 그 상황에 맞추어 답을 찾아낼 뿐이다.

'또 하나 배웠구나. 콜마는 나를 가르치고 있어.'

첫 번째 레슨은 '속내를 드러내지 마라.'라면, 두 번째 레슨은 '답을 미리 정하지 마라.'였다.

노바디는 현섬을 펼쳤다.

던전은 여전히 붐볐다.

오랜만에 던전 입구 맞은편에 선 노바디는 기분이 이상했다. 고향에 돌아온 느낌이랄까.

"레벨 200대 초반 성기사 찾아요!"

"힐러 대환영!"

"어그로 잘 끄는 탱커 구합니다!"

게이머들이 고함을 질렀다.

NPC들 사이에서 지내서 그런지, 확실히 이방인들은 그 복장부터 달랐다. 화려했을 뿐 아니라, 그만큼 비싸고 강력한 아이템으로 무장하고 있었다.

노바디는 자기 몸을 살폈다. 게이머라고 할 수 없었다. 지나치게 평범했다. 여기서 사는 사람들, NPC처럼. 아이템이라고 해 봐야 영혼의 목걸이뿐이었다. 용현갑이나 사라젠의 비월은 인벤토리에 넣어 두었다.

그래서인지 누구도 노바디에게 다가와 파티에 들어오라고 말하지 않았다.

가끔 인형 탈처럼 커다란 얼굴을 보고 힐끔거리는 사람들이 있었다. 하지만 그들도 곧 신경을 끊었다. 노바디처럼 괴상한 스타일로 게임을 시작하는 유저들이 꽤 많았던 것이다.

노바디를 먼저 발견한 사람은 엘프 아로간타르였다.

"대사형!"

던전 입구에 서 있다가 달려오는 아로간타르.

녹색날개 일족의 엘프는 노바디를 꽉 안았다.

그제야 노바디를 발견한 사람들이 다가왔다. 바마퉁, 체리, 상인 트로만, 용병 핀토 그리고 신관 테르툰까지. 오랜만에 본 체리는 여전히 예뻤다.

바마퉁이 앞으로 나왔다.

"어떻게 온 거야?"

"책사가 보내서."

"잘 계시지?"

"그럼."

노바디는 바마퉁의 분위기가 달라졌음을 알아차렸다.

어딘지 모르게 무게감이 느껴진다. 던전 플레이를 통해 확실히 파티의 리더로 자리를 잡은 것이다. 은연중 아로간타르와 체리는 물론 트로만, 핀토, 테르툰까지 바마퉁을 중심으로 서 있었던 것이다.

트로만, 핀토와 악수를 나눈 노바디는 체리 앞으로 가서 섰다.

"날 찾았다면서?"

"그럼요, 제가 찾았죠. 그러지 않았다면 마스터께서 여기 오셨겠어요?"

앙칼지게 되묻는 체리.

노바디는 가만히 체리의 얼굴을 들여다보았다. 단단히 화가 난 표정이었다.

'왜 화를 내는 거지? 그런데 성을 내도 예쁘구나.'

노바디는 자신도 모르게 미소 지었다.

"웃음이 나와요, 지금?"

체리가 허리에 두 손을 척 올리자, 눈치 빠른 테르툰이 트로만과 핀토, 바마퉁, 아로간타르를 데리고 멀찍이 떨어졌다.

노바디는 아예 활짝 웃었다.

"응. 언제 봐도 기분이 좋은걸. 예뻐서 그런 것 같아."

"……"

갑자기 분노가 사라져 버렸다.

얼굴이 붉게 달아오른 체리.

"날 찾은 이유가 뭐야?"

"……전 마스터의 시중을 들어야 하는 사람이에요. 봉쇄 구역 안에 계속 있으면 제가 어떻게 마스터 옆에 있을 수 있 겠어요?"

"시중? 그런 말은 하지 말랬잖아."

노바디는 잠시 속으로 벨란데르를 욕했다. 벨란데르 때문에 체리는 스스로 시녀처럼 행동했던 것이다.

"알았어요. 그래도 비서관으로서 역할을 수행하려면 마스터 곁에 있어야 해요."

"그건 그러네."

일리가 있는 지적이다.

"지금부터 마스터를 수행하겠어요."

그 말이 체리의 입에서 나오는 순간, 반투명 창이 떴다.

퀘스트 NPC

유저 바마통의 NPC로 임시 등록되었던 체리언 델 뮤카멘이 복귀되었습니다. 퀘스트 창을 통하여 NPC의 상태를 확인할 수 있습니다.

체리는 노바디 옆에 붙어 섰다. 어떤 말로도 그 자리를 고수하겠다는 의지가 느껴진다.

다음은 아로간타르였다.

"저 역시, 앞으로는 대사형 곁을 절대 떠나지 않겠습니다."

노바디는 바마퉁을 쳐다봤다. 미안해서였다. 체리, 아로
간타르가 당장 빠지면 바마퉁이 이끄는 팀의 전력이 절반으
로 줄어들 터였다.

바마퉁은 웃고 있었다. 자신만만했다. 마치 이런 순간이
올 것을 대비한 것처럼.

미안하다는 말은 하지 않았다. 그런 표현을 할 필요가 없
을 만큼 가깝다고 확신했기 때문이다.

던전으로 들어서는 이방인들을 보자, 왠지 모르게 손이 근
질거렸다. 저 어둠으로 내려가서 한바탕 싸우고 싶어졌다.

그때, 낯익은 사람이 다가왔다.

"마스터!"

고개를 돌린 노바디는 그를 알아봤다.

"스노빈."

"여기 있었군. 잘됐어."

호지센의 회주는 커다란 나침반처럼 생긴 탐경을 들어 올
렸다. 탐경의 중앙에도 바늘이 달려 있는데, 바늘 끝이 암청
색으로 빛나고 있었다.

"여긴 어쩐 일이야?"

"찾았어."

"찾다니? 아, 제물 후보자를 찾은 거야?"

"맞아."

"어디 있어?"

"여기."

스노빈은 탐경을 앞으로 내밀며 체리를 바라보았다. 탐경 속 바늘은 이리저리 흔들렸지만, 나침반이 북쪽을 가리키듯 정확히 체리 쪽으로 움직였다.

깜짝 놀란 체리.

노바디의 눈이 커졌다.

"책사와 함께 세운 계획이 있는데."

"말해 봐."

궁금해하는 노바디를 보며 스노빈은 씩 웃었다. 어떤 표정을 지을지 무척이나 궁금했던 것이다.

설명이 끝났다.

"그렇게까지 해야 할까?"

난감해하는 노바디.

"체리언 공녀가 그렇게 싫어? 옆에 있으면 끔찍해서 몸이 떨릴 만큼?"

"그, 그런 말이 아, 아니잖아."

이번엔 당황해서 말까지 더듬었다.

"그게 아니라면 계획대로 하자. 엘루마를 뒤지고 있지만,

잠재적 제물을 놓칠 가능성도 있어. 성공 가능성을 높이려면 유인작전이 반드시 필요해."

"……알았어."

노바디는 슬쩍 체리를 쳐다봤다. 또 달아오른 얼굴을 푹 숙인 채 말이 없다.

'까짓것, 하지 뭐.'

그래도 마음은 무거웠다.

샤워를 하고 나와 개운한 몸으로 컴퓨터 앞에 앉은 김현은 길게 숨을 내쉬었다. 부팅 버튼을 누르자 윙 소리가 나며 컴퓨터가 켜졌고, 화면이 나타났다.

"뭐라고 검색을 하지?"

키보드에 손을 올린 김현은 '엘루마 데이트 코스'라는 키워드를 입력했다.

생각보다 많은 블로그가 나왔다.

"페팅?"

처음 듣는 표현이다. 뜻을 찾아보니, 직접 얼굴을 보고 함께 식사하는 부담스러운 소개팅을 대신하는 페플에서의 만남이 바로 '페팅'이었다.

블로그 중 하나를 클릭하자 사진과 설명을 볼 수 있었다.

약속 장소는 테페오 광장이었다. 분수대 앞에서 만난 두 사람은 곧 광장을 벗어나 시장 쪽으로 접어들었다. 볼 것도 많고, 먹을 것도 많은 곳이었다.

짭조름한 소시지 같은 고기를 잘게 썰어 뜨거운 빵 사이에 넣어서 먹는 샌드위치 비슷한 '하렝'을 입에 문 두 사람은 골동품 가게 안으로 들어가 조금씩 서로를 알아 갔다.

그다음은 단팥이 든 수수부꾸미처럼 생긴 과자 '레멤도크'를 오물거리며 비교적 한적한 산책을 즐겼다.

김현은 하렝, 레멤도크, 산책 코스의 시작 위치를 공책에 적었다.

블로그 몇 개를 훑자, 대충 어떻게 해야 할지 머릿속으로 그릴 수 있었다. 그러나 거기서 멈출 수는 없었다.

"이왕 할 것 제대로 하는 게 좋겠지?"

김현은 고시 공부하듯 블로그를 뒤지기 시작했다.

타크란은 싸늘하게 식어 가는 괴조 카람을 내려다보았다. 기다란 목은 기괴하게 꺾여 있었고, 사람 허벅지보다도 두꺼운 다리는 간헐적으로 경련을 일으켰다.

"이 짓도 오래할 필요는 없겠지."

카람의 배 속으로 파고든 타크란은 데스 워킹을 펼쳤다.

싱크

피와 살로 이루어진 역겨운 늪으로 가라앉는 느낌.

질식하기 직전 타크란은 진동을 느꼈고, 즉시 팔다리를 허우적거려 죽음의 늪 밖으로 나왔다.

딱딱한 나무가 느껴진다. 관이었다. 타크란이 손가락에 힘을 주자 관 뚜껑은 부서졌다. 흙을 파헤치고 땅 위로 올라온 타크란은 악취에 얼굴을 찡그렸다.

달이 둥실 뜬 밤, 나뭇가지에 거꾸로 매달린 박쥐 몇 마리가 무덤을 뚫고 올라온 타크란을 내려다보고 있었다.

"이번 일이 끝나면 다크 워킹을 꼭 배워야겠다."

데스 워킹이 비교적 신선한 시체가 필요한 이동술이라면 다크 워킹은 테네파르 인스푸모로 공간을 가로지르는…… 보다 편리한 고급 스킬이었다.

오랜만에 온 빛의 도시 엘루마는 여전히 아름다웠다. 저기 어딘가에 소환진에 필요한 제물이 황홀한 죽음을 위해 하루하루 살아가고 있을 것이다.

"버러지 같은 삶을 그렇게 끝내는 것도 가치가 있겠지."

타크란은 공동묘지를 빠져나갔다.

기다란 장식장 위에 놓인 텔레비전.

베란다에서 파릇파릇 자라는 상추.

낡은 소파 그리고 정갈한 주방.

소파 앞에 서서 홈쇼핑 방송이 흘러나오는 텔레비전을 물끄러미 바라보던 체리가 중얼거렸다.

"자각몽이야."

언제부터인가 비슷한 꿈을 꾸기 시작했다. 그 꿈은 항상 이곳에서 시작되었다.

체리는 텔레비전 앞으로 걸어갔다.

저 새까만 물건의 표면에서 사람들이 움직이며 말을 하고 있었다. 놀라야 정상이건만, 체리는 지극히 자연스럽게 그 현상을 받아들이고 있었다. 생각만 해도 텔레비전이 무엇인지, 방송이 어떤 과정을 통해 만들어지는지 알 수 있었던 것이다.

베란다로 나간 체리.

저 아래 주차 공간으로 자동차들이 드나드는 중이었다. 체리는 자동차라는 운송 수단에 대해서도 이미 알고 있었다. 벤츠, BMW, 렉서스 등 자동차 브랜드도 얼핏 기억났다.

'내가 어떻게 알고 있는 거지?'

그때, 한 사람이 문을 열고 거실로 나왔다.

입이 찢어지도록 하품을 하는 남자.

체리는 거실로 들어섰지만 그 사람이 자신을 알아보리라곤 기대하지 않았다. 여러 번 꿈을 꿨지만 이곳에서 체리는 투명 인간이었다.

싱크

또 다른 사람이 거실로 나왔다. 몇 번의 꿈 덕분에 체리는 그 여자가 저 남자의 어머니라는 사실을 알 수 있었다.

"현아, 배고프지? 조금만 기다려."

엄마가 아들을 보고 말했다. 정이 듬뿍 담긴 목소리였다.

"응."

다시 방으로 들어가는 남자.

체리가 뒤따라 방으로 들어섰다.

붉은 소파가 중앙에 놓였고 그 옆에 우뚝 선 스탠드가 빛을 뿌리고 있었다. 벽 쪽은 책이 꽂힌 선반이 둘러싸고 있었다.

그 남자는 모니터 앞에 앉아 있었다.

체리는 천천히 다가갔다.

김현이라는 이름을 가진 남자는 모니터를 쳐다보며 공책에 쓴 내용을 고치고 있었다. 체리는 그 옆에 서서 공책을 들여다보았다. 빛의 도시 엘루마와 관련된 내용이라, 왠지 모르게 더 반가웠다.

답답한지 뒤통수를 긁는 김현.

체리는 가만히 그를 바라보았다.

'이 사람은 노바디야. 분명해. 근데 왜 꿈에서는 이런 식으로 나올까? 어떻게 나는 저 텔레비전과 자동차에 대해서 알고 있을까?'

의문에 대한 답을 여기 꿈에서는 찾아낼 수 없다. 가장 간단한 방법은 노바디에게 직접 물어보는 것이다. 마스터의 이름이 김현인가요?

질문을 받았을 때의 얼굴 표정을 보면 진실이 드러날 것이다.

갑자기 천둥 같은 소리가 귀청을 때렸다.

쾅쾅쾅!

"체리! 일어나!"

굵직한 남자의 목소리가 복도에서 방으로 밀려왔다.

꿈에서 끌려 나온 체리는 눈을 비비고 하품을 하며 침대에서 일어나 문을 열었다.

예상대로 둘째 오빠 프롱리크가 서 있었다. 안 그래도 근육으로 덮인 상체에다 용갑까지 껴입고 있으니 몸을 비틀지 않으면 방으로 들어올 수도 없을 것 같았다.

"무슨 일이야?"

"이런 상황에 잠이 오냐?"

방으로 비집고 들어온 프롱리크는 낡고 허름한 여관방을 둘러보더니 한숨을 내쉬었다.

"무슨 상황인데?"

"망량이 뿜어낸 독기가 도시를 집어삼키는 중이잖아. 설마, 몰랐다고 하진 않겠지?"

"그거 때문에 새벽같이 달려온 거야?"

"그 작자에게 말해, 당장 멈추라고."

프롱리크는 검 자루에 손을 올리며 말했지만, 그런 행동이 동생에겐 통하지 않음 또한 잘 알았다.

"직접 말해."

"너!"

"아버지는 잘 계셔?"

"가문을 버린 주제에. 신경 꺼."

"그럼 왜 날 찾아왔어? 가문을 버린 동생이라면서?"

"……."

말문이 막힌 프롱리크는 죽일 듯 동생을 노려보았다.

어릴 때부터 마음에 들지 않았다. 아니, 한 번도 마음에 흡족한 적이 없는 동생이었다.

"혹시, 바젠 후작이 오빠를 찾아왔었어?"

"날 감시한 거냐?"

흥분하는 프롱리크.

"후작한테 전해. 문제를 해결하고 싶으면 직접 마스터와 담판을 지어야 할 거라고."

"나, 나는 기회를 주는 거야. 가문으로 돌아올 수 있는 기회. 잘 생각해!"

화가 난 프롱리크는 방을 나가며 문을 쾅 닫았다.

체리는 활짝 웃었다. 바젠 후작이 프롱리크를 통해 자신에게 이런 말을 전했다면, 코너에 몰렸다는 뜻이다. 곧 시장과 함께 항복하고 말 것이다.

콧노래를 흥얼거리던 체리는 가볍게 옷을 챙겨 입고 여관을 나섰다. 목적지는 베룬다크였다. 오늘 있을 '유인작전'을 위해 오랜만에 베룬다크에서 몸을 치장할 생각이었다.

유인작전

"……이게 뭐야?"

타크란은 망치 소리가 요란한 공사 현장 너머에서 일렁거리며 조금씩 커지는 테네파르 인스푸모를 바라보고 있었다. 입이 저절로 벌어졌다.

이토록 강렬한 테네파르 인스푸모는 처음 보았다.

만약 저 힘을 손에 넣을 수만 있다면?

저 힘을 자유자재로 사용할 수 있다면?

뱀파이어 일족인 루비로스의 지도층을 쓸어버릴 수도 있을 테고, 드래곤도 두렵지 않을 것이다!

무슨 일이 벌어지고 있는지 알아내는 데 긴 시간은 필요하지 않았다.

타크란은 이번 일을 성공적으로 끝내고 각성을 통과한 다음, 이곳으로 와서 저 거대한 힘을 흡수하리라 마음먹었다.

'마레'에 집중한 나머지 뱀파이어는 그를 지켜보는 시선을 알아차리지 못했다. 타크란이 제물을 찾기 위해 몸을 돌리자, 지켜보던 사람은 소식을 알리기 위해 반대 방향으로 움직였다.

체리는 거울에 비친 자기 모습에 깜짝 놀랐다.

찰랑거리는 기다란 머리카락 사이로 루비가 박힌 귀고리가 부드럽게 흔들렸다. 새하얀 피부 위로 짙은 눈썹이 우아하게 뻗어 나갔고, 촉촉한 입술은 빨갛게 반짝거렸다.

스코덴 산맥의 암벽에서 사는 산양의 털로 짠 상의에 착 달라붙어 몸매가 드러나는 짧은 치마, 와이번 가죽 재질의 명품 구두는 체리를 미의 여신으로 만들었다.

"멋져요, 공녀님."

베룬다크의 직원이 호들갑을 떨었다.

"고마워요."

"네?"

직원은 깜짝 놀랐다. 뮤카멘 백작가의 영애가 이런 자리에서 고맙다는 말을 하다니. 게다가 반말도 아니었다!

베룬다크는 귀족 가문과 대상단의 여자들이 주로 이용하는 고급 상점이었다. 따라서 직원들은 독설은 물론 가벼운 폭행에도 익숙했다.

"왜 그래요?"

"아, 아무것도 아니에요."

뮤카멘 백작 가문의 영애가 이상해졌다는 이야기가 베룬다크에서 외부로 퍼져 나갈 무렵, 체리는 마차를 타고 약속 장소로 이동 중이었다.

노바디는 시야를 가득 채운 '얼굴들'을 바라보았다.

조각 같은 미남의 얼굴도 있고, 구레나룻이 짙은 산적의 얼굴도 거기 있었다. 게이머가 취향에 따라 페플에서의 외모를 정할 수 있도록 마련된 것이었다. 저 끝자락에 노바디가 선택했었던 커다란 인형 탈 같은 얼굴도 걸려 있었다.

체리와 연인 행세를 하려면 기존의 얼굴은 안 된다. 최소한 타크란의 의심을 사서는 곤란하다. 고민 끝에 노바디는 보통 유저는 택하지 않는 옵션을 선택했다.

거울을 불러낸 노바디.

"음, 이렇게 보니까 좀 못생긴 것 같다."

진짜 얼굴이 거울 표면에 비쳤다.

여드름 자국이 있는 뺨, 매끈하지 않은 콧등, 어딘지 모르게 좌우대칭이 아닌 듯한 이목구비까지.

좀 더 잘생긴 얼굴로 바꾸려던 노바디는 마음을 바꾸었다.

"이게 나니까."

결정을 내린 노바디는 페플로 들어갔다.

테페오 광장은 여전히 붐볐다.

노바디는 천천히 걸어 분수대 앞에 도착했다. 주위를 둘러봤지만 아직 체리는 오지 않은 듯했다.

커플로 보이는 두 사람이 앞으로 지나갔다. 둘 다 이방인, 바로 유저였는데, 둘 다 복장이 화려했다. 팔짱을 낀 두 사람을 본 노바디는 자기 옷을 살폈다.

'좀 신경을 쓸 걸 그랬나?'

벨란데르 : 대체 어디야?

반투명 창이 떴다.

노바디는 깜짝 놀랐다. 안진후였다! 요즘 페플에 접속할 시간도 없이 바쁠 텐데.

노바디 : 테페오 광장이야.

벨란데르 : 안 보여. 정확히 어디쯤이야?

노바디 : 대체 무슨 일로 접속한 거야?

벨란데르 : 무슨 일이냐니? 당연히 구경하러 왔지. 너 오늘 체리랑 데이트한다면서. 소문이 쫙 났던데. 형사님도 오셨어.

노바디는 한숨을 내쉬었다. 분명히 박용준에게 비밀이라고 몇 번이나 이야기를 했건만.

안 봐도 그려진다. 어설프게 숨기려는 박용준에게서 비밀을 알아내는 건 안진후에게 일도 아니었을 것이다.

홍길동 : 나도 광장인데, 널 찾을 수가 없다.

이번엔 고형덕이었다.

노바디는 분수대 근처에서 헤매는 홍길동을 발견했다. 걸어가서 어깨를 두드렸다.

돌아선 홍길동은 할 말을 잃었다. 잠시 여기가 페플인지 현실인지 헷갈렸던 것이다.

"……너?"

"아저씨."

"얼굴이?"

"중요한 작전이에요."

"그, 그래."

홍길동은 뒷걸음치다가 하마터면 엘프와 부딪힐 뻔했다.

그는 급히 광장을 빠져나갔다.

　　벨란데르 : 이 미친놈아!

　　노바디는 눈살을 찌푸렸다. 홍길동이 벨란데르에게 '얼굴'
에 대해 알린 모양이었다.

　　노바디 : 왜?
　　벨란데르 : 진짜 얼굴을 쓰면 어떻게 해?
　　노바디 : 뭐가 문젠데?
　　벨란데르 : 꼭 문제라고 할 건 없지만, 그래도 이상하잖아.
　　노바디 : 난 원래부터 이상했어.

　　노바디는 이제 막 광장으로 들어선 체리를 알아봤다. 깜짝
놀랄 만큼 아름다웠다. 근처에 있던 이방인들이 체리를 보더
니 휘파람을 불기도 했다.
　　외모를 만들어 낸 여성 유저의 얼굴과는 차원이 다른, 오
묘한 분위기가 느껴졌다.
　　체리는 분수대 근처로 와서 주위를 두리번거렸다.
　　한숨을 내쉰 후, 다가가는 노바디.

　　바마통 : 일부러 말한 건 아니야. 어쩔 수 없었어.

박용준이 보낸 메시지였다.

노바디 : 나중에 보자.

고민 좀 하도록 답장을 보낸 노바디는 눈을 동그랗게 뜨고 주변을 살폈다. 조금 전까지만 해도 저기 앞에 있던 체리가 사라지고 없었다.

"마스터."

뒤에서 느껴지는 인기척.

천천히 돌아선 노바디는 빙긋 웃고 있는 체리를 볼 수 있었다.

"어떻게……?"

"그냥요. 왠지 마스터일 것 같았어요."

체리는 꿈 이야기는 꺼내지 않았다. 비밀로 남겨 두고 싶었다.

"정말 예쁘다, 너."

"고마워요."

"어디로 갈까?"

"어디든지요."

체리가 옆으로 붙자, 베룬다크가 자랑하는 향수 '리퀘드라크' 특유의 맑으면서도 어딘지 모르게 마음을 건드리는 향이 노바디를 자극했다.

벨란데르 : 키스 타임!

홍길동 : 일단 손부터 잡고.

바마퉁 : 정말 미안해.

벨란데르 : 나도 키스하고 싶다!

홍길동 : 음, 연애나 해 볼까?

바마퉁 : 진짜 진짜 미안해.

노바디는 반투명 채팅 창을 무시한 채 체리와 함께 광장을
빠져나갔다.

타크란은 죽음의 신에게 빌었다.

"적당한 여자를 만나게 해 주십시오."

운이 나쁘면 며칠을 뒤져도 제물이 될 만한 여자를 찾지
못할 수도 있다.

생명력을 뿜내는 젊은 여자들을 본 타크란은 자연스럽게
미소를 지었다. 여자들의 아름다움에 감탄한 표정 같지만 속
내는 달랐다. 먹음직스러운 음식을 바라볼 때의 만족감과 비
슷한 표정이었다.

엘루마의 중심부라 할 수 있는 테페오 광장.

시청과 마탑이 눈에 들어왔다.

타크란은 한번도 보지 못했던, 기괴한 방식의 건축물을 떠올렸다.

귀면 사내의 명령을 받아서 소환진을 발동시켰을 때, 준비해 놓은 괴조 카람과 거대 개미 안투크를 열린 문 너머로 보냈다. 호기심에 이끌려 문을 통과한 타크란은 낯선 광경에 경악을 금치 못했다.

이방인의 세계, 즉 이계를 두 눈으로 본 것이다.

이상한 건물이 시야에 들어왔다.

이상한 옷을 입은 사람들도 보였다.

대부분 약해서 카람과 안투크에게 다치거나 죽었지만, 개중에는 놀랄 만큼 강자도 있었다. 특히 산책을 나온 듯한 노인의 활약은 압도적이었다. 주름진 손에 닿기만 하면 카람도, 안투크도 죽어 나갔다.

몸이 근질근질했었다. 귀면 사내의 지시가 없었다면 그 노인과 싸웠을지도 모른다. 육체적 힘을 과시하는 노인을 죽인다면 그 쾌감은 어마어마할 터였다.

소환진의 위력이 줄어들자, 타크란은 미련을 버리고 문을 통과해 이계를 벗어났다. 곧 문은 닫혔다. 소환진은 힘을 잃어버렸다.

상념에서 깨어난 타크란은 분수대 앞으로 걸어갔다. 손을 잡고 걸어가는 연인들이 눈에 띄었다. 눈여겨 살폈지만 어디에서도 제물에 어울리는 여자를 찾지 못했다.

한숨이 흘러나왔다. 엘루마에 없다면 인근의 마을을 이 잡 듯 뒤져야 할지도 모른다.

광장을 벗어났다.

큰길을 돌아다녔다. 작은 길도 빼놓지 않고 확인했다. 골 목길을 헤매기도 했다. 어디에도 눈이 커질 만한 제물은 없 었다. 그러다가 꽤 유명한 보석점에서 한 사람을 발견했다.

'저 여자야!'

엄청난 미녀였다. 기품이 전신에서 흘러넘쳤다. 한눈에 봐 도 귀족가의 일원 같았다.

저런 여자를 납치하면 꽤 귀찮은 일이 생길 것이다. 그래 서 지금까지는 가능하면 가난하고 힘없는 여자들을 골랐다.

타크란은 잠시 고민했다. 저런 여자를 다시 찾기는 쉽지 않을 것이다. 예살란만큼이나 잠재력이 큰, 어쩌면 예살란보 다 더 나은 제물이 될지도 몰랐다.

그 여자가 갑자기 몸을 돌려 이쪽을 바라보았다. 시선이 꽤 예리했다.

타크란은 몸을 숨겼다. 쉬운 일이었다. 저런 여자 따위에 게 들킬 일은 없다.

'직감이 발달했군. 포식 동물의 시선을 본능적으로 알아차 린 거야. 예살란보다 확실히 위야. 그래, 결정했어. 오늘은 저 여자를 데려가야겠다.'

보통은 사흘은 살펴본 후에 납치한다. 그 절차를 무시한 이유는 조급함 때문이었다.

타크란은 귀면 사내에게 이용만 당하고 버려질지도 모른다는 두려움에 시달리고 있었다. 귀면 사내는 각성을 약속했지만, 소환진 발동으로 이계를 직접 본 타크란은 그 약속을 온전히 신뢰할 수 없었다.

여자에겐 일행이 있었다. 평범한 남자였는데, 분위기가 묘했다. 이방인인지 이곳 사람인지 분간하기 어려웠다.

'상관없어. 해치우면 그만이니까.'

두 사람은 골목으로 접어들었다.

'죽음의 신이 나를 돕는구나.'

타크란은 쾌재를 부르며 지붕으로 올라가 여자를 뒤따랐다. 이보다 더 좋은 기회는 찾기 힘들 것이다.

체리는 따끔거리는 뒤통수를 무시하고 인적이 드문 곳으로 걷는 중이었다.

'날 어리석은 여자로 생각하고 있어. 살기를 온통 드러내고 다가오다니.'

미스릴은 물론 각종 성질석까지 조합하여 위력을 강화시킨 화살촉의 위력을 보여 줄까 생각했지만, 그랬다가는 저 뱀파이어는 숨어 버릴 것이다.

조금은 아쉬웠다. 적어도 오늘은 허탕이기를, 뱀파이어가 따라붙지 않기를 바랐다. 그래야 내일 하루 더 마스터와 만나서 이야기도 나누고, 함께 음식도 먹을 수 있을 텐데.

그동안 마스터가 무엇을 하는지는 알고 있었다.

시청은 물론 마탑, 용병대, 무문, 상단 그리고 신전까지 손 놓은 봉쇄 지역에서 기적을 일으켰다. 게다가 어떻게 했는지 현자 집단 호지센의 회주를 동료로 삼아 버렸다.

시장은 물론 귀족들, 마법사와 용병, 상인과 무인 그리고 신관까지 그 소식에 동요했다. 망량에게 먹힌 지역이 회복된 사례는 역사적으로도 매우 드물었다. 다시 한 번 노바디의 이름이 사람들의 뇌리에 새겨진 사건이었다.

"아! 가, 게, 에 지, 갑, 을 두, 고, 왔, 어."

노바디가 말했다.

그 서투른 연기에 체리는 웃음을 터트릴 뻔했다.

"그럼, 여기서 기다릴 테니까 어서 가져와요."

"금, 방, 올, 게."

노바디는 더없이 진지했지만, 바로 그 때문에 체리의 어깨가 들썩거렸다.

혼자 남은 체리.

그때, 타크란이 아래로 몸을 날렸다.

체리 앞으로 내려선 타크란.

체리는 일부러 놀란 척하며 뒤로 물러섰고, 비명까지 내질렀다.

타크란이 다가오려는 순간, 체리 앞에 익숙한 등이 나타
났다.

노바디였다.

고개를 돌린 노바디가 체리를 보며 활짝 웃었다.

"수고했어."

"전혀 힘들지 않았어요."

체리는 뒤로 물러섰다.

노바디는 어리둥절해하는 타크란 앞으로 한 걸음 다가섰
다. 타크란은 두 팔을 날개로 변형시키며 날아올랐다.

'젠장, 함정이었어!'

"늦었어."

현섬을 펼친 노바디는 타크란의 등 위에 나타나, 발로 타
각을 펼쳤다.

퍽.

타크란은 엄청난 충격에 아래로 추락했다.

바닥에 떨어지기 전, 노바디는 타크란의 날개 하나를 기괴
한 각도로 꺾어 버렸다. 조금의 망설임도 없었다.

타크란의 비명이 공중으로 퍼져 나갔다.

바닥에 처박힌 타크란은 겨우 고개를 들었다. 자신을 이
꼴로 만든 노바디는 벽을 딛고 가볍게 착지했다. 몸이 떨렸
다. 멀리서 지켜볼 때는 전혀 알아채지 못한 강함이었다.

'저 녀석, 뭐야? 귀면인만큼 강하잖아.'

맞붙으면…… 죽고 말 것 같았다.

어떻게든 달아나야 한다.

타크란은 입속에 고인 핏물을 뱉은 후 말했다.

"소환, 다크울프."

평소 일곱 마리를 불러낼 수 있건만, 몸에 충격이 커 세 마리만 나타났다.

황소 덩치의 다크울프가 에워싸는데도 노바디는 눈도 깜짝하지 않았다. 타크란 역시 다크울프를 일곱 마리, 아니 수십 마리 소환해도 상대를 죽일 수 없음을 잘 알았다. 차원이 다른 강자였다.

다크울프 한 마리가 노바디를 향해 달려들었다. 옆으로 한 걸음 피한 노바디는 어느새 꺼낸 목검으로 다크울프의 옆구리를 두들겼다. 다크울프는 몽둥이에 맞은 늙은 개처럼 신음하며 구석으로 처박혔다.

나머지 두 마리는 서로 다른 방향에서 발톱을 앞세운 채 몸을 날렸다.

노바디가 발을 구르자, 보이지 않는 충격파가 다크울프 두 마리를 밖으로 밀어냈다. 발톱은 꺾이거나 뽑혔고, 눈동자는 빨갛게 충혈된 채로 몸이 비틀거렸다.

그 틈을 이용한 타크란은 목검에 맞은 다크울프 곁으로 갔다. 길어진 손톱으로 다크울프의 가슴을 찔러 넣어 죽인 후,

온기가 빠져나가는 늑대의 몸속으로 파고들었다.

눈이 커진 노바디가 그 자리에서 사라졌다.

현섬을 펼친 노바디가 죽은 늑대 앞에 나타나기 직전, 타크란은 데스 워킹을 펼쳤다. 몸이 완전히 사라지려는 찰나, 공간 이동술로 코앞에 나타난 노바디의 목검이 타크란의 가슴을 찔렀다.

룩소스 숲 중심부의 지하실 한쪽에 놓인 카람의 시체를 뚫고 타크란이 튀어나왔다.

오른팔은 꺾여 있었고, 뼈는 부서져 있었다. 가슴에도 커다란 구멍이 뚫려 있었다.

몸은 뒤틀려 경련을 일으켰다. 노바디의 타각으로 충격을 받은 상태에서 데스 워킹을 펼친 탓에 몸 내부가 망가진 것이다. 게다가 가슴의 치명적인 상처까지!

이대로 시간이 흐르면 죽을지도 모른다. 인간이 말하는 죽음은 아니지만 그보다 더 끔찍한 고통 속에서 아주 오랫동안 잠을 자게 될 것이다.

"피, 피……."

타크란은 피를 흘리며 바닥을 기었다.

상처 입은 뱀파이어가 도착한 곳은 제물들이 갇힌 감옥이었다.

타크란이 힘겹게 철문을 열자, 기회를 노리던 예살란이 달려들었다. 그 공격을 이미 알고 있던 타크란은 예살란의 힘을 이용하여 사로잡았다.

여자의 목덜미가 드러났다.

타크란은 참지 못하고 목에 이빨을 박았다. 그리고 눈으로는 공포에 질려 감옥 안쪽 구석에 몰려 있는 젊은 여자들을 노려보았다. 저들 중 하나라도 지금 다가와 건드린다면 타크란은 죽을 것이다.

'그런 용기를 가진 건 이 여자뿐이야. 다행스럽게도.'

한 움큼의 기운을 되찾은 타크란은 감옥 밖으로 나오며 철문을 잠갔다.

예살란의 몸은 차가워지는 중이었다. 피를 다 빨면 예살란은 죽게 된다. 이 당당한 여자를 살릴 방법은 단 하나, 뱀파이어로 만드는 것뿐이었다.

타크란은 위험을 감수하기로 했다. 자신의 손목을 물어뜯은 뱀파이어는 '진혈'이라 불리는 피를 예살란에게 먹였다. 고통스러운 부활 과정을 거친 후, 예살란은 뱀파이어로 살아날 것이다.

타크란은 바닥에 누웠다.

그 옆에 예살란이 쓰러져 있었다.

"잠이 몰려오는군. 나보다 이 여자가 먼저 깨어나면…… 난 죽겠지."

타크란은 결국 잠에 지고 말았다.

머리가 쪼개지는 듯한 고통.

눈을 뜬 예살란은 파고드는 빛살에 몸을 움찔 떨었다. 그녀가 몸을 일으키자 목소리가 들렸다.

"정신 차려요!"

"어서 일어나요!"

멀리서 들리는 파도 소리 같은 음성은 조금씩 커졌고, 곧 귀청을 때렸다.

너무나 밝았다. 눈이 부셔서 고개를 들기가 어렵다. 여자들 특유의 고음도 귀를 괴롭게 하기에 충분했다.

"들려요. 잘 들려요. 그러니까 작게 말해도 된다고요."

천천히 돌아선 예살란은 바닥에 쓰러진 남자를 발견하고 뒤로 펄쩍 뛰었다. 예상외로 몸이 높이 떠올랐다. 거의 1미터 남짓 붕 날아오른 느낌.

'몸이 가벼워진 건가?'

남자 곁으로 간 예살란은 깜짝 놀랐다. 자신을 비롯해 젊은 여자들을 감옥에 가뒀을 뿐 아니라 그중 일부는 마법진 발동에 희생시킨 장본인이 바닥에 쓰러져 있었다.

화가 나서 발로 걷어찬 순간, 타크란은 벽으로 날아가 쿵 소리를 내며 부딪쳤고 아래로 떨어졌다.

'뭐야?'

아무리 있는 힘껏 찼다고 해도 20대 여자의 발에 무슨 힘이 있을까. 예살란은 꿈이 아닐까 생각했지만, 꿈이라고 하기엔 감각이 너무나 생생했다.

　천천히 감옥으로 간 예살란은 매혹적인 향기에 이끌렸다. 자신도 모르게 침을 삼켰다. 얼굴을 든 그녀는 그 향기의 근원을 알아차렸다. 바로 철창을 붙잡고 이쪽을 바라보며 소리치는 여자들이었다.

　잘 익은 고기를 보면 씹을 때 흘러나올 육즙을 떠올리며 절로 미소가 지어진다. 예살란은 같은 방식으로 여자들의 목 아래쪽으로 흐르는 뜨거운 피를 생각하며 자신도 모르게 입맛을 다시고 있었다.

　'내, 내가 무슨 생각을 하는 거지?'

　화들짝 놀란 예살란은 뒤로 물러섰다. 조금만 더 다가가면 저 여자들의 목덜미를 물어뜯을 것만 같았다.

　"빨리 구해 줘. 저 흡혈귀가 깨어나기 전에."

　"서둘러!"

　"대체 왜 가만히 있는 거야?"

　여자들이 외쳤다.

　그중 한 사람은 팔짱을 낀 채 예살란을 노려보고 있었다. 그 여자가 말했다.

　"쟤는 물리고도 살아남았어. 그게 무슨 뜻인지 너희도 잘 알잖아."

그 말에 여자들이 침묵에 빠졌다.

"……무슨 말이야?"

예살란이 물었다.

"너도 흡혈귀란 거지. 창백한 피부, 붉은 빛이 감도는 눈, 인간이라고 하기엔 믿을 수 없는 힘까지."

교육을 받아 이것저것 아는 게 많았던 샤리엘이 대답했다.

"……아니야."

그 말이 진실임을 직감했기에 예살란은 더듬거렸다.

철창 안에 있는 여자들의 숨소리까지 생생하게 들렸다. 숨을 들이마시면 체취가 더욱 향기로워진다. 그 미세한 차이까지 후각은 알아차렸다.

기억이 났다.

기다시피 감옥으로 다가온 타크란을 공격했건만 오히려 당하고 말았다. 머릿속으로 떠오르는 마지막 장면은…… 타크란에게 물리는 순간이었다.

샤리엘의 말이 옳았다.

그 순간, 어마어마한 갈증이 요동쳤다. 눈이 붉게 물들었다. 하마터면 철창을 향해 달려들 뻔했다.

입술을 물어뜯으며 겨우 충동을 참아 낸 예살란은 신선한 공기와 비릿한 향기가 느껴지는 곳으로 달리기 시작했다. 엄청나게 빨랐다. 단숨에 소환진이 설치된 지하 석실을 벗어난 그녀는 울창한 숲을 둘러볼 수 있었다.

깊은 밤이었다. 하늘엔 흐릿한 달이 떠 있었다. 구름 사이로 별이 반짝거렸는데, 조금도 아름답지 않았다.

나뭇가지 꺾이는 소리.

예살란은 빠르게 달렸다.

거대한 새가 손바닥만 한 딱정벌레를 낚아채 삼키고 있었다. 거조 카람을 보자마자 몸을 날린 예살란은 튀어나온 손톱으로 피부를 갈랐고, 안쪽으로 손을 집어넣어 심장을 터트렸다.

카람 중에서도 덩치가 작은 녀석은 이제 막 뱀파이어가 된 예살란을 떨쳐 내지 못하고 축 늘어졌다.

예살란은 상처에 입을 박고 피를 빨았다. 갈증이 해소되자 이성이 돌아왔다.

깜짝 놀라며 물러선 예살란.

두 손은 피로 물들어 있었다. 고함을 지르고 싶은데, 자신도 모르게 피 묻은 손가락을 빨았다. 너무나 달콤했다. 왜 피가 이토록 맛있을까?

'내가 흡혈귀라서……?'

비명을 내질렀다.

근처에 있던 몬스터들이 그 소리에 깃든 힘을 감지하고 달아났다.

발길질에 제법 굵은 나무가 부러지며 쓰러졌다. 바위도 쪼개졌고, 덤불은 폐허가 되었다.

축 늘어진 예살란은 결국 힘없이 주저앉았다. 부모님을 한꺼번에 잃었을 때만큼이나 충격이 컸다.

그래도 타고난 성격 덕에 찬찬히 생각할 수 있었다. 삶이 끝나지 않았으니 기회가 있다는 아버지의 말도 떠올랐다.

지하 석실로 돌아간 예살란.

소환진을 물끄러미 바라보던 그녀는 부수기 위해 몸을 날렸다. 그러나 대형 마법진은 푸르스름한 막을 만들어 내며 예살란을 튕겨 냈다.

이미 발동된 소환진은 잠자고 있을 뿐이었다. 예살란의 힘으로는 파괴할 수 없었다.

예살란은 아직도 쓰러져 있는 타크란 앞으로 걸어갔다. 목을 쥐고 들어 올리자 타크란이 공중으로 끌려갔다.

기침을 하며 눈을 뜬 타크란.

"……먼저 깨어났군."

"내, 내게 무슨 짓을 한 거야?"

"알고 있을 텐데. 이미 피 맛을 봤잖아."

타크란은 예살란의 입가에 묻은 피 흔적을 알아봤다. 인간의 피는 아니었다. 뱀파이어로서 회생한 예살란이 바로 앞에 싱싱한 인간을 두고 밖으로 나가 카람을 사냥했다는 사실에 타크란은 속으로 감탄했다.

갓 태어난 뱀파이어는 어느 때보다 심각한 갈증에 시달린다. 그 허기를 억누르고 인간 대신 몬스터의 피를 빨다니.

'정신력 하나는 대단하군.'

타크란은 숨이 막혔다. 그제야 깨달았다. 이 여자는 자신을 죽이려 했다.

"……날 도와주면 널 원래대로 돌려놓겠다."

타크란의 목소리는 희미했다.

"거짓말이야."

철창 안에 있는 샤리엘이 끼어들었다.

"거짓말?"

예살란은 샤리엘을 쳐다봤다.

"내가 알기로 뱀파이어가 됐다가 다시 인간으로 돌아온 사례는 없어. 단 한 번도."

그 말을 들은 예살란은 살기 어린 눈으로 타크란을 노려보았다. 이번엔 두 손으로 목을 조르기 시작했다.

눈알이 튀어나올 것처럼 부푼 타크란은 다급했다.

"뱀파이어에 대해 누가 더 잘 알겠어? 멍청한 인간 여자? 아니면 뱀파이어? 어느 쪽일 것 같아?"

예살란은 손아귀 힘을 조금 풀며 샤리엘을 바라보았다. 고심하던 샤리엘의 눈이 빛났다.

"뱀파이어는 죽음의 신을 신성하게 여겨. 평소엔 거짓말을 숨 쉬듯 해도 그들이 섬기는 죽음의 신을 두고 거짓 맹세는 안 해. 만약 뱀파이어가 된 인간을 본래 상태로 되돌릴 수 있다면, 죽음의 신을 앞에 두고 맹세해 보라고 해."

예살란은 타크란을 응시했다.

타크란은 샤리엘을 보며 눈을 부라렸다. 저 계집은 어떻게 그 사실을 알고 있을까?

타크란이 맹세를 머뭇거리자, 예살란은 즉시 목뼈를 부러뜨렸다. 목이 돌아간 타크란을 던져 버린 예살란은 길게 숨을 내쉬었다.

시선이 느껴졌다.

예살란은 철창 안에 갇힌 여자들을 바라보았다. 샤리엘은 어느새 앞에 나와 있었다.

"이곳을 빠져나가긴 어려워. 바깥은 울창한 숲이야. 몬스터가 득시글대는."

"룩소르 사냥터?"

샤리엘이 물었다.

"아마도."

"경비대에 알리는 건 어때? 아니야. 그래 봐야 소용없어. 우리 같은 여자들을 경비대가 찾을 리는 없잖아."

고개를 흔드는 샤리엘.

"누군가 있어. 타크란을 엉망진창으로 만든 사람 말이야. 그 사람이라면 우리, 아니 너희를 구해 줄 거야."

예살란은 '우리'라는 말을 할 수가 없어서 슬펐다.

저기 갇힌 여자들을 구해 낸 후, 스스로 목숨을 끊어야 한다. 뱀파이어로 살면 언젠가 갈증과 허기를 이기지 못하고 사람을 해치게 될 것이다.

"꼭 돌아올게."

그렇게 말한 예살란은 서둘러 지하 석실을 떠났다. 거기 있다가는 너무나 달콤한 향기에 취해 여자들을 공격할지도 몰랐다.

예살란이 사라진 지 대략 한 시간 후, 우두둑 소리가 났다. 갇힌 여자들은 불안으로 몸을 떨었다.

기괴하게 꺾인 타크란의 얼굴이 원래대로 돌아왔다. 타크란이 몸을 일으키자 여자들이 비명을 질렀다. 샤리엘은 할 말을 잃었다.

감옥으로 다가간 타크란.

"이 정도로 뱀파이어가 죽지 않는다는 사실은 몰랐던 모양이군."

여자들은 구석으로 물러났다.

"분수도 모르고 날뛰는 건방진 후배를 잡아 올 때까지 편히 쉬고 있어. 아까의 치욕은 천천히 갚아 줄 테니까."

타크란은 씩 웃으며 석실을 벗어났다.

교통사고

아브롬은 도시를 내려다보았다.

언제 올라와도 여기 시청 꼭대기에 서면 기분이 좋아진다. 마치 엘루마라는 도시국가의 왕이라도 된 느낌이랄까. 발아래로 펼쳐진 마탑, 신전, 상단의 본부, 용병대의 수련장을 보노라면 누구라도 그런 착각에 빠질 터였다.

망원경으로 도시를 살피던 아브롬의 얼굴이 일그러졌다. 빛의 도시에 어울리지 않는 어둠 때문이었다.

"후작."

"네, 시장님."

바젠 후작은 가볍게 고개를 숙였다.

"다른 방법은 없겠소?"

"마탑도, 신전도, 무문도 이미 손을 들었습니다. 봉쇄 구역이 확장되기 전에도 그들은 오직 시간만이 문제를 해결할 수 있다고 말해 왔습니다."

"하긴."

"아무래도 요구를 들어주는 게 최선의 방법 같습니다."

"그 이방인이 중간에서 장난을 칠 가능성은 없소?"

"지금까지 노바디의 행동을 보면, 의도적으로 속일 것 같지는 않습니다. 그는 하이엘프 셀레스카르의 수제자니까요."

"그냥 그를 믿어야 한다?"

"시간이 흐르면 봉쇄 구역은 더 늘어날 테고, 도시는 공황 상태에 빠질지도 모릅니다."

"알겠소. 일단 세븐 길드부터 퇴출시키겠소."

"다른 조건은 어떻게 하실지……?"

"후작께 일임하겠소."

"……."

바젠 후작은 아무 말도 못 했다. 일임? 그건 아브롬은 한 푼의 돈도 내놓지 않겠다는 뜻이었다.

"대행 권한을 줄 테니 총상회와 의논을 해 보시오. 마탑과 신전도 가만히 있지는 않을 거요. 그동안 망량을 막아 낼 수 있다는 주장을 받아들여 그들에게 지원한 돈이 얼마나 많소이까? 그러니, 그들 또한 책임을 질 수밖에 없을 것이오."

"……알겠습니다, 시장님."

"그만 가 보시오. 바쁘실 텐데."

바젠 후작은 물러날 수밖에 없었다.

한숨이 흘러나왔다.

엘루마의 실권을 장악하기 위해 손을 잡았던 세븐 길드는 이번 재앙으로 도시에서 쫓겨날 것이다. 그 결정만으로도 어마어마한 타격인데, 이제는 가문의 재산까지 처분해야 할지 모르는 지경에 이르렀다.

모두 노바디라는 이방인 때문이었다.

이럴 줄 알았다면 노바디에게 좀 더 잘했을 텐데. 딸 카린을 앞세워 가까워질 수도 있었을 것이다.

'뮤카멘 백작은 이런 사태를 예견했구나. 노바디의 자질을 알아보고 체리언 공녀를 옆에 붙여 둔 거군. 이번엔 제대로 한 방 먹은 셈이야.'

바젠 후작은 마음을 새롭게 먹었다. 관점을 바꾸면 오히려 기회일 수도 있다.

시장의 권한을 대행할 수 있다면, 피해를 고스란히 마협, 총상회, 용병련, 무맹 그리고 신전으로 떠넘길 수도 있을 것이다. 잘만 하면 거기서 이익을 챙길 가능성도 배제할 수는 없다.

마차에 올라탄 후작은 푹신한 의자에 등을 기대며 눈을 감았다.

"음, 지금이라도 카린을 보내 볼까?"

마차가 출발했다.

식어서 딱딱해진 양념 치킨을 입에 문 고형덕은 독수리 타법으로 보고서를 작성하고 있었다.

"살다 살다 이런 보고서를 다 쓰네."

현재 레벨, 진행 중인 퀘스트, 착용 가능한 장비, 스킬의 종류와 숙련도까지 보고서에 써넣어야 한다니.

어쩔 수 없다. 경찰이라는 직업을 잃지 않으려면 무엇이든 해야 한다.

고형덕이 받은 임무는 페플에서 활동하는 범죄 조직의 동향과 실태를 조사하는 것이었다. 그 목적을 이루기 위해 오블랑이라는 드문 스킬을 배워야 했다. 심지어 암살이라는 자격시험까지 어렵게 통과했다.

문제는 그다음이었다.

고형덕에게 오블랑 스킬을 알려 준 경찰 전종환은 충격적인 진실을 들려주었다. 오블랑은 범죄 집단이었다! 놈들은 고형덕의 정체를 알고 있었다. 따라서, 범인을 잡으려는 경찰이 오히려 범죄 조직에 가입한 꼴이었다.

더 놀라운 건, 경찰청장조차 어찌할 수 없는 곳에서 명령이 내려왔다는 사실이었다.

보고서 작성이 끝났다.

고형덕은 이메일로 보고서를 전송했다. 속이 다 시원했다. 적어도 한 달 동안은 보고서 염려 없이 지낼 수 있을 것이다.

손가락이 근질거렸다.

요즘 사치스러운 취미가 생겼다.

인적이 드문 늦은 밤 텅 빈 도로를 질주하면 몸 전체로 전율이 오르락내리락 돌아다닌다. 머릿속 복잡한 생각이 적어도 그 시간 동안은 증발해 버린다.

너무나 많은 변화가 너무나 짧은 시간에 일어났다.

따라잡는 것조차 버겁다.

김현이나 안진후처럼 어렸다면 좀 더 쉽게 받아들일 수 있었을까?

"아니야. 그놈들이 이상한 거야."

그때, 핸드폰 알람이 울렸다.

재활용 내놓는 날이었다. 집에 있는 시간이 많다 보니, 이런 잡다한 일에도 신경이 쓰인다.

고형덕은 양손 가득 재활용품을 들고 주차장 쪽으로 내려갔다.

늦은 밤이라 깜깜했지만 가로등 하나가 빛을 뿌리고 있었다. 나름대로 제대로 분류를 했다고 생각하지만 자꾸 뒤를, 특히 부녀회장이 사는 6층 근처를 힐끔거릴 수밖에 없었다.

작업을 끝낸 고형덕은 엘리베이터 앞에 섰다. 마침 엘리베이터는 내려오고 있었다.

3층, 2층, 1층.

문이 열렸다. 손바닥만큼의 틈 너머로 부녀회장의 통통한 얼굴이 보였다.

저 여자는 누구든 만나면 잔소리를 쏟아붓는데, 특히 고형덕을 만나면 어떻게든 트집을 잡으려 안달이었다.

문이 완전히 열린 순간, 엘리베이터 밖으로 나온 부녀회장은 고개를 갸웃거렸다. 분명히 사람이 서 있는 것 같았는데, 주위를 둘러봐도 사람은 그림자도 찾을 수 없었다.

몸을 떠는 부녀회장.

'귀신은 아니겠지? 아유, 무서워.'

부녀회장이 급히 밖으로 나가자, 엘리베이터와 복도 벽 사이의 그늘에서 고형덕이 걸어 나왔다.

고형덕은 손과 팔, 그리고 자기 몸을 천천히 살폈다. 믿기 힘든 일이 벌어졌다.

"……오블랑 하이드였어."

부녀회장과 마주쳐선 안 된다는 생각뿐이었는데, 어느새 오블랑 하이드로 그늘에 숨어 버린 것이다.

부녀회장은 안경도 쓰지 않은, 나이에 비해 눈이 좋은 여자였다. 주위를 둘러봤지만 그늘에 숨은 고형덕을 전혀 알아보지 못했다. 오블랑 하이드가 제대로 펼쳐졌다는 뜻이다.

고함을 지를 뻔했다.

김현은 페플뿐 아니라 이곳에서도 현섬을 펼쳐 순식간에 먼 곳으로 이동한다. 안진후는 불의 정령을 소환한다. 박용준은 추영을 이용하여 마음껏 날아다닐 수 있다.

"드디어 내게도 자유롭게 사용할 수 있는 스킬이 생긴 거구나."

당장 안진후에게 알리려던 고형덕은 꾹 참았다. 어른으로서의 체통을 지키기 위해서였다. 안진후 앞에서 슬쩍 오블랑 하이드를 펼치면 얼마나 놀랄까.

고형덕은 집으로 올라가지 않고 주차장 한쪽에 세워 놓은 스포츠카 쪽으로 걸어갔다.

시동을 걸자 맹수의 포효 같은 엔진 음이 몸을 감쌌다. 바로 이 느낌이었다!

아파트 밖으로 나온 고형덕은 조금씩 속도를 올렸다. 아직 질주라고 할 수는 없었다. 교외로 빠지자 마음껏 페달을 밟을 수 있었다.

"자, 제대로 달려 볼까."

스포츠카는 부르릉 소리를 질러 댔다.

그때, 검은 SUV 한 대가 달려와 스포츠카의 옆구리를 들이받았다. 스포츠카는 빙글빙글 돌다가 가로수 앞에서 겨우 멈췄다.

차에서 내린 고형덕은 화가 났다. '적토마'라 이름 붙인 스포츠카는…… 엉망진창이었다. 그 아름다운 유선형 보디는 잔뜩 구겨져 있었다.

　SUV 쪽으로 걸어가던 고형덕은 걸음을 멈췄다. 이제 막
그 차에서 내린 사람을 본 것이다.

　낯이 익다.

　어디에선가 봤는데.

　'블랙 길드야! 이름이…… 주용석이었어! 저자가 어떻게?'

　우연은 아니다.

　주용석이 웃으며 다가왔다.

　고형덕이 두 손에 힘을 주자, 손등에 푸르스름한 털이 자
랐다.

　"저, 정말 그 며, 명검을 보상으로 거실 건가요?"

　담당자의 목소리가 조금 떨렸다. 손바닥에 식별 마법진이
그려져 물품의 값어치를 확인할 수 있는 그 사람도 노바디가
내민 검의 가치를 알아차린 것이다.

　"그렇습니다."

　노바디는 명검 퀘르를 내밀었다.

　퀘르를 받는 손끝도 흔들렸다.

　자물쇠가 세 개나 설치된 철제 상자에 퀘르를 넣은 후 돌
아온 담당장의 이마에는 땀방울이 송골송골 맺혀 있었다. 만

약 잃어버리기라도 한다면 삶이 박살 나고 말 것이다.

"그, 그럼 한 번 더 확인하겠습니다. 노바디 님께서는 룩소르 사냥터의 중심에 가장 먼저 진입하여 마수 베헤모스를 잡는 개인이나 길드에게 명검 퀘르를 주시기로 결정하셨습니다. 이 내용이 맞습니까?"

"정확합니다."

"그럼, 내일 정오에 이 사실을 공표하겠습니다."

담당자와의 이야기를 끝낸 노바디는 시청 밖으로 나왔다.

이번에는 퀘르를 내주고 싶지 않았다. 그만큼 좋은 검이었다. 끝까지 망설였지만 타크란을 놓쳤기 때문에 다른 방법이 없었다.

퀘르를 보상으로 내놓았으니, 시가 30억 원에 달하는 거액에 이끌린 사람들이 벌 떼처럼 모여들 것이다. 이름만 들으면 알 만한 길드들도 군침을 흘리며 달려올 것이다.

그렇게만 되면, 룩소르 사냥터가 아무리 넓고 강력한 몬스터로 가득 차 있다고 해도 이방인의 러시를 막아 내긴 어려울 것이다.

"늦지 않아야 할 텐데."

노바디는 현섬을 펼쳐 그 자리에서 사라졌다.

다음 권으로 이어집니다

200평 초대형 24시 만화방

📖 수원시청점

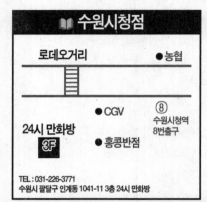

로데오거리 ●농협

●CGV ⑧ 수원시청역 8번출구

24시 만화방
3F

●홍콩반점

TEL : 031-226-3771
수원시 팔달구 인계동 1041-11 3층 24시 만화방

수면실
(침대식) — 사우나석

2인석 — 샤워실

세탁기 — 신간100%

📖 의정부점

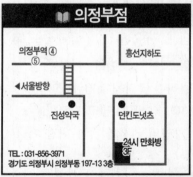

의정부역 ④
⑤ 흥선지하도

◀서울방향

진성약국 던킨도넛츠

24시 만화방
3F

TEL : 031-856-3971
경기도 의정부시 의정부동 197-13 3층

📖 안양점

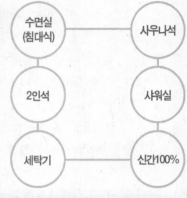

●안양역 육교

◀관악역 명학역▶

●농협

24시 만화방
2F
안양일번가

TEL : 031-466-3771
경기도 안양시 안양동 674-163 공룡고기건물 2층

📖 주안점

주안
남부역

◀제물포 간석동▶

민병철
어학원

24시 만화방 6F

TEL : 032-426-2871
인천광역시 주안남부역 지하상가 4번 출구 GS25시 건물 6층

📖 안산점

태봉길 사거리

롯데백화점 ●롯데시네마

(구) 메가벡스 4층
24시 만화방

〈안산패션 1번가〉

중앙역 4거리

●중앙역

TEL : 031-486-6981
경기도 안산시 단원구 고잔2길 41 4층

Lost9 Raid

레스티
레이드

권승구 퓨전 장편소설

이제까지 본 적 없는 색다른 판타지가 펼쳐진다!
지지리도 재수 없는 시한부 인생에 덜컥 각성한 용병 이야기

『레스티 레이드』

약값을 위해 청석을 빼돌리려다가
게이트 안에서 조난당한 세현
다른 생존자인 용병 한혜지와 함께 고대의 힘을 얻고
그녀와 강제로 페어Pair가 되어 버렸다!

병이 완치된 것까진 좋았는데
한혜지와 30분 이상 떨어질 수 없게 된
안전 제일주의자 이세현
얼떨결에 그녀를 따라 위험천만한 용병으로서의 삶을
시작하게 되는데……!

용병으로 일하랴, 수능 공부하랴
고대의 괴물로부터 세계를 구하랴
한바탕 드리프트하는 한 남자의 인생 반전기!

장길상 장편소설

리버스 헌터

미래를 잃어버린 낙오자 강현우
레이드를 정복할 열쇠가 되어 돌아오다!

레이드 중 친구의 배신으로 능력을 잃은 헌터 강현우
기저귀를 차고 몬스터 사체나 처리하던 중
마왕의 숲에서 마기의 정수를 손에 넣는데……

**"건방진 놈, 네까짓 게 그걸 흡수해!
시간을 되돌려서라도 되찾고 말겠다!"**

몬스터에게 맞을 때마다 마나가 상승하는 능력은 물론
32년의 레이드 지식까지 갖추고 스물한 살의 과거로 돌아온
슈퍼 루키를 잡기 위한 헌터들의 시선이 집중된다!

ROK
MEDIA